Leo Perutz erzählt in seinem 1919 entstandenen Roman eine scheinbar belanglose Episode aus den fiktiven Memoiren des 1870 verstorbenen hessischen Leutnants Eduard von Jochberg.

Im Mittelpunkt steht der Untergang des hessischen Regiments „Nassau", das in den Reihen von Napoleons Armee in Spanien kämpft. In der asturischen Stadt La Bisbal gerät die Truppe in den Hinterhalt der Guerillas. Die Situation scheint für die Eingeschlossenen aussichtslos, da weder Munition noch Proviant zur Verteidigung der bedeutungslosen Stadt ausreichen. Durch einen Zufall gelingt es den Belagerten, das Haupt der Rebellen, den Marques de Bolibar, gefangenzunehmen und hinzurichten. Der dem Tode überlieferte Marques hinterläßt den Feinden sein „Vermächtnis": ihre Vernichtung werden sie selbst herbeiführen. Die Kampfkraft der führungslosen Rebellen unterschätzend, ignorieren die Offiziere jede Gefahr. Übermütig, sorglos und arrogant buhlen die jungen Leutnants um die Geliebte ihres Obersten, die Katastrophe nicht ahnend, der sie entgegentreiben ...

Jochbergs Deutung der damaligen Ereignisse verliert sich in mystisch-okkulten Spekulationen. Sein Erinnerungsvermögen wird von der Fülle der Geschehnisse getäuscht, skurrile Gebilde entsteigen dem Dunkel der Vergangenheit, Erlebtes verliert sich im Irrgarten überspannter Phantasie; wie in einem wirren Traum verlischt die Spur des Regiments in seinem Gedächtnis.

Perutz schildert mit seiner Darstellung der kriegerischen Auseinandersetzungen nicht nur den Unabhängigkeitskampf des spanischen Volkes von 1812 gegen die Napoleonische Armee, sondern er spielt auch auf den Deutsch-Französischen Krieg von 1870/71 und den so-

eben beendeten 1. Weltkrieg an. Mit seinem Antikriegs-
roman wendet er sich eindringlich gegen eine schicksal-
hafte Verknüpfung von Tod und Untergang und entlarvt
den Krieg als ein Verbrechen, dem das Versagen der
menschlichen Vernunft vorangeht.

Leo Perutz

Der Marques de Bolibar

Aufbau-Verlag

ISBN 3-351-00439-7

1. Auflage 1987
Aufbau-Verlag Berlin und Weimar
Ausgabe für die sozialistischen Länder mit Genehmigung
des Verlags Paul Zsolnay, Wien
© Paul Zsolnay Verlag Gesellschaft m.b.H. Wien/Hamburg 1960
Einbandgestaltung Stephan Köhler/Günter Woinke
Lichtsatz Karl-Marx-Werk Pößneck V 15/30
Druck und Binden
III/9/1 Grafischer Großbetrieb Völkerfreundschaft Dresden
Printed in the German Democratic Republic
Lizenznummer 301. 120/97/87
Bestellnummer 613 908 3
00185

Vorwort

Kurze Zeit vor Ausbruch des Deutsch-Französischen Krieges starb in Dillenburg, einer kleinen Stadt des ehemaligen Herzogtums Nassau, der Rittergutsbesitzer Eduard von Jochberg. Er war ein schrullenhafter, alter Herr und von einer beinahe pathologischen Wortkargheit. Den größeren Teil des Jahres verbrachte er auf seinem Gut. Erst in den letzten Jahren seines Lebens zwang ihn zunehmende Kränklichkeit, seinen Wohnsitz gänzlich in die kleine Stadt zu verlegen.

Keiner von den wenigen Personen, mit denen Herr von Jochberg näheren Umgang pflog – seinen Hauptverkehr bildeten Jagdhunde und Pferde –, war es bekannt, daß Herr von Jochberg ein alter Soldat war, der in seiner Jugend einen Teil der Feldzüge Napoleons I. mitgemacht hatte. Niemand hatte ihn jemals Erlebnisse aus diesem Abschnitt seines Lebens erzählen oder auch nur andeuten gehört. Um so mehr mußte es alle, die ihn gekannt hatten, überraschen, als sich in seinem Nachlaß, sorgfältig geordnet, verschnürt und versiegelt, ein Stoß Schriften vorfand, die sich bei ihrer Durchsicht als des Leutnant Jochbergs Denkwürdigkeiten aus dem spanischen Feldzug Napoleons I. erwiesen.

Das Aufsehen, das dieser unerwartete Fund in der ganzen Provinz Nassau und im angrenzenden Großherzogtum Hessen erregte, war ein außerordentliches. Die Lokalblätter brachten Berichte und spaltenlange Auszüge aus Herrn von Jochbergs Denkwürdigkeiten, Gelehrte von Ruf nahmen in die Papiere Einsicht, die Erben des Verstorbenen – sein Neffe, Wilhelm von Jochberg, Privatdozent in Bonn, und eine ältere Dame, ein Fräulein von Hartung in Aachen – wurden von Verlegern mit Angeboten bestürmt, kurz, Herrn von Jochbergs Memoiren befanden sich in aller Mund, und selbst der Krieg, der bald nachher ausbrach, konnte das Interesse der Öffentlichkeit nicht völlig in den Hintergrund drängen.

Diese Memoiren behandelten nämlich ein dunkles und vorher niemals aufgeklärtes Kapitel der vaterländischen Kriegsgeschichte: Die Vernichtung der beiden heimischen Regimenter „Nassau" und „Erbprinz von Hessen" durch spanische Guerillas.

Über diese Episode des spanischen Feldzuges ist in der einschlägigen Literatur nur wenig zu finden. August Scherbruch, großherzoglich-hessischer Hauptmann, der bekannte Kriegshistoriograph des Napoleonischen Zeitalters, erübrigt in seinem sechsbändigen, bei Langermann in Halle erschienenen Werk: „Der Kampf auf der Pyrenäischen Halbinsel, 1807 bis 1813", für die „Tragödie von La Bisbal" im ganzen zwei und eine halbe Zeile. Dr. Hermann Schwartze, Professor der Geschichte am Darmstädter Gymnasium, der eine überaus fleißige Arbeit über den Anteil hessischer Truppen an den Feldzügen Napoleons I. veröffentlicht hat, erwähnt die Tatsache der völligen Vernichtung zweier Rheinbundregimenter merkwürdigerweise überhaupt nicht. Auch in den weniger ausführlichen Werken F. Krauses, H. Leistikows und Fischers-Tübingen ist sie übergangen, und nur eine anonym erschienene, wahrscheinlich von einem verabschiedeten badischen Offizier stammende, kritische Studie: „Die Rheinbundtruppen in Spanien. Ein Beitrag zur Strategie der Unvernunft" (Verlag der Taubeschen Buchhandlung, Karlsruhe 1826) spricht ausführlich von der „Katastrophe von La Bisbal", ohne jedoch neue Einzelheiten von Belang zu bringen. Nur der Name des Kommandeurs der beiden Regimenter, dem wir in Leutnant Jochbergs Denkwürdigkeiten begegnen werden, wird genannt: Er hieß Oberst von Leslie.

Die Berichte der Gegenseite sind naturgemäß ein wenig ausführlicher. Von den mir zugänglich gewordenen, größeren Arbeiten nenne ich die des spanischen Generalstabsobersten Don Silvio Gaeta, der zu dem Resultat gelangt, daß die Niederlage der Rheinbundtruppen in La Bisbal geradezu einen Wendepunkt in der Geschichte des Feldzuges darstelle, der die weiteren Operationen des Generals Cuesta entscheidend beeinflußt habe. Simon Ventura, seines Zeichens Apotheker, der außer einer Lebensbeschreibung der heiligen Maria de Pazzis, einem „Handbuch für Pilzfreunde" und einer für den heutigen Geschmack ein wenig zu schwulstigen Tragödie „Das Tulpenfest" auch eine Geschichte seiner Vaterstadt La Bisbal geschrieben hat, zeigt sich über den rein äußerlichen Verlauf der Ereignisse im großen und ganzen als wohlunterrichtet. Auch Pedro d'Orosco erwähnt den Untergang der beiden Regimenter in seinem mir vorliegenden, heute ziemlich selten gewordenen Buche „Los jefes de la guerilla en las Asturias", seine Darstellung strotzt jedoch von offensichtlichen Irrtümern und Fehlern.

Im ganzen genommen tragen jedoch diese und andere spanische Geschichtswerke zur Erklärung der erstaunlichen Tatsache des spurlosen Verschwindens der beiden deutschen Regimenter so gut wie nichts bei. Erst Leutnant Jochbergs hinterlassene Schriften geben Aufschluß über die seltsamen Vorgänge, die letzten Endes zu der Tragödie von La Bisbal geführt haben.

Wenn Leutnant Jochbergs Darstellung richtig ist, *dann ist die Vernichtung des Regimentes Nassau – ein in der Kriegsgeschichte aller Zeiten wohl einzig dastehender Fall – von seinem Offizierkorps mit vollem Bewußtsein, ja beinahe planmäßig herbeigeführt worden!* Es fällt schwer, daran zu glauben, obgleich unserer heutigen Zeit Erklärungen mystisch-okkulter Natur, Begriffe wie Selbstmordpsychose oder suggestive Willensübertragung, so leicht zur Hand sind. Die zünftige Geschichtswissenschaft wird denn auch den Wert der Memoiren des Leutnants Jochberg mit Skepsis einschätzen. Sie wird – und ich bin der Letzte, ihr das zu verdenken – seine Darstellung eine allzu romanhafte nennen. Schließlich – wieviel kritische Fähigkeit kann sie auch einem Menschen zusprechen, der überzeugt ist, in Spanien den Ewigen Juden getroffen zu haben?

Die Denkwürdigkeiten des Leutnants Jochberg sind auf etwa zwei Drittel ihres ursprünglichen Inhalts gekürzt worden. Vieles, was nicht unmittelbar zur Sache gehörte, eine Darstellung der Kämpfe um Talavera und

Torre Vedras zum Beispiel, eine Schilderung des sogenannten Stocktanzes in La Bisbal, verschiedene Exkurse und Gespräche politischen, philosophischen und literargeschichtlichen Inhalts, eine kunstkritische Würdigung der im Rathause von La Bisbal untergebrachten Bilderschätze, ein weitschweifiger Nachweis verwandtschaftlicher Beziehungen zwischen den Familien Jochbergs und des Hauptmanns Grafen Schenk zu Castel-Borckenstein – alles das fiel dem Stift des Bearbeiters zum Opfer. Mag damit auch manches zeitgeschichtlich Wertvolle dem Leser vorenthalten worden sein, die Erzählung selbst hat an Wirkung und innerer Spannkraft gewonnen.

Und nun möge Leutnant Jochberg berichten, was er im Winter 1812 in der asturischen Bergstadt La Bisbal Seltsames erlebt hat.

Die Morgenpromenade

Gegen acht Uhr morgens erblicken wir endlich die beiden weißen Kirchtürme der Stadt La Bisbal. Wir waren bis auf die Haut durchnäßt, ich und meine fünfzehn Dragoner und der Hauptmann Eglofstein, der Regimentsadjutant, der mitgekommen war, um die Verhandlungen mit dem Alkalden zu führen.

Unser Regiment hatte tags zuvor einen heftigen Kampf zu bestehen gehabt mit den Guerillas und ihrem Obersten Saracho, den unsere Leute, ich weiß nicht aus welchem Grund, den „Gerberbottich" nannten, vielleicht seiner plumpen Figur halber. Gegen Abend war es uns gelungen, die Rebellen zu zersprengen, wir hatten sie bis in ihre Wälder verfolgt, und beinahe hätten wir den „Gerberbottich" selbst gefangen, denn er kam seines Podagras halber nur langsam vorwärts.

Auf freiem Felde hatten wir sodann biwakiert zum Verdruß meiner Dragoner, die darüber fluchten, daß sie nicht einmal nach einem solchen Tage trockenes Stroh zum Schlafen bekommen konnten. Ich versprach im Scherze einem jeden von ihnen ein Flaumbett mit seidenen Vorhängen, wenn wir erst La Bisbal erreicht hätten, und sie gaben sich zufrieden.

Ich selbst verbrachte einen Teil der Nacht mit Eglofstein und Donop im Quartier des Obersten. Wir tranken Glühwein und spielten Pharao, um ihn zu erheitern. Er aber ließ nicht ab, von seiner verstorbenen Frau zu erzählen, wir mußten die Karten niederlegen und zuhören, und dabei hatten wir Mühe, uns nicht zu verraten, denn es ist kein Offizier im ganzen nassauischen Regiment, dessen Geliebte die Françoise-Marie nicht eine Zeit hindurch gewesen ist.

Morgens um fünf brach ich mit Eglofstein und meinen Dragonern auf. „Prenez garde des Guerillas!*", rief

* (franz.) Nehmt Euch vor den Guerillas in acht

9

mir der Oberst nach, als ich davonritt. Dieser Dienst gehörte zu den Kommandos de fatigue*, aber ich war der jüngste Offizier des Regiments, was wollte ich machen.

Die Straße war frei, und wir wurden von den Insurgenten nicht belästigt. Ein paar verendete Maultiere lagen auf dem Weg. Kurz vor dem Dörfchen Figuerras fanden wir zwei tote Spanier, die sich sterbend bis hierher geschleppt hatten, der eine war ein Guerilla von Sarachos Bande, der andere trug die Uniform des Regimentes von Numancia, und sie mochten wohl gehofft haben, im Schutze der Dunkelheit das Dorf erreichen zu können, da hatte ihnen der Tod den Weg versperrt.

Figuerras selbst fanden wir von seinen Einwohnern gänzlich verlassen, die Bauern hatten sich mit ihren Schafherden in die Berge geflüchtet. Nur in der Schenke hinter dem Dorf saßen drei oder vier Spanier, Dispersos, versprengte Soldaten des „Gerberbottich'", die sich bei unserem Herannahen eiligst davonmachten. Am Waldesrand angelangt, brüllten sie wie die Besessenen ihr „Muerte a los Franceses**" zu uns herüber, aber keiner von ihnen löste einen Schuß. Einer von meinen Dragonern, der Korporal Thiele, schrie ihnen nach: „In Ewigkeit, Amen, ihr Ziegenböcke!", denn er glaubte, Gott weiß warum, Muerte a los Franceses, das hieße zu deutsch: „Gelobt sei unser Herr Jesus."

Als wir vor La Bisbal ankamen, fanden wir den Alkalden, der uns mit der ganzen Junta und etlichen anderen Bürgern vor dem Stadttor erwartete. Sowie wir von unseren Pferden sprangen, trat er auf uns zu und bewillkommnete uns mit den bei solchen Anlässen üblichen Worten. Die Stadt sei gut französisch gesinnt, sagte er, denn die Guerillas des Obersten Saracho hätten den Bürgern viel Schaden getan, Brandschatzungen ausgeschrieben und den Bauern ihr Vieh weggeführt. Es seien nur einige wenige schlechtgesinnte Leute gewesen, die sich in der Stadt festgesetzt gehabt hätten. Er bat uns, die Stadt zu schonen, denn er und seine Mitbürger seien

* ermüdende Kommandos.
** (span.) Tod den Franzosen!

voll Begierde, für die braven Soldaten des großen Napoleon alles zu tun, was in ihren Kräften stand.

Eglofstein erwiderte mit kurzen Worten, daß er selbst nichts versprechen könne, denn die Behandlung, welche die Stadt zu erwarten hätte, hinge allein von den Entschlüssen des Obersten ab. Sodann begab er sich mit dem Alkalden und dem Stadtschreiber in das Rathaus, um sich die Quartierscheine ausfertigen zu lassen. Die Bürger, die mit den Hüten in den Händen der Unterredung stumm und voll Angst beigewohnt hatten, verliefen sich und eilten in ihre Häuser und zu ihren Frauen.

Ich besetzte das Stadttor mit einigen von meinen Leuten. Dann trat ich in eine Posada oder Schenke, die außerhalb der Stadtmauer an der Landstraße lag, um hier bei einer Tasse heißer Schokolade, die der Wirt sogleich zu bereiten sich erbot, das Eintreffen des Regimentes abzuwarten.

Nach dem Frühstück ging ich in den Garten, denn die Luft in der engen Wirtsstube stank nach gesottenen Fischen und verursachte mir Unbehagen. Der Garten war weder groß noch gut gehalten, der Wirt hatte ihn ohne jede Ordnung mit Zwiebeln, Knoblauch, Kürbissen und Pferdebohnen bepflanzt, aber der Regenduft der feuchten Erde tat mir wohl. Auch stieß er an einen großen Park, in dem Feigen-, Ulmen- und Nußbäume standen, ein schmaler Fußpfad, eingesäumt von Taxushecken, führte zwischen Rasenflächen zu einem Weiher, und im Hintergrund stand ein weißes Landhaus, dessen regennasses Schieferdach ich schon von der Landstraße aus gesehen hatte.

Hinter mir kam mein Korporal aus der Gaststube in den Garten. Er war im höchsten Grade aufgebracht und trat scheltend auf mich zu:

„Herr Leutnant!" rief er. „Morgens Suppe aus schlechtem Mehl, mittags Suppe und abends Brot und Knoblauch. Das ist unsere Ration seit Wochen. Wenn einer von uns von einem Bauer auf der Landstraße ein paar Eier requirierte, kam er vors Kriegsgericht. Aber Sie versprachen uns: In La Bisbal, da werde der Tisch gedeckt sein, der beste Wein ins Kühlwasser gesetzt und in jedem Kessel ein tüchtiges Stück Speck. Und nun –"

11

„Nun? Was hat euch der Wirt aufgetragen?"

„Faule Schneiderfischel, zwölf um einen Groschen!" schrie der Korporal wütend und hielt mir seine Hand vors Gesicht. Da hatte er einen kleinen Schellfisch drin, wie ihn die spanischen Bauern in ihre Essigkrüge einlegen.

„Thiele!" sagte ich scherzend. „Es steht geschrieben in der Bibel: Alles, was sich regt und lebt, sei euch zur Speise. – Warum nicht auch dieser Fisch?"

Der Korporal wollte mir zornig entgegnen, aber es fiel ihm auf mein Bibelwort im Augenblick nichts Rechtes ein. Gleich darauf fuhr er sich mit dem Finger vor seinen offenen Mund und faßte mich am Handgelenk. Er hatte etwas gesehen, was ihn seinen Ärger sogleich vergessen ließ.

„Herr Leutnant!" sagte er leise. „Dort drüben liegt einer versteckt."

Sofort warf ich mich zu Boden und kroch lautlos an den Gartenzaun heran.

„Einer von den Guerillas", flüsterte der Korporal hart neben mir. „Dort unter dem Gebüsch."

Wirklich sah ich nun kaum zehn Schritte weit von mir einen Menschen zwischen Lorbeerbüschen kauern. Er hatte weder Säbel noch Flinte; wenn er Waffen hatte, so mußten sie unter seinen Kleidern verborgen sein.

„Dort ist noch einer. Und dort auch. Und dort und dort! Herr Leutnant, es sind ihrer mehr als ein Dutzend. Was mögen die für ein Teufelsstück ausgeheckt haben."

Hinter den Stämmen der Ulmen und Nußbäume, in den Taxushecken, im Buschwerk und auf dem Rasen, überall sah ich Menschen liegen oder kauern. Noch schien keiner von ihnen uns gesehen zu haben.

„Ich lauf zurück ins Haus und alarmiere die anderen. Die Guerillas haben hier ihren Schlupfwinkel oder ihr Hauptquartier. Sicher ist der Gerberbottich auch nicht weit", flüsterte der Korporal.

In diesem Augenblick trat ein großer, alter Mann in einem samtverbrämten, dunklen Mantel aus dem Tor des Landhauses und schritt langsam, mit gesenktem Kopf, die Stufen der Treppe hinab.

„Diesem gilt es, ich wollt wetten", sagte ich leise und holte meine Pistole hervor.

„Diese Banditen wollen ihn ermorden!" zischte der Korporal.

„Wenn ich über den Zaun springe, dann komm er mir nach und mitten hinein unter sie!" befahl ich, und gleich darauf erhob sich hinter einem Kieshaufen einer von den Leuten und lief von hinten auf den alten Mann los.

Ich hob die Pistole und zielte, aber im nächsten Augenblick ließ ich sie wieder sinken. Denn nun wurden wir Zeugen des seltsamsten Vorgangs, den ich jemals in meinem Leben mit angesehen habe. Ein Bruder meiner Mutter ist Arzt in einem Tollhaus in Kissingen, als Knabe habe ich ihn bisweilen besucht. Und wahrhaftig, jetzt glaubte ich mich in den Garten jenes Tollhauses versetzt. Denn einen Schritt hinter dem alten Mann blieb der Mensch stehen, zog den Hut und schrie mit überlauter Stimme:

„Herr Marques de Bolibar! Einen guten Morgen wünsch ich, Excelencia!"

Und in der gleichen Sekunde schoß hinter einer Sandsteinfigur ein langer kahlköpfiger Mensch in der Tracht eines Maultiertreibers hervor, und auch er tanzte mit ungelenken Schritten auf den alten Mann zu, blieb stehen, bückte sich und krähte:

„Meine Verehrung, Herr Marques. Mögen Sie tausend Jahre leben."

Doch das Sonderbarste war, daß der alte Mann seines Wegs ging und so tat, als hätte er die beiden nicht gesehen und nicht gehört. Er war mir näher gekommen, und ich konnte nunmehr sein Gesicht erkennen. Es schien mir über alle Maßen unbewegt und starr. Sein Haar war völlig weiß, Stirne und Wangen bleich. Seine Augen waren zu Boden gerichtet, und seine kühnen und furchtbaren Züge werde ich niemals vergessen.

Und sowie er weiterging, kamen von allen Seiten die Leute aus ihren Verstecken hervor, einer nach dem andern, aus dem Buschwerk, hinter den Baumstämmen, unter den Gartenbänken tauchten sie auf wie in einem Puppenspiel, von den Bäumen sprangen sie herab, stellten sich ihm in den Weg und riefen ihn an:

„Ihr gehorsamster Diener, Herr Marques de Bolibar!"

„Einen guten Tag, Herr Marques, wie steht Euer Gnaden Gesundheit?"

„Euer Hochgeboren, meine Aufwartung und meinen Respekt."

Aber der Marques ging schweigend hindurch zwischen den Lakaien, die um ihn schwärmten wie die Mükken um einen Honigteller, er tat nichts, um sich der lästigen Grüßer zu erwehren, sein Gesicht war unbewegt, als gelte all dies Schreien und Grüßen nicht ihm, sondern einem andern, den ich nicht sah.

Ich und der Korporal, wir starrten beide mit offenem Mund auf dieses seltsame Theater. Inzwischen sprang aus einem Gartenhäuschen ein kleiner, struppiger Kerl hervor, der lief auch mit kurzen Schritten wie ein Tanzmeister auf den alten Mann zu, blieb stehen, scharrte eifrig mit den Füßen wie eine Henne auf dem Misthaufen und rief in schlechtem Französisch:

„Ei, sieh da, mein Freund Bolibar! Freut mich, Ihnen zu begegnen!"

Aber auch diesen, der so tat, als wäre er sein bester Freund, beachtete der Marques mit keinem Blick. Einsam und wie in tiefe Gedanken versunken schritt der alte Mann auf sein Landhaus zu, stieg die Treppe empor und verschwand im Dunkel des Tores, schweigend, wie er gekommen war.

Wir richteten uns von der Erde auf und blickten den Lakaien nach, die nun Arm in Arm, in kleinen Gruppen, rauchend und miteinander schwatzend, hinter ihrem Herrn in das Haus gingen.

„He!" fragte ich den Korporal, „was, zum Henker, war das?"

Er überlegte eine Weile. „Diese Spanier von hohem Adel", sagte er dann, „sind alle von großer Gravität und immer voll Traurigkeit. Das ist so ihre Art."

„Dieser Marques von Bolibar muß ein ausgemachter Narr sein, und seine Leute behandeln ihn als einen solchen und treiben ihre Späße mit ihm. Komm, wir wollen zurück in die Schenkstube gehen. Der Wirt wird uns sagen können, warum den Herrn Marques seine Gärtner, Kutscher, Stallburschen und Lakaien so feierlich begrüßten und warum sie keinen Dank dafür erhielten."

„Sicherlich feierten sie heute den Tag seines Namenspatrons", sagte der Korporal. „Wenn Ihr aber in die Wirtsstube gehen wollt, Herr Leutnant, so geht allein, ich bleib draußen, ich geh nicht mehr in das Mausnest. Das Tischtuch drin sieht aus wie unsere Regimentsfahne nach dem Sturm auf Talavera, und auf dem Fußboden hat der Wirt so viel Mist, daß er alle spanischen Äcker von Pampluna bis Malaga damit düngen könnt."

Er blieb vor der Tür, und ich begab mich zu dem Besitzer der Posada, den ich damit beschäftigt fand, dünne Brotstücke in Öl zu rösten. Die Wirtin lag auf der Erde, um Kohlen anzufachen, wobei sie sich eines alten Flintenlaufs als Blasbalg bediente.

„Wem gehört jenes Landhaus dort drüben?" fragte ich.

„Einem vornehmen Mann", gab der Wirt, ohne von seiner Arbeit aufzusehen, zur Antwort. „Dem reichsten Mann in der ganzen Provinz."

„Ich kann mir wohl denken, daß das Haus nicht für Gänse oder Ziegenböcke erbaut ist", sagte ich. „Wie heißt der Besitzer?"

Der Wirt sah mich voll Mißtrauen an. „Seiner Excelencia, dem hochwohlgeborenen Herrn Marques de Bolibar", sagte er endlich.

„Marques de Bolibar", wiederholte ich. „Ein hochmütiger Herr, nicht wahr? Und sehr stolz auf seinen Adel."

„Wo denkt Ihr hin? Ein leutseliger und wohlwollender Herr, trotz seiner hohen Abkunft. Ein wahrhaft frommer Christ und gar nicht stolz, einem Wasserträger auf der Straße dankt er so freundlich für seinen Gruß wie unserem hochwürdigen Herrn Pfarrer selbst."

„Aber", sagte ich, „nicht eben von starkem Verstand. Die Straßenbuben laufen hinter ihm her, hab ich erzählen gehört, sie necken ihn und rufen ihn bei seinem Namen, um ihn zu verspotten."

„Señor Caballero!" sagte der Wirt und machte ein erstauntes und erschrockenes Gesicht. „Wer hat Euch solch eine Lüge angehängt? Es gibt keinen klügeren Mann in der ganzen Provinz, laßt Euch das sagen. Aus allen Dörfern der Umgebung wallfahrten die Bauern zu ihm, wenn sie sich mit ihrem Vieh oder mit ihren Weibern oder der hohen Steuern wegen keinen Rat wissen."

Diese Worte des Wirts wollten mir gar nicht zu jener Szene im Garten passen, deren Zeuge ich gewesen war. Und das Bild des Mannes trat mir wieder vor Augen, wie er stumm und mit unbewegtem Antlitz an der Schar seiner lärmenden und schwatzenden Lakaien vorbeischritt und sie nicht zu verscheuchen vermochte. Ich überlegte, ob ich dem Wirt erzählen sollte, was ich in seinem Garten gesehen hatte. Doch in diesem Augenblick drang das Schmettern der Trompeten an mein Ohr und das Klappern der Hufe, ich hörte die Stimme des Obersten und eilte auf die Straße.

Mein Regiment war angekommen. Die Grenadiere, schmutzig und vom Schweiß eines stundenlangen Marsches bedeckt, waren abgetreten und saßen rechts und links am Straßenrand. Die Offiziere sprangen von ihren Pferden und riefen nach ihren Dienern. Ich trat an den Obersten heran und erstattete meine Meldung.

Der Oberst hörte mir nur mit halber Aufmerksamkeit zu. Er betrachtete die Gegend, überlegte, wie er die Befestigungslinie verbessern könnte und errichtete im Geiste Erdwälle, Bastionen, Minenkammern und Redouten zum Schutze der Stadt.

Hauptmann Brockendorf stand mit einigen anderen Offizieren bei dem Ochsenkarren, auf welchem die Mantelsäcke der Offiziere lagen. Ich hielt mich an ihn und erzählte ihm von der seltsamen Morgenpromenade des Marques de Bolibar. Er hörte mich kopfschüttelnd und mit ungläubigem Gesicht an. Aber Leutnant Günther, der neben ihm auf einem leeren Feldeimer saß, sagte:

„Unter diesen Spaniern von Adel findet man oft die seltsamsten Käuze. Sie können sich nicht satthören an ihren schönklingenden Namen, die so lang sind, daß man einen dreifachen heiligen Rosenkranz vonnöten hätt, um sie herunterzubeten. Es macht ihnen Freude, den ganzen Tag hindurch aus dem Munde ihrer Lakaien ihren vollen Titel zu hören. Als ich in Salamanca bei einem Grafen de Veyra im Quartier lag –"

Er erzählte eine Geschichte, die er im Hause eines

adelsstolzen Spaniers erlebt hatte. Aber Leutnant Donop unterbrach ihn:

„Bolibar? Sagtest du nicht Bolibar? Aber unser armer Marquesin hieß ja de Bolibar."

„Wahrhaftig, so ist's", rief Brockendorf. „Und er hat mir einmal erzählt, seine Familie sei in der Gegend von La Bisbal begütert."

In unserem Regiment hatte ein junger Spanier von Adel als Freiwilliger gedient, einer der wenigen seiner Nation, die, von den Ideen der Freiheit und Gerechtigkeit entzündet, die Sache Frankreichs und des Kaisers zu ihrer eigenen gemacht haben. Mit seiner Familie war er zerfallen gewesen, und nur zweien oder dreien seiner Kameraden hatte er seinen wahren Namen und seine Abkunft mitgeteilt. Aber die spanischen Bauern nannten ihn den „Marquesin" – denn er war von kleinem Wuchs und zierlicher Gestalt –, und mit diesem Namen riefen auch wir ihn. In der Nacht zuvor war er im Kampf mit den Guerillas gefallen, und wir hatten ihn auf dem Friedhof des Dörfchens Bascaras bestattet.

„Es ist kein Zweifel", sagte Donop. „Ihr Marques de Bolibar, Jochberg, ist ein Anverwandter unseres Marquesin. Es ist unsere Pflicht, den alten Mann mit aller Rücksicht und Schonung von dem Tode unseres tapferen Kameraden in Kenntnis zu setzen. Wollen Sie dies übernehmen, Jochberg, da Sie ja den Herrn Marques schon kennen?"

Ich salutierte und begab mich mit einem meiner Leute nach dem Landhaus des Edelmannes, indem ich mir die Worte zurechtlegte, mit denen ich mich meines schwierigen und undankbaren Auftrags auf schickliche Art zu entledigen gedachte.

Eine Mauer lag zwischen dem Haus und der Straße, doch sie war an vielen Stellen zusammengestürzt, so daß man überall leicht hinüberkommen konnte. Als ich mich dem Gebäude näherte, empfing mich ein Gewirr schreiender, klagender und scheltender Stimmen. Ich klopfte an die Türe.

Sogleich legte sich der Lärm, und eine Stimme fragte: „Wer da?"

„Leute im Frieden", gab ich zur Antwort.

„Was für Leute?"

„Ein deutscher Offizier."

„Ave Maria purissima! Er ist es nicht", rief klagend eine Stimme. Die Türe wurde geöffnet, und ich trat ein.

Ich stand in einer Vorhalle und sah die Lakaien, die Kutscher, die Gärtnerburschen und das übrige Gesinde in großer Verwirrung und Bestürzung durcheinanderlaufen. Der kleine, struppige Mensch, der zuvor im Garten den Marques mit den Worten: „Ei, sieh da, mein Freund Bolibar!" angerufen hatte, war auch da und kam mit seinen kurzen Tanzmeisterschritten auf mich zu. Er war krebsrot im Gesicht vor Erregung und stellte sich mir als seiner Gnaden, des Herrn Marques, Haushofmeister und Gutsverwalter vor.

„Ich wünsche den Herrn Marques selbst zu sprechen", sagte ich.

Der Haushofmeister schnappte nach Luft und griff sich mit beiden Händen an die Schläfen.

„Den Herrn Marques?" stöhnte er. „Oh, du barmherziger Gott, du barmherziger Gott!"

Er starrte mich eine Weile an, dann sagte er:

„Herr Leutnant oder Herr Kapitän, oder was Sie sein mögen – Seine Gnaden, der Herr Marques, ist nicht da."

„Wie? Nicht da?" rief ich in strengem Ton. „Vor einer halben Stunde habe ich ihn selbst in seinem Garten gesehen."

„Vor einer halben Stunde, ja. Und jetzt ist er verschwunden." Und er wandte sich an einen Mann, der eben durch die Vorhalle lief und rief ihn an:

„Pasqual! Warst du im Stall? Fehlt keines von den Pferden?"

„Nein, Señor Fabricio. Sie sind alle da."

„Auch die Reitpferde? Der Schimmel Capitan und der Falbe San Miguel? Und die Stute Hermosa, ist sie im Stall?"

„Sie sind alle da", gab der Stallbursche zurück. „Es fehlt keines."

„Dann mögen Gott, die Jungfrau und alle Heiligen helfen. Unserem Herrn ist ein Unfall zugestoßen, er ist verschwunden."

„Wann habt Ihr den Herrn Marques zum letztenmal gesehen?" fragte ich.

„Vor einer halben Stunde in seinem Schlafzimmer, da stand er und besah sich im Spiegel. Und ich mußte auf seinen Befehl alle Augenblicke ins Zimmer stürzen und den gnädigen Herrn nach seinem Befinden fragen. ,Wie haben Euer Gnaden, der Herr Marques, die Nacht verbracht?' mußte ich fragen oder, als wär ich einer von seinen Freunden aus Madrid: ,Der Himmel grüß dich, Bolibar, wie kommst du hierher?' Das mußte ich einige Male wiederholen, während er vor dem Spiegel stand und sein Bild betrachtete."

„Und heute morgens im Garten?"

„Der Herr Marques war sonderbar den ganzen Morgen hindurch. Wir mußten alle im Gebüsch versteckt dem Herrn Marques seinen Namen in die Ohren schreien. Gott allein weiß, was unser Herr damit im Sinne hatte, denn er tat niemals etwas ohne Zweck und Absicht."

Indem kam der Gärtner mit seinem Burschen zur Türe herein. Sogleich ließ mich der Haushofmeister stehen und fuhr auf ihn los.

„Wartet ihr noch immer? Ihr sollt das Wasser aus dem Weiher ablassen, sogleich!"

Und zu mir gewandt, sagte er mit einem Seufzer:

„Gebe Gott, daß wir ihn christlich und in Ehren bestatten dürfen, wenn wir ihn auf dem Grunde des Teiches finden." –

Ich verließ das Haus und berichtete meinen Kameraden, was ich gehört hatte. Während wir die Sache erörterten, wurde ein Offizier, der verwundet auf einer Bahre lag, an uns vorbeigetragen.

„Bolibar?" schrie er plötzlich. „Wer sprach da vom Marques de Bolibar?"

Der Offizier trug die Uniform eines fremden Regiments, aber ich kannte ihn. Es war der Leutnant Rohn von den hannoveranischen Chasseuren, mit denen ich im letzten Sommer zwei Wochen lang das Quartier geteilt hatte. Er hatte einen Schuß durch die Brust.

„Ich war's", sagte ich. „Was ist's mit dem Marques von Bolibar? Sie kennen ihn?"

Er starrte mich angstvoll und mit Entsetzen an. Das Wundfieber brannte aus seinen Augen.

„Nehmt ihn fest, rasch!" schrie er mit heiserer Stimme. „Oder er wird euch alle vernichten."

Der Gerberbottich

Leutnant von Rohn von den hannoveranischen Chasseuren erlag zwei Tage später im Kloster Santa Engracia – wir hatten es sogleich nach unserer Ankunft in La Bisbal als Hospital eingerichtet – den Folgen seiner Verwundung. Er wurde während dieser Zeit wiederholt von unserem Obersten und dem Hauptmann Eglofstein über die näheren Umstände seines Zusammentreffens mit dem „Gerberbottich" und dem Marques de Bolibar befragt und einvernommen. Er war nicht immer bei klarem Bewußtsein, dennoch unterrichteten uns seine Aussagen zur Genüge darüber, was in jener Nacht – es war die Nacht, die auf unser Gefecht mit den Guerillas folgte – bei der Kapelle des heiligen Rochus im Gehölz von Bascaras zwischen dem Gerberbottich, dem Marques de Bolibar und dem englischen Kapitän William O'Callaghan vereinbart worden war. Sein Bericht gab uns vollen Aufschluß über den Charakter und die Fähigkeiten des Marques de Bolibar und darüber, wessen wir uns von diesem gefährlichen Feind Frankreichs und des Kaisers zu versehen hatten.

Leutnant von Rohn war von dem Kommandanten seines Regiments mit wichtigen Rechnungspapieren, nämlich den Feuilles d'appel*, den Stamm- und Kontrolllisten der hannoveranischen Chasseure, nach Forgosa in das Hauptquartier des Marschalls Soult geschickt worden, weil der Subinspekteur kein Geld zahlen wollte. Da der Raum zwischen dem vierten Korps des Marschalls Soult und der Brigade des Generals d'Hilliers, zu welcher die hannoveranischen Chasseure gehörten, sich zur Zeit im Besitz der Insurgenten befand, die auch die Stadt La Bisbal und ihre Umgebung besetzt hielten, so sah sich Leutnant von Rohn gezwungen, die bequeme

* (franz.) Präsenzlisten.

Landstraße zu vermeiden und Waldpfade zu benützen, die auf Umwegen durch das Gebirge nach Forgosa führten.

An dieser Stelle seines Berichtes angelangt, erging sich Leutnant von Rohn in bitteren Anklagen gegen die Rechnungsführer der Armee und wünschte, er könne alle Kriegskommissäre und die Projektenmacher und überhaupt alle Tintenkleckser im Hauptquartier von ihren weichen Polstersitzen weg auf den harten spanischen Felsen setzen – dann würden sie bald lernen, die Truppen auf geziemende Art zu behandeln. Dem Regiment fehle es bald an Schuhzeug, bald an Patronen, und einmal hätten sie Gartenkübel statt der Schanzkörbe verwenden müssen. Hierauf schweifte er völlig ab und kam auf die Besoldung zu sprechen, wobei er heftig darüber Beschwerde führte, daß ein Leutnant zu Hause jeden Monat zweiundzwanzig Reichstaler empfinge, er aber im Felde nur achtzehn. „Junot ist verrückt!" schrie er sodann in der Hitze des Wundfiebers. „Wie kann ein Mann, der völlig toll ist, noch immer ein Armeekorps kommandieren! Freilich, er ist tapfer, im Gefecht nimmt er dem Gemeinen sein Gewehr ab und feuert mit."

Hier unterbrach ihn Eglofstein mit einer Frage. Sogleich beruhigte sich der Leutnant und kehrte zu dem Gegenstand seines Berichtes zurück.

Er hatte am Abend des zweiten Tages seiner Reise in Begleitung seines Dieners das Gehölz von Bascaras passiert. Während sie sich ihren Weg durch das dichte Unterholz bahnten – die Pferde waren ihnen in diesem schwierigen Terrain mehr ein Hindernis als von Nutzen –, vernahmen sie Gewehrschüsse und den Lärm des Gefechtes, das sich nicht weit von ihnen zwischen uns und den Guerillas auf der Landstraße abspielte. Sogleich änderte Rohn die Richtung seines Wegs und ging bergaufwärts, um sich im Innern des Waldes in Sicherheit zu bringen. Einige Minuten später wurde er von einer verirrten Kugel im Rücken getroffen. Er fiel zu Boden und verlor auf kurze Zeit das Bewußtsein.

Als er wieder zu sich kam, fand er sich auf dem Rükken seines Pferdes, auf welchem ihn sein Diener mit zwei Riemen festgeschnallt hatte. Den Gipfel des Hügels hatten sie beinahe erreicht, aber der Gefechtslärm war aus viel größerer Nähe zu hören, er vermochte nunmehr einzelne Stimmen zu unterscheiden und vernahm kurze Kommandos, Flüche und das Geschrei der Verwundeten.

Auf der Höhe des Hügels befand sich eine halbverbrannte Kapelle des heiligen Rochus mitten in einer Lichtung. Hier blieb der Diener mit den Pferden stehen, denn der Leutnant hatte viel Blut verloren, und es sah aus, als wollte ihm der Verwundete unter den Händen sterben. Er erklärte, daß sie beide auf diese Art unfehlbar den Spaniern in die Hände fallen müßten, hob den Leutnant vom Pferde und führte ihn in die Kapelle. Rohn, der heftige Schmerzen verspürte und vom Blutverlust geschwächt war, ließ dies alles mit sich geschehen. Der Diener trug ihn die Treppe hinauf, legte ihn auf dem Fußboden der Kapelle nieder, hüllte ihn in seinen Mantel und bedeckte ihn mit Strohbündeln. Dann gab er ihm seine Feldflasche in die Hände, legte zwei geladene Pistolen neben ihn, so daß sie der Leutnant, wenn er die rechte Hand ausstreckte, erreichen konnte, und bedeckte auch diese mit Stroh. Hierauf entfernte er sich mit den beiden Pferden, nachdem er den Leutnant beschworen hatte, ruhig liegen zu bleiben und sich nicht zu rühren, und ihm versprochen hatte, er werde immer in seiner Nähe bleiben und ihn nicht im Stiche lassen, was immer geschehen möge.

Inzwischen war die Dunkelheit hereingebrochen, und das Schießen und Lärmen war verstummt. Eine Zeitlang blieb alles ruhig, und der Leutnant wollte eben den Kopf durch die Dachluke stecken und den Diener zurückrufen, denn er glaubte, die Gefahr sei vorüber. Mit einem Male aber hörte er Stimmen und sah den Schein von Windlichtern und Fackeln, die sich der Kapelle näherten.

Es waren Guerillas, das sah er sogleich, und im Nu hatte er sich wieder unter den Strohbündeln verborgen. Durch die Löcher und Spalten der Bretterwand, auf der er lag, konnte er sehen, wie die Spanier ihre Verwundeten in die Kirche trugen. Einer von ihnen stieg die Treppe herauf und warf den anderen Strohbündel hinunter – der Leutnant hielt den Atem an, denn er fürchtete entdeckt und auf der Stelle niedergemacht zu werden.

Aber der Spanier wurde des Leutnants nicht gewahr und stieg mit seiner Laterne die Treppe hinab, um die Verwundeten zu verbinden. Er ging mit seinen Instrumenten von einem zum anderen, aber niemals zuvor hatte der Leutnant einen Feldscher gesehen, der sein Gewerbe so mürrisch und mit so viel Verdrießlichkeit ausübte wie dieser spanische Chirurg.

„Was sitzt du da, wie der Jude Hiob auf seinem Misthaufen!" fuhr er einen von den Blessierten an, und zu einem anderen, der ächzend klagte, er fühle es, daß er bald in die ewige Seligkeit eingehen werde, sagte er voll Hohn:

„Du Narr, die ewige Seligkeit ist nicht so spottwohlfeil, wie du glaubst. Du meinst auch, man müßt nur ein Loch im Bauch haben, um den Himmel zu erreichen."

„Was hast du für mich in deiner Apotheken?" hörte der Leutnant einen anderen Verwundeten rufen. „Ein Affenfett? Ein Bärenschmalz? Einen Rabenkot?"

„Für dich hab ich ein Vaterunser, sonst nichts", sagte der Feldscher mürrisch. „Du hast der Löcher zu viel." Und indem er sich über den nächsten hermachte, brummte er: „Ja, der Tod ist ein Heide, er hält keinen Feiertag. Kriege machen bucklige Kirchhöfe, das hab ich immer gesagt."

„Kommst du nicht bald zu mir?" rief ein Verwundeter aus einem Winkel.

„Ei, du wart, bis die Reihe an dir ist!" schrie der Feldscher zornig. „Dich kenn ich, du willst auf jeden Mückenstich gleich ein Pflaster haben. Ich wollt, die Kugel wär dem Teufel in den Hintern gefahren, so hätt ich jetzt keine Schererei mit dir."

Draußen vor der Kapelle hatten die Guerillas indessen ein Feuer angemacht. Gegen den Wald zu waren Posten aufgestellt, und ein Rondenoffizier ging hin und her, um sie zu visitieren. Rings um das Feuer lagen die Insurgenten, wohl an die hundertundfünfzig Mann oder mehr, viele schliefen, und etliche rauchten ihre Papierzigaretten. Sie trugen Kleider und Waffen, die sie den Franzosen abgenommen hatten. Der eine Infanteriegamaschen, der andere einen langen Kürassierdegen, der dritte schwere deutsche Reiterstiefel. In der Nähe der Kapelle stand eine Korkeiche, an deren Stamm ein Bild der heiligen Jungfrau mit dem Kinde befestigt war, und vor dem Bilde lagen zwei Spanier auf den Knien und beteten. Ein englischer Offizier, ein Kapitän von den Northumberland-Füsilieren, stand auf seinen Degen gestützt und blickte ins Feuer, und er nahm sich in seinem scharlachroten Mantel und mit dem weißen Federbusch auf seinem Hut unter den zerlumpten Guerillas aus wie ein Golddukaten zwischen kupfernen Stübern. (Nach Rohns Beschreibung kann es sich nur um den Kapitän William O'Callaghan gehandelt haben, der, wie uns bekannt war, vom General Blake den Auftrag erhalten hatte, Ordnung und Mannszucht unter den Guerillabanden dieser Gegend herzustellen.)

Inzwischen war der Feldscher in der Kapelle mit seiner Arbeit zu Ende gekommen; er hinkte hinaus und trat an das Feuer heran. Er war ein kleiner, überaus fetter Mann, trug eine braune Jacke, kurze Hosen und blaue, zerrissene Strümpfe, an dem Kragen aber Oberstenlitzen. Und wie der Schein des Feuers in sein Gesicht fiel, erkannte der Leutnant, daß es der Gerberbottich selbst war, der drinnen in der Kapelle die Blessierten verbunden und ihnen, boshaft wie ein Affe, so schlimmen Trost gespendet hatte. Auf dem Kopf trug er eine aus Samt gefertigte und goldgestickte Kappe – der Leutnant erkannte sie sogleich als des Marschalls Lefebre gewesene Schlafmütze, denn die war in der ganzen Armee bekannt und berühmt, da um ihretwillen, als sie nämlich mit anderem Gepäck des Marschalls den Insurgenten in die Hände fiel, die Adjutanten des erzürnten Marschalls, wie auch alle Offiziere des Convoys, Arrest diktiert bekommen hatten.

Der Gerberbottich hielt die Hände, um sie zu wärmen, über das Feuer. Eine Zeitlang blieb alles ruhig, nur die Verwundeten stöhnten, einer von den Schlafenden fluchte im Traum, und die beiden Spanier, die vor dem Bilde knieten, murmelten Gebete.

Leutnant Rohn erzählte, daß er um diese Zeit mit großer Müdigkeit zu kämpfen hatte und trotz des Durstes, den er verspürte, in solcher Nähe seiner Feinde eingeschlafen wäre, wenn ihn nicht plötzlich das laute Rufen der Schildwachen ermuntert hätte. Er warf einen Blick durch die Dachluke und sah den Marques de Bolibar, der eben aus dem Dunkel des Gehölzes in den Lichtschein des Feuers trat.

Leutnant Rohn beschrieb ihn als einen hochgewachsenen, alten Mann, dessen Haar und Schnurrbart völlig weiß war. Seine Nase war leicht gebogen, und seine Züge hatten etwas Wildes und Schreckenerregendes – woran dies lag, konnte Leutnant Rohn nicht deutlich machen, soviel Mühe er sich auch gab.

„Da ist er!" rief der Gerberbottich und zog seine Hände vom Feuer weg. „Der Herr Marques de Bolibar", sagte er zu dem englischen Offizier gewendet. „Ich bitte um Verzeihung, Herr Marques" – er machte eine plumpe Verbeugung bis zur Erde –, „daß ich Ihre Nachtruhe gestört habe, aber Sie würden mich wahrscheinlich morgen nicht mehr in dieser Gegend antreffen, und ich habe Ihnen gewisse Nachrichten von äußerster Wichtigkeit, welche Ihre Familie betreffen, zu überbringen."

Der Marques blickte mit einer plötzlichen Bewegung des Kopfes auf und sah dem Gerberbottich ins Auge. Alle Farbe war aus seinem Gesicht gewichen, aber das Feuer warf einen roten Schein auf seine Wangen.

„Sind Sie, Herr Marques, ein Verwandter des Generalleutnants de Bolibar, der vor zwei Jahren das zweite spanische Korps befehligt hat?" fragte der englische Kapitän in höflichem Ton.

„Der Generalleutnant ist mein Bruder", sagte der Marques, ohne das Auge von dem Gerberbottich zu wenden.

„In der englischen Armee hat ein Offizier Ihres Namens gedient, der bei Acre den Franzosen den Artilleriepark abgenommen hat."

„Das war mein Vetter", sagte der Marques, und noch immer hielt er die Augen auf den Gerberbottich geheftet, und es schien, als erwarte er von dorther einen Angriff oder einen Überfall, dem er festen Blickes begegnen müsse.

„Des Herrn Marques Familie hat vielen Armeen ausgezeichnete Offiziere gegeben", sagte jetzt der Gerberbottich. „Auch im französischen Heer hat bis vor kurzem ein Neffe des Herrn Marques gedient."

Der Marques schloß die Augen.

„Ist er tot?" fragte er leise.

„Er hat eine schöne Karriere gemacht", sagte der Gerberbottich und lachte. „Ist französischer Leutnant geworden, trotz seinen siebzehn Jahren. Ich hab auch einen Sohn, hätt gern einen Soldaten aus ihm gemacht, aber er hat einen Buckel, taugt nur fürs Kloster."

„Ist er tot?" fragte der Marques. Er stand aufrecht, ohne sich zu rühren, aber sein Schatten zuckte in wilden Sprüngen bei dem Schein des flackernden Feuers, und es sah aus, als ob nicht der alte Mann, sondern sein Schatten es wäre, der voll Angst und Ungewißheit auf die Botschaft des Gerberbottichs wartete.

„In der französischen Armee kämpfen vielerlei Völker", sagte der Gerberbottich und zuckte die Achseln. „Deutsche und Holländer, Neapolitaner und Polen. Warum, frag ich, hätt nicht auch einmal ein Spanier sollen bei den Franzosen Dienst nehmen?"

„Ist er tot?" schrie der Marques auf.

„Tot! Ja. Und jetzt rennt er mit dem Teufel um die Wette in die Hölle!" brach's aus dem Gerberbottich hervor, und er lachte in wilder Freude, daß es in den Bäumen des Waldes schauerlich widertönte.

„Ich stand bei ihm, als ihn seine Mutter gebar", sagte der Marques leise und beklommen. „Ich war's, der ihn zur heiligen Taufe trug. Aber er war unbeständig vom Mutterschoß an wie ein Schatten an der Wand. Gott schenk ihm die ewige Herberg."

„Der Teufel in der Hölle, der wird ihm die ewige Herberg schenken", rief der Gerberbottich böse und voll Hohn.

„Amen", sagte der englische Kapitän, und es war nicht zu erkennen, ob er zu des Marques Gebet oder zu des Gerberbottichs Fluch sein Amen gab.

Der Marques trat vor den Bildstock und bückte sich zur Erde vor dem Bildnis der Jungfrau. Die beiden Spanier, die dort gebetet hatten, standen auf und gaben ihm Raum.

„Ich freilich", sagte der Gerberbottich zum Kapitän gewendet, „ich kann mich keiner adeligen Verwandtschaft rühmen. Meine Mutter war eine Dienstmagd, und mein Vater hat Schuh geflickt. Darum dien ich meinem König und der heiligen Kirche, denn es können nicht alle Leut Edelleut sein."

„Du weißt es, Gott, daß wir elenden Menschen ohne Sünde nicht leben können!" betete der Marques vor dem Bilde der Himmelsmutter.

„Unser hoher Adel, müßt Ihr wissen, Herr Kapitän", sagte der Gerberbottich und lachte höhnisch und bitter, „der Herzog von Infantado und der Marques von Villafranca, die beiden Grafen von Orgaz, Vater und Sohn, und der Herzog von Albuquerke – die sind alle nach Bayonne gefahren und haben dem neuen König Josef gehuldigt."

„Du hast nicht vergessen, Gott, daß auch von deinen zwölf Aposteln einer meineidig und ein Filou gewesen ist!" schrie der Marques de Bolibar zu dem Marienbild empor.

„Ja, unsere stolzen Granden, die sind die ersten in Bayonne gewesen, um ihren Eid gegen Geld zu verschachern. Warum auch nicht? Sind denn die französischen Louisdors von schlechterem Gold als die spanischen Dublonen?"

„Der heilige Augustinus ist ein Ketzer gewesen, und du hast ihm verziehen. Hörst du mich, Gott? Paulus ist ein Verfolger der Kirche gewesen und Matthias ein Geizhals und Geldanbeter, Petrus hat falsch geschworen, allen hast du verziehen. Hörst du mich, Gott?" rief der Marques verzweifelt in seinem inbrünstigen Gebet.

„Aber ihrer Strafe entlaufen sie in aller Ewigkeit nicht! Sie sind verloren, und die Hölle wartet ihrer. Flammen, Feuer und Funken, Feuer oben, Feuer unten, Feuer um und um, Feuer in Ewigkeit!" tobte der Gerberbottich in wildem Triumph und starrte verzückt in das Dunkel der Nacht, als sähe er in der Ferne hinter den dunklen Wäldern die Flammen der Hölle lodern und leuchten.

„Erbarme dich seiner, erbarme dich, Gott, und laß ihm leuchten dein ewiges Licht!"

Leutnant Rohn vernahm in seinem Versteck mit Staunen und Schrecken dieses seltsame Gebet. Denn der Marques flehte nicht in Demut zu Gott, sondern er sprach und schrie zu ihm bald zornig, bald drohend und dann wieder, als wollt er Gott mit Gründen überreden, er sollt ihm doch in dieser Sache seinen Willen tun.

Nun erhob sich der Marques von der Erde und trat auf den Gerberbottich zu. Seine Stirne war in Falten gelegt, seine Lippen zuckten, und in seinen Augen brannte ein zorniges Feuer.

Der Gerberbottich aber tat, als wäre er verwundert, ihn noch hier zu sehen.

„Herr Marques", sagte er. „Es ist schon spät, und wenn Sie dem französischen Kommandanten gleich frühmorgens Ihre Aufwartung zu machen wünschen –"

„Genug!" schrie der Marques, und sein Gesicht erschien noch furchterweckender als vorher. Der Gerberbottich verstummte sogleich. Die beiden Männer standen einander schweigend und ohne sich zu regen gegenüber. Nur ihre Schatten zuckten hin und her in dem unruhigen Schein des Feuers, duckten sich und sprangen hervor, wichen zurück und fuhren aufeinander los, und es schien dem Leutnant Rohn in der Hitze seines Fiebers, als wäre der Haß und die wilde Kampfbegierde dieser beiden Männer lautlos in ihre huschenden Schatten gefahren.

Mit einemmal aber schrien die Wachtposten wiederum ihren Ruf, und gleich darauf kam ein Mann aus dem Wald auf das Feuer zugelaufen: Und sowie der Gerberbottich ihn erblickte, vergaß er sogleich seine Händel mit dem Marques de Bolibar.

„Ave Maria purissima!" keuchte der Bote außer Atem, denn dies ist der gewöhnliche spanische Gruß, und man kann ihn an jedem Tag auf den Straßen oder in den Stuben an die hundertmal hören.

„Amen. Sie hat ohne Sünde empfangen!" rief der Gerberbottich voll Ungeduld. „Du kommst allein? Wo hast du den Pater?"

„Der Pater hat die Kolik bekommen, von einer heißen Blutwurst –"

„Verflucht sei seine Seele, sein Leib und seine Augen!" brüllte der Gerberbottich. „Er hat nicht soviel Herz, als man bei einem Flecksieder um einen halben Quarto zu kaufen bekommt. Er hat Angst, das ist seine Krankheit!"

„Er ist tot, der Pater, ich kann's beschwören", sagte der Bote. „Ich hab ihn in seiner Kammer aufgebahrt gesehen."

Der Gerberbottich fuhr sich mit beiden Händen in die Haare und begann so wild zu fluchen, daß der Himmel über ihm hätte einstürzen mögen. Er war vor Zorn so rot im Gesicht wie ein Stein in einem Ziegelofen.

„Tot?" schrie er und schnappte nach Luft. „Haben Sie gehört, Kapitän, der Pater ist tot!"

Der englische Offizier sah schweigend vor sich hin ins Leere. Die Guerillas ringsumher waren von der Erde aufgesprungen und drängten sich, in ihre Mäntel gehüllt, fröstelnd um das Feuer.

„Was nun?" fragte der Kapitän.

„Ich habe dem General Cuesta auf seinen Degen einen Eid geschworen, daß wir die Stadt behalten würden oder sterben. Unsere Anschläge waren mit so viel Kunst erdacht und ins Werk gesetzt, nun muß dieser Pater zur Unzeit sterben."

„Ihre Anschläge waren schlecht", sagte mit einemmal der Marques de Bolibar. „Ihre Anschläge hätten Ihnen Löcher in den Kopf eingebracht, sonst nichts."

Der Gerberbottich blickte den Marques zornig und voll Entrüstung an.

„Was wissen Sie von unseren Anschlägen? Ich hab sie nicht in den Gassen ausgetrommelt."

„Der Pater Ambrosius hat mich rufen lassen, als er sah, daß er sterben müßt", sagte der Marques. „Ich sollt die Sache, die Sie ihm anvertraut haben, zu Ende führen. Aber Ihre Pläne sind schlecht, und ich sag es Ihnen ins Gesicht, Oberst Saracho, daß Sie die Kriegskunst nicht verstehen."

„Aber Sie verstehen sie, Herr Marques, ich weiß es",

rief der Gerberbottich voll Ärger. „Sie werden die Stadt wie ein kaltes Apfelmus verspeisen."

„Sie haben unter die Stadtmauer einen Sack Pulver vergraben, zwischen Sandsäcke eingedämmt und mit einer Lunte versehen. Die sollt der Pater in der Nacht anzünden und so eine Bresche in die Mauer legen."

„Ja", unterbrach der Gerberbottich den Marques. „Denn anders ist das Bollwerk nicht zu nehmen. Die Stadt trotzt dem gröbsten Geschütz, denn sie ist, wie Sie in den Chroniken lesen können, vor mehr als fünftausend Jahren von dem König Herkules und dem heiligen Jakob gemeinschaftlich erbaut worden."

„Ihre Kenntnis der Geschichte ist bewundernswert, aber Sie haben nicht daran gedacht, Oberst Saracho, daß die Franzosen sogleich nach ihrer Ankunft alle Mönche zusammentreiben und in Arrest setzen. Sie werden morgen die Mönche in ihr Kloster oder in eine Kirche sperren, vor das Tor eine scharfgeladene Kanone mit brennender Lunte stellen und keinen herauslassen. Haben Sie daran gedacht, Oberst Saracho? Aber auch wenn es dem Pater geglückt wäre, zu entwischen: Es ist das ganze nassauische Regiment und ein Teil des hessischen, das Ihnen gegenübersteht, und Sie haben eine Handvoll zusammengelaufener und schlechtunterrichteter Leute, von denen keiner gehorchen will und jeder kommandiert."

„Wahr! Wahr!" schrie der Gerberbottich ungeduldig und erbost. „Aber meine Leute sind geschickt und haben Courage, und wir hätten diese deutschen Kolosse über den Haufen gerannt."

„Sind Sie Ihrer Sache so sicher?" fragte der Marques. „Sobald die Detonation erfolgt, wird durch alle Straßen von La Bisbal der Generalmarsch wirbeln, und die Deutschen laufen zu ihren Geschützen. Zwei Lagen Kartätschen und Ihr Sturm ist zu Ende! Haben Sie das nicht bedacht, Oberst Saracho?"

Der Gerberbottich wußte keine Antwort, kaute an seinen Fingern und schwieg.

„Und wenn es etlichen von Ihren Leuten gelingt", fuhr der Marques fort, „in die Stadt einzudringen – aus allen Winkeln und Ecken, hinter den vergitterten Fenstern hervor und aus den Kellerluken bekommen sie Feuer. Denn die Bürger von La Bisbal sind jetzt mehr denn je französisch gesinnt. Ihre Guerillas haben ihnen die Weinstöcke ausgerissen und die Ölbäume angezündet. Und erst kürzlich haben Sie zwei junge Leute aus La Bisbal erschießen lassen, die sich geweigert hatten, sich zu stellen."

„Es ist so. Ja", sagte einer von den Guerillas. „Die Stadt ist gegen uns. Die Bürger machen uns ein böses Gesicht, die Weiber drehen uns den Rücken, die Hunde kläffen uns an –"

„Und die Wirte schenken uns sauren Wein", brummte ein zweiter.

„Aber der Besitz von La Bisbal ist für uns aus militärischen Gründen von der größten Wichtigkeit", erklärte der Kapitän. „Wenn die Franzosen die Stadt behalten, so können sie den General Cuesta bei jeder Diversion seiner Truppen in der Flanke und im Rücken fassen."

„So muß uns der General Cuesta Verstärkungen schikken", rief der Gerberbottich. „Er hat die Regimenter Princesa und Santa Fe und das halbe Kavallerieregiment St. Jago. Er soll –"

„Keinen Mann und keinen Karrengaul wird er uns schicken. Er ist selbst in Bedrängnis, und Sie wissen: Ein Lahmer hilft einem anderen nur selten. Was ist zu tun, Herr Oberst?"

„Soll ich's Ihnen sagen und weiß es selber nicht", sagte der Gerberbottich mürrisch und besah seine Finger. Die Guerillas aber ringsum fingen an zu lärmen, als sie ihre Kommandanten ratlos, unschlüssig und uneins sahen. Etliche riefen, dann sei der Krieg aus, und sie wollten heimfahren. Andere widersprachen, schrien, sie wollten nicht nach Hause, ihren Weibern Holz in die Stuben tragen und Feuer anmachen. Und einer lief zu seinem Esel und begann ihn zu satteln, als wollt er vom Fleck weg heim in sein Dorf reiten.

Und in diesem Getümmel vernahm man plötzlich die Stimme des Marques de Bolibar:

„Wenn Sie mir gehorchen wollen, Oberst – ich weiß einen Rat."

Sowie von Rohn in seinem Versteck diese Worte

hörte, da befiel ihn von neuem jene unerklärliche Angst, die ihm das Gesicht und die Augen des Marques de Bolibar schon im ersten Augenblick eingeflößt hatten. Der Gefahr, entdeckt zu werden, nicht achtend, schob er den Kopf durch die Dachluke, damit ihm kein Wort entgehen sollte. Sein Durst und seine Schmerzen waren verschwunden, und er hatte keinen anderen Gedanken, als daß er vom Schicksal dazu bestimmt sei, die Anschläge des Marques de Bolibar zu erhorchen und zu durchkreuzen.

Anfangs war das Geschrei und das Getümmel der Guerillas, die darüber stritten, ob es besser sei, den Kampf fortzusetzen oder auseinanderzulaufen, so groß, daß der Leutnant nichts von dem zu verstehen vermochte, was der Marques de Bolibar den beiden anderen eröffnete. Jedoch schon nach kurzer Zeit gebot der Gerberbottich seinen Leuten unter Flüchen und Verwünschungen Ruhe, und sogleich legte sich der Lärm.

„Ich bitte Sie, fortzufahren, Herr Marques!" sagte der Kapitän in größter Höflichkeit. Auch des Gerberbottichs Haltung war mit einemmal gänzlich verändert, nichts mehr von Hohn, nichts mehr von Haß und Bosheit war an ihm zu merken, respektvoll und beinahe unterwürfig stand er da, und alle drei, der englische Offizier, der Insurgentenhauptmann und Leutnant Rohn, blickten voll Erwartung auf den Marques de Bolibar.

Signale

Leutnant Rohn gab an dieser Stelle seines Berichtes eine Beschreibung des schreckhaften Bildes dieser nächtlichen Zusammenkunft, das sich tief in seine Seele eingeprägt hatte. Er schilderte den Gerberbottich, der, wie ein Kobold auf der Erde kauernd, das Feuer mit Reisig schürte – denn die Nacht war kalt – und dabei unverwandt zu dem Marques hinaufsah. Den englischen Offizier, der mit gleichmütigem Gesicht und dennoch voll Erregung dastand und nicht beachtete, daß ihm sein scharlachroter Mantel von den Schultern geglitten und zu Boden gefallen war. Die Guerillas, die sich um das Feuer drängten, teils um alles genau zu hören, teils der nächtlichen Kälte halber. Und die Korkeiche mit dem Bild der Jungfrau, die, vom Wind entwurzelt und halb zu Boden gestürzt, sich zu dem Marques hinzuneigen und auch seinen Worten zu lauschen schien – dem Leutnant war in seinem geängstigten und vom Fieber verwirrten Herzen zumute, als wären nun auch Gott und die Jungfrau mit den Guerillas im Bunde und nähmen teil an ihrer Verschwörung.

In der Mitte aber stand der Marques de Bolibar und eröffnete den anderen seine mörderischen Pläne.

„Sie werden Ihre Leute nach Hause schicken, Oberst Saracho!" befahl er. „Sie werden sie heimkehren heißen zu ihren Äckern, zu ihren Weinbergen, zu ihren Fischteichen und Maultierställen. Ihre Geschütze und die Pulverkarren verbergen Sie und erwarten die Stunde, in der wir stärker sind als die Deutschen."

„Und wann wird diese Stunde kommen?" fragte der Gerberbottich voll Zweifel, schüttelte den Kopf und blies das Feuer an.

„Die Stunde wird bald kommen", verkündete der Marques. „Denn ich werde Ihnen einen Bundesgenossen finden. Sie sollen einen Beistand haben, an den Sie heut nicht denken."

„Wenn Sie den Empecinado meinen", brummte der Gerberbottich und stand vom Boden auf, „der mit seinen Guerillas bei Campillos steht – dieser Mensch ist mein Feind, der wird nicht kommen, wenn ich ihn brauche."

„Den Empecinado mein ich nicht. Die Bürger von La Bisbal sind's, die Ihnen zu Hilfe kommen werden. Die Bürger von La Bisbal werden eines Nachts aufstehen und über die Deutschen herfallen."

„Die Dickbäuche und Fetthälse von La Bisbal", schrie der Gerberbottich und ließ sich zornig und enttäuscht wieder zur Erde fallen, „die denken des Nachts, wenn sie bei ihren Weibern liegen, darüber nach, wie sie uns und dem Vaterland wiederum einen Judas Ischariot abgeben könnten."

„Ich will sie dazu bringen, daß sie aus ihren Betten fahren und rebellieren!" rief der Marques und drohte mit der Hand der Stadt, die tief unten im Tale lag und schlief. „Der große Aufruhr wird kommen, seien Sie dessen sicher. Ich habe meine Pläne fertig im Kopf, meinen Leib und meine Seele setz ich zum Pfand, daß sie gelingen."

Eine Weile schwiegen die drei und blickten ins Feuer, und jeder von ihnen hing seinen Gedanken nach. Die Guerillas flüsterten untereinander, und der Nachtwind rauschte in den Bäumen und schüttelte Regentropfen von den Ästen und Zweigen.

„Und was ist unsere Aufgabe bei diesem Unternehmen?" fragte endlich der Kapitän.

„Sie warten auf meine Signale. Ich werde deren drei geben. Bei dem ersten sammeln Sie Ihre Leute, besetzen die Straßen, bringen die Geschütze in Stellung und sprengen die beiden Alharbrücken in die Luft. Aber erst, wenn ich das Zeichen gebe, denn es ist von der höchsten Wichtigkeit, daß die Deutschen sich bis dahin in Sicherheit wähnen."

„Weiter! Weiter!" drängte der Gerberbottich.

„Auf mein zweites Signal hin beginnen Sie unverzüglich, die Stadt mit Kanonenkugeln, Bomben und Zündgranaten zu beschießen. Zugleich setzen Sie sich in den Besitz der ersten Befestigungslinien."

„Und dann?"

„Indessen wird der Aufruhr losgebrochen sein, und dann, wenn die Deutschen sich auf allen Seiten gegen die rebellierenden Bürger zu wehren haben, dann gebe ich das dritte Signal, und Sie befehlen den Sturm."

„Es ist gut", sagte der Gerberbottich.

„Und die Signale?" Der Kapitän zog seine Schreibtafel hervor.

„Kennen Sie mein Haus in La Bisbal?" fragte der Marques den Gerberbottich.

„Das Haus vor dem Stadttor oder das mit den Sarazenenköpfen in der Straße der Karmeliter?"

„Das Haus in der Straße der Karmeliter. Von dem Dache dieses Gebäudes wird dicker, schwarzer Rauch aufsteigen. Rauch von brennendem, feuchtem Stroh, das ist das erste Zeichen."

„Rauch von brennendem, feuchtem Stroh", wiederholte der Kapitän.

„Wenn Sie des Nachts, wenn alles still ist in La Bisbal, die Orgel des Klosters St. Daniel hören – das ist das zweite Signal."

„Die Orgel im Kloster St. Daniel", schrieb der Kapitän. „Und das dritte?"

Der Marques überlegte einen kurzen Augenblick lang. „Geben Sie mir Ihr Messer, Oberst Saracho", sagte er dann.

Der Gerberbottich zog ein breites Dolchmesser mit einem Griff aus geschnitztem Elfenbein von der Art, die man in Spanien Ochsenzunge nennt, unter seinem Rock hervor.

Der Marques nahm es an sich. „Wenn ein Bote Ihnen dieses Messer bringt, dann kommandieren Sie den Sturm. Nicht früher und nicht später, der Erfolg des ganzen Unternehmens hängt daran, Oberst Saracho."

Dem Leutnant von Rohn oben unter dem Dach der Kapelle, dem kein Wort entgangen war, glühte die Stirne, und das Blut hämmerte in seinen Schläfen. Er kannte die drei Signale, die bestimmt waren, Verderben über die Besatzung La Bisbals zu bringen. Und er wußte, daß der Erfolg des Unternehmens nun nicht mehr in des Gerberbottichs Hand lag, sondern in der seinen. –

„Da sind noch einige Umstände, die erwogen werden müssen", meinte der englische Offizier bedächtig und schob die Schreibtafel in seine Tasche. „Die Deutschen könnten nämlich auf den Gedanken kommen, daß es nützlich wäre, sich der Person des Marques de Bolibar zu versichern. In diesem Falle würden wir wohl ermüdend lange auf die Signale zu warten haben."

„Den Marques de Bolibar werden die Deutschen nirgends finden. Sie werden einen blinden Bettler sehen, der vor der Kirchentüre seine geweihten Agnus-dei-Kerzen feilhält, oder einen Bauern, der Eier, Käse und Kastanien auf seinem Esel zu Markt bringt. Versuchen Sie es, mich in dem Sergeanten zu erkennen, der die Posten vor dem Pulvermagazin aufstellt, oder in dem Dragoner, der das Pferd des Regimentskommandeurs zur Schwemme führt."

Der Engländer lächelte.

„Ihr Gesicht ist keines von denen, die man leicht vergißt", sagte er. „Ich würde mich getrauen, Sie in jeder Ihrer Verkleidungen wiederzuerkennen, Herr Marques."

„Sie würden sich das getrauen, wahrhaftig!" sagte der Marques und versank in Nachdenken. Eine Weile schwieg er. „Ist Ihnen der General Rowland Hill bekannt, Herr Kapitän?"

„Ich habe wiederholt die Ehre gehabt, den General Rowland Viscount Hill of Hawkstone zu sehen; zum letztenmal, als ich mich vor vier Monaten in Salamanca aufhielt und in der Nähe seines Quartiers einige Einkäufe besorgte – was suchen Sie auf der Erde, Herr Marques?"

Der Marques hatte sich zu Boden gebückt. Als er sich aufrichtete, hatte er den scharlachroten Mantel des Engländers um die Schultern geworfen. Sonst konnte Leutnant Rohn anfänglich nichts Besonderes bemerken, und erst die grenzenlos verwunderte Miene des Engländers erregte seine Aufmerksamkeit.

Das Gesicht des Marques de Bolibar trug plötzlich fremde, dem Leutnant völlig unbekannte Züge. Zum erstenmal sah Rohn diese hageren, von vielen Falten durchpflügten Wangen, zum erstenmal die unsteten Augen, die ruhelos über die Dinge glitten, den harten, festgeformten Mund und dieses mächtige Kinn, das Energie und einen unerschütterlichen Willen ahnen ließ. Und jetzt öffnete das fremde Antlitz den Mund und sagte langsam mit einer schnarrenden Stimme:

„Wenn Sie das nächste Mal bei einem Angriff auf so starke Artillerie stoßen, Kapitän –"

Der Engländer packte den Marques heftig an der Schulter und stieß einen Fluch oder eine Verwünschung aus, die Leutnant Rohn nicht verstand. „Welcher Satan von einem Komödianten hat Sie diese verdammte Kunst gelehrt?" schrie er. „Wenn ich nicht durch Zufall wüßte, daß Lord Hill kein Wort spanisch spricht – geben Sie mir meinen Mantel zurück, es ist höllisch kalt!"

Die Guerillas ringsum lachten über den Ärger und die Verwunderung des Engländers, aber einer von ihnen bekreuzte sich und sagte mit einem scheuen Blick auf den Marques:

„Unser gnädiger Herr, der Herr Marques, vermag noch andere Dinge. Geben Sie ihm zwei Maß Blut, zwölf Pfund Fleisch und einen Sack Knochen, so macht er einen Menschen daraus, einen Christen oder einen Mohren, das ist ihm gleich."

„Meinen Sie noch immer, Herr Kapitän", fragte der Marques, und er hatte mit einemmal wieder sein früheres Gesicht, „daß mich die Deutschen festnehmen werden, wenn ich entschlossen bin zu verschwinden? Heute noch, um die Zeit des Abendgebetes, werde ich die Puerta del Sol passieren, und kein Mensch wird mich daran hindern."

„Ich wollte", sagte der Kapitän in besorgtem Ton, „Sie würden mir die Verkleidung verraten, die Sie gewählt haben, denn ich fürchte, daß meine Leute Ihnen beim Sturm auf La Bisbal Schaden zufügen werden, wenn sie Sie nicht erkennen."

„Ich wünsche mir nichts anderes", rief der Marques, „als unerkannt begraben zu werden und mit meinem Leben zugleich den Namen zu verlieren, der für immer mit Schmach und Verachtung bedeckt ist."

Das Feuer in ihrer Mitte war kleiner geworden und begann zu erlöschen. Der Wind wehte kalt und feucht, und hinter den schwarzen Wäldern stieg ein fahler Morgen herauf.

„Der Ruhm, den Ihnen Ihr Unternehmen bringen wird –", begann der Kapitän unsicheren Tons und blickte in die erlöschende Glut.

„Ruhm?" unterbrach ihn zornig der Marques. „Sie mögen wissen, Herr Kapitän, daß Ruhm in Schlachten und Gefechten nicht zu holen ist. Ich verachte den Krieg, der uns zwingt, immer wieder das Schlechte zu tun. Und ein armer Bauernknecht, der in Einfalt seinen Acker pflügt, hat mehr Ruhm als die Feldherren und Generäle, das mögen Sie wissen, Herr Kapitän. Denn er dient mit seinen armen Händen der Erde, die wir anderen alle in diesem Krieg verdorben und geschändet haben."

Bei diesen Worten verstummten alle, die um das erloschene Feuer standen und blickten voll Staunen und voll Scheu und doch auch voll Ehrfurcht auf den Mann, der den Krieg verachtete und dennoch seine blutigen Werke auf sich nahm, um die Tat zu sühnen, die einer seines Namens begangen hatte.

„Ich bin Soldat", sagte der Gerberbottich nach langem Schweigen. „Und ich werde mit Ihnen über den Ruhm, den der Krieg einem tapferen Soldaten zu bringen vermag, sprechen, wenn unser Unternehmen gelungen ist. Denn ich werde Sie erkennen, Herr Marques."

„Wenn Sie mich erkennen, dann seien Sie barmherzig und nennen Sie meinen Namen nicht, denn er ist für immer mit Schande verknüpft. Blicken Sie zur Seite, und lassen Sie mich unerkannt meinen Weg gehen. Und nun leben Sie wohl."

„Gehen Sie", rief der Kapitän ihm nach, „und der Himmel unterstütze Sie bei Ihrem Unternehmen."

Während der Marques sich entfernte, wandte sich der Gerberbottich dem Kapitän zu und sagte mit halblauter Stimme:

„Ich zweifle, ob der Marques de Bolibar –"

Er brach ab, denn der Marques war stehengeblieben und hatte sich umgedreht.

„Sie wenden den Kopf, wenn Sie Ihren Namen nennen hören, Herr Marques", rief der Gerberbottich und lachte laut, „und daran werde ich Sie erkennen."

„Sie haben recht, und ich danke Ihnen. Ich muß mein Ohr lehren, taub zu werden für den Klang meines Namens."

Es ist klar, daß dem Marques de Bolibar in diesem Augenblick der Gedanke kam, bei dessen Ausführung ich ihn tags darauf in seinem Garten beobachtete, ohne den Sinn des seltsamen Vorganges zu begreifen. Leutnant Rohn wurde indessen in seinem Versteck von Angst und Ungeduld verzehrt. Er wußte, daß er allein das Regiment Nassau in La Bisbal vor der Gefahr, die ihm drohte, zu bewahren vermochte. Er konnte den Augenblick kaum mehr erwarten, in dem ihn sein Diener aus seinem Versteck befreien und nach La Bisbal bringen sollte. Und die Angst quälte ihn, daß der Marques die Stadt vor ihm erreichen und ungehindert in der Menge verschwinden werde, um seine furchtbaren Anschläge ins Werk zu setzen.

Nun aber befahl der Gerberbottich endlich den Aufbruch. Die Guerillas sprangen sogleich auf die Beine und begannen, eilig und voll Geschäftigkeit, durcheinanderzulaufen, die einen schleppten die Verwundeten aus der Kapelle, die anderen beluden die Maulesel mit Vorratskörben, Weinschläuchen und Mantelsäcken. Etliche sangen bei ihrer Arbeit, einige stritten, die Maultiere erhoben ein gellendes Geschrei, die Treiber fluchten, und in all dem Getümmel hatte der englische Kapitän seinen Feldkessel über das Feuer gehängt und bereitete sich den Tee zum Frühstück. Der Gerberbottich hatte an dem Baum neben das Bild der heiligen Jungfrau eine Laterne und einen Spiegel befestigt und rasierte sich in Eile, indem er bald einen Blick auf den Spiegel, bald einen auf die Madonna warf, sich den Bart schabte und dazu betete.

Schnee auf den Dächern

Der Marques de Bolibar hat am gleichen Tage um die Stunde des Rosariums oder Abendgebets unbehindert die Puerta del Sol passiert. Niemand erkannte ihn, und er hätte in der Menge der Wasserträger und Fischverkäufer, der Gewürzkrämer und Ölhändler, der Wollarbeiter und der Klosterbrüder, die sich des Abends vor der Kirchentür drängen, um den englischen Gruß zu beten und bekannte Gesichter zu begrüßen, verschwinden können wie der Aal in trübem Wasser. Aber sein Unstern hatte es gefügt, daß er unser Geheimnis erlauschen mußte, das Geheimnis, das uns fünf mit den Ketten der Erinnerung aneinandergefesselt hielt: Mich und die vier anderen. Unser und der toten Françoise-Marie Geheimnis, das wir sonst tief in den Herzen verschlossen hielten und das wir in jener Nacht prahlerisch einer dem anderen preisgaben, trunken vom Alicantewein und krank vor Heimweh, weil der Schnee auf den Dächern lag.

Aber der zerlumpte Maultiertreiber, der mit einem Rosenkranz in den Händen in einem Winkel meiner Stube saß, hatte es mit angehört und mußte sterben.

An der Stadtmauer ließen wir ihn erschießen, heimlich und eilig, ohne Feldgericht und ohne Beichte. Keiner von uns dachte daran, daß es der Marques de Bolibar war, der dort blutend unter unseren Kugeln im Schnee zusammenbrach.

Und keiner ahnte, welch verfluchtes Vermächtnis er auf unsere Schultern geladen hatte, bevor er starb.

Ich hatte das Kommando der Torwache an jenem Abend. Gegen sechs Uhr fertigte ich die Nachtpikette ab, die im Umkreis einer halben Stunde um die Stadtmauern patrouillieren sollten. Meine Posten standen, die Karabiner schußbereit unter den Mänteln versteckt, lautlos und unbeweglich wie die Heiligenfiguren in ihren Nischen.

Es begann zu schneien. In diesem gebirgigen Teile Spaniens soll Schneewetter nichts Allzuseltenes sein. Doch war es an diesem Abend das erste Mal, daß wir in Spanien Schneeflocken zu sehen bekamen.

Ich hatte mir in meine Stube zwei kupferne Pfannen mit glühender Asche bringen lassen, denn Öfen gab es keine in den Häusern von La Bisbal. Der Rauch biß mich in den Augen, und der Schneesturm ließ die Fensterscheiben leise und drohend erklirren. Dennoch war es behaglich in meiner warmen Stube. In der Ecke stand mein Bett, aus frisch gesammeltem Heidekraut gemacht, mit einem Mantel darüber. Tisch und Bänke waren aus Fässern und Brettern gezimmert, und auf dem Tisch stand der Wein in ausgehöhlten Kürbissen, denn ich erwartete den Besuch meiner Kameraden, die den Weihnachtsabend bei mir zu verbringen gedachten.

Vom Dachboden her hörte ich die Stimmen meiner Dragoner, die oben in ihre Mäntel gehüllt auf der Erde lagen und diskutierten. Ich ging lautlos die hölzerne Treppe hinauf.

Oftmals schlich ich mich im Dunkeln zwischen meine Leute und horchte auf ihre Gespräche. Denn ich war in beständiger Unruh, daß unser Geheimnis verraten sei und daß die Dragoner des Nachts, wenn sie sich allein und unbelauscht wähnten, zueinander von der toten Françoise-Marie und ihren heimlichen Wegen wisperten und schwatzten.

Es war finster in der Bodenkammer wie in einem Backofen. Aber ich erkannte den Sergeanten Brendel an der Stimme.

„Hast du den Kerl wiedergefunden, der mit deinem Geldbeutel davon ist?" fragte er eben, und die mürrische Stimme eines anderen gab zur Antwort:

„Ich bin ihm nach, konnt ihn nicht mehr erreichen. Der ist davon und wird sich hüten, zurückzukommen."

„So sind diese Spanier alle!" rief eine zornige Stimme. „Beten den ganzen Tag, daß ihnen das Maul möcht stauben, tunken alle Weihkessel leer vor lauter Frömmigkeit und Gottseligkeit und denken dabei an nichts anderes, die Erzvögel und Saurüssel, als wie sie uns betrügen und bestehlen könnten."

„Vor fünf Tagen", hörte ich des Korporal Thiele Stimme, „als wir in Corbosa lagen, da hat solch ein ungehangener Dieb, einer von den Fuhrleuten, sich mit einem Koffer unseres Obersten davongemacht, da waren der hochseligen Frau Oberstin Dormeusen und Unterröck darin, die hat er jetzt in sein stinkendes Wiedehopfnest geschleppt."

Unser Oberst führte in seinem Gepäck die Kleider der toten Françoise-Marie mit sich, auf allen seinen Feldzügen und wohin er auch reiste, mochte sich niemals von ihnen trennen. Als ich nun die Dragoner von der Frau unseres Obersten sprechen hörte, begann mir das Herz laut zu schlagen, glaubte, jetzt müßt es kommen und unser Geheimnis wär verraten. Aber ich hörte kein Wort mehr von Françoise-Marie, die Dragoner begannen über den Feldzug und die Generäle zu räsonieren, und der Sergeant Brendel schalt heftig auf den Marschall Soult und seinen Stab.

„Ich sag euch", rief er, „die Herren, die den Krieg in ihren Kaleschen und Kariolen mitmachen, die haben, sag ich euch, oftmals mehr Furcht im Gefecht als unsereiner. Ich hab sie bei Talavera sehen krumme Rücken machen wie die Maulesel, wenn die Kartätschen durch die Luft geflogen kamen."

„Aber unsere schlimmsten Feinde sind die Kartätschen nicht", meinte ein anderer. „Unsere schlimmsten Feinde sind die zwecklosen Hin- und Hermärsche, acht Stunden weit, um einen einzigen Bauern oder Pfaffen zu hängen. Der nasse Erdboden, die Läuse, die halben Rationen, die tun uns mehr Schaden als die Kartätschen."

„Und das Hammelfleisch, vergiß das nicht", sagte der Dragoner Stüber. „Das stinkt zum Himmel hinauf, daß die Spatzen darüber tot aus der Luft fallen müssen."

„Soult hat kein Herz für seine Soldaten, das ist's!" sagte der Korporal Thiele bekümmert. „Er ist geizig und trachtet nur nach Reichtum und Würden. Ein Marschall und Herzog von Dalmatien, ja! Aber er ist nicht fähig, Korporaldienste zu tun, das sag ich euch."

Nichts weiter von Françoise-Marie. Ich horchte vergeblich. Nur das tägliche Räsonnement über den spanischen Feldzug, mit dem sich die Soldaten die Zeit vor dem Einschlafen verkürzen, wenn sie nach Märschen und Gefechten müde in ihren Quartieren liegen. Ich ließ sie disputieren und politisieren, soviel sie mochten, sie taten darum nicht schlechter ihren Dienst.

Ich hörte Leutnant Günthers Stimme von unten aus meinem Zimmer, ging eilig die Treppe hinab und machte Licht.

Günther klopfte den Schnee aus seinen Kleidern. Leutnant Donop war auch da, und aus seiner Tasche sah wie immer der Vergil hervor. Er war der klügste und unterrichtetste von meinen Kameraden, er verstand Latein, wußte in der alten Geschichte Bescheid und führte immer einige schöne Ausgaben der römischen Klassiker in seinem Gepäck mit sich.

Wir setzten uns, tranken und begannen über unsere spanischen Wirte und die elenden Quartiere zu fluchen. Donop klagte, er habe in seinem Zimmer weder Ofen noch Kamin und statt der Fensterscheiben ein Stück in Öl getränktes Papier. „Da mag ein anderer die ‚Äneide‘ lesen!" sagte er mit einem Seufzer.

„Alle Wände hängen voll Heiligenbilder, aber nicht ein sauberes Bett gibt's in der ganzen Stadt. In der Küche liegen die Andachtsbücher in Haufen, aber Schinken und Würste hab ich noch nicht gesehen", sagte Günther verdrießlich.

„Mit meinem Wirt ist's nicht möglich, ein vernünftiges Gespräch zu führen", erzählte Donop. „Den ganzen Tag hat er den Namen der heiligen Jungfrau auf den Lippen, und sooft ich nach Hause komme, liegt er vor irgendeinem St. Jakob oder Dominikus auf den Knien."

„Es heißt, daß die Bürger von La Bisbal gut französisch gesinnt sind", warf ich ein. „Stoß an, Bruder! Ich trink dir zu."

„Ich tu dir Bescheid, Bruder. Es sollen sich verkleidete Pfaffen und Insurgenten in der Stadt versteckt halten."

„Sehr zahme Insurgenten, sie schießen nicht, sie morden nicht, sie begnügen sich, uns zu verachten", meinte Günther.

„Sicherlich ist mein Wirt solch ein verkleideter Pfaff",

sagte Donop und lachte leise in sich hinein. „Denn ich kenn kein anderes Handwerk, das einen so feist macht."

Er reichte mir sein leeres Glas über den Tisch hin, und ich füllte es von neuem. Indem wurde die Tür aufgestoßen, und in einer Wolke von Schneeflocken, die der Wind in die Stube trieb, polterte Hauptmann Brokkendorf herein.

Er mochte schon vorher irgendwo getrunken haben, denn sein volles Gesicht mit der ungeheuren, brandroten Narbe darin glänzte wie ein neugeschlagener Kupferkessel. Der Hut saß ihm schief am linken Ohr, sein Schnauzbart war schwarz gewichst, und seine beiden dicken, schwarzen Haarflechten hingen ihm von der Schläfe steif bis zur Brust herab.

„Heda, Jochberg! Hast du ihn?" rief er mich an.

„Noch nicht", gab ich zur Antwort, denn ich wußte, daß er von dem Marques de Bolibar sprach.

„Der Herr Marques läßt lang auf sich warten. Das Wetter ist ihm nicht freundlich genug, er hat Furcht, es könnt ihm die Schuh verderben." Er beugte sich über den Tisch und näherte seine Nase den Kürbisflaschen.

„Was ist drin in Gott Bacchus'seinen Weihkesseln?"

„Alicantewein aus dem Keller des Prälatenhauses."

„Alicante?" rief Brockendorf vergnügt. „Allons, der ist wert, daß man sich seinethalben zum Vieh macht."

Wenn Brockendorf sich zum Vieh machte, um einem guten Wein die richtige Ehre zu erweisen, dann warf er den Rock, die Weste und das Hemd ab und behielt nichts als Hose, Stiefel und die mächtigen schwarzen Zotteln an seiner Brust. Zwei alte Weiber, die draußen auf der Straße an unseren Fenstern vorübergingen, blieben stehen und blickten voll Staunen in das Zimmer. Sie bekreuzigten sich, denn sie mochten wohl im Zweifel sein, ob sie ein menschliches Wesen vor sich sahen oder eine fremdländische Bestie.

Wir alle sprachen nun dem Wein zu, und eine Weile hindurch wollte kein anderes Gespräch in Gang kommen als: „Sollst leben, Bruder!" oder: „Ich dank dir, Bruder!" und „Deine Gesundheit, Bruder, stoß an! Proficiat!"

„Ich wollt, ich wär in Deutschland und hätt heut

nachts ein Bärbchen oder Dortchen bei mir im Bett!" begann plötzlich Günther, der den ganzen Tag hinter den spanischen Weibern hergewesen war, mit weinseliger Stimme. Aber Brockendorf lachte ihn aus und rief, er wieder wär heut nachts am liebsten ein Kranich oder Storch, damit ihm der Wein desto länger durch den Hals könnt rinnen. Der Wein begann uns allen zu Kopf zu steigen. Donop deklamierte laut aus dem Horaz, und mitten in dem Lärm trat Eglofstein, der Regimentsadjutant, in die Stube.

Ich sprang auf und erstattete meine Meldung.

„Sonst nichts Neues, Jochberg?" fragte er.

„Nichts."

„Niemand die Torwache passiert?"

„Ein Benediktinerprior aus Barcelona, der seine Schwester in La Bisbal besuchen kam. Der Alkalde bürgt für ihn. Ein Apotheker samt Frau und Tochter auf der Durchreise nach Bilbao. Ihre Papiere sind vom Hauptquartier des General d'Hilliers ausgestellt und in vollkommener Ordnung."

„Sonst niemand?"

„Zwei Bürger, die am Morgen die Stadt verlassen haben, um tagsüber in ihren Weinbergen zu arbeiten. Sie hatten Passepartouts erhalten und wiesen sie bei ihrer Rückkunft vor."

„Es ist gut. Ich danke."

„Eglofstein! Ich trink dir's zu!" rief Brockendorf und schwenkte sein Glas. „Sollst leben! Alter Kranich, setz dich zu mir."

Eglofstein sah den Trunkenen an und lächelte. Aber Donop kam mit zwei Weingläsern und in noch guter Haltung auf den Hauptmann zu.

„Herr Hauptmann, wir sind heut abends hier versammelt, um den Marques de Bolibar zu erwarten. Bleiben Sie bei uns, und begrüßen Sie den Herrn Marques, wenn er erscheint, im Namen der Offiziere des Regiments."

„Zum Teufel mit allen Grafen und Marques, es lebe die Gleichheit!" brüllte Brockendorf. „Hol der Henker die duftenden Zuckerpuppen mit ihren Haarbeuteln und Chapeaux bas*!"

* (franz.) Klapphüte.

46

„Ich habe die Pikette zu visitieren und die Mannschaft, die zur Bewachung der Kornmühlen und Backstuben beordert ist. Aber sei's drum, sie mögen warten", sagte Eglofstein und setzte sich zu uns an den Tisch.

„Eglofstein! Setz dich zu mir!" schrie der Trunkene. „Bist stolz geworden. Denkst nicht mehr daran, wie wir beide in Preußen die Maiskörner aus dem Pferdemist gesammelt haben, um nicht zu verhungern." Der Wein hatte ihn rührselig und schwermütig gemacht, und der große, starke Mann legte die Stirn auf beide Fäuste und begann zu schluchzen: „Denkst nicht mehr daran? Ach, wurmstichig ist alle Freundschaft der Welt."

„Der Krieg ist noch nicht aus, Bruder", sagte Eglofstein. „Mir ahnt, wir werden nochmals zusammen Nesseln und Laub in Salzwasser kochen zum Mittagmahl wie damals bei Küstrin."

„Und ist der Krieg aus", sagte Donop, „der Kaiser fängt flugs einen neuen an."

„Das ist recht so, Bruder!" rief Brockendorf, der nun plötzlich wieder munter und fröhlich war. „Mein Geld ist alle, Bruder, und ich muß mir das Ehrenkreuz verdienen."

Er fing an, die Gefechte aufzuzählen, an denen er während des spanischen Feldzuges teilgenommen hatte: Zorzola, Almaraz, Talavera, Mesa de Ibor und das Gefecht am Galichabach, kam aber, obgleich er die Finger zum Zählen zu Hilfe nahm, nicht recht weiter und mußte immer wieder von vorn beginnen. Die Hitze war unerträglich geworden in der engen Stube. Donop öffnete das Fenster, und die kalte Nachtluft kam herein und kühlte uns die Stirnen.

„Schnee liegt auf den Dächern", sagte Donop leise, und bei diesen Worten wurde uns allen weh und weich ums Herz, denn ein vergangener Winter, ein deutscher Winter kam uns in den Sinn. Wir standen auf und traten ans Fenster und blickten durch den dichten Tanz der Schneeflocken auf die nächtlichen Gassen. Nur Brockendorf war sitzen geblieben und rechnete noch immer an seinen Fingern.

„Brockendorf!" rief Eglofstein in die Stube zurück. „Wieviel Meilen ist's heimwärts nach Dietkirchen?"

„Das weiß ich nicht", sagte Brockendorf und gab das Zählen auf. „Rechnen war niemals meine beste Kunst. Ich hab die Algebra immer nur mit Wirten und mit Kellnern getrieben."

Er erhob sich und kam schwankenden Schrittes zu uns ans Fenster. Der Schnee hatte die spanische Stadt seltsam verwandelt. Die Menschen auf den Straßen schienen uns mit einem Male altbekannt und langvertraut. Ein Bauer stampfte durch den Schnee auf die Kirchentür zu und hielt einen kleinen, wächsernen Ochsen in der Hand. Zwei alte Weiber standen einander scheltend vor einem Haustor. Eine Magd trat aus der Stalltür, die Laterne in der einen und den Milchkübel in der anderen Hand.

„Es war eine Nacht wie diese", sagte Donop mit einemmal. „Der Schnee lag fußhoch auf den Gassen. Ein Jahr ist's her. Ich war tagsüber krank gewesen, lag im Bett und las in Vergils ‚Georgica'. Da hör ich leise Schritte auf der Treppe. Da klopft es ganz leise an meine Kammertür. ‚Wer ist da?' frag ich und nochmals ‚Wer ist da?' – ‚Ich bin's, lieber Freund!' – Und dann kam sie herein. Brüder! Ihr Haar wie Buchenlaub im Herbst so rot. – ‚Sind Sie krank, mein armer Freund?' fragt sie zärtlich und besorgt. ‚Ja, ich bin krank!' rief ich, ‚und nur Sie, schöner Engel, können mich heilen.' – Und ich sprang aus dem Bett und küßte ihre Hände."

„Und dann?" fragte Leutnant Günther mit heiserer Stimme.

„Oh! Schnee lag auf den Dächern, die Nacht war kalt, und ihr Fleisch und Blut so warm", flüsterte Donop und war fernab mit seinen Gedanken.

Günther sprach kein Wort. Er ging auf und nieder in der Stube und warf haßerfüllte Blicke auf Donop und die anderen.

„Unser Oberst soll leben!" rief Brockendorf. „Er hatte in Deutschland den besten Wein und das schönste Weib."

„Als ich mit ihr", begann nun Eglofstein, „zum erstenmal allein im Zimmer war – warum kommt mir just heute dieser Tag in den Sinn? Der Schnee fegte durch die Gasse, daß man die Augen kaum offenhalten konnte.

48

Ich saß am Flügel, und sie stand neben mir. Ihr Busen hob sich schneller, während ich spielte, und ich hörte sie seufzen. ‚Kann man Ihnen vertrauen, Baron?‘ fragte sie, und dann ergriff sie meine Hand. ‚Fühlen Sie, wie mein Herz schlägt!‘ sagte sie leise. Und führte meine Hand unter ihr Busentuch, dorthin, wo die Natur auf ihre Haut die blaue Ranunkelblüte –“

„Wein her!“ rief Günther mit zornerstickter Stimme. Ach, wir alle hatten einmal das Muttermal auf ihrem Leib, die kleine, blaue Ranunkel, geküßt. Aber Günther war der erste gewesen, und die Eifersucht quälte ihn noch heute, und er haßte Eglofstein, er haßte Brockendorf, er haßte uns alle, die wir nach ihm die Liebe der schönen Françoise-Marie genossen hatten.

„Wein her!“ rief er heiser vor Zorn und riß die Kürbisflasche vom Tisch.

„Der Wein ist gar, die Mess’ ist aus, und wir können das Kyrie eleison singen“, sagte Donop voll Trauer, denn er dachte nicht an den Wein, sondern an die vergangenen Tage und an die tote Françoise-Marie.

„Ihr Narren!“ rief Brockendorf und stieß in seiner Trunkenheit sein Glas um, daß es vom Tisch fiel und am Boden zerschellte. „Was schwätzt ihr, hat denn einer von euch sie gekannt? Ach, ihr Jämmerlinge, ihr Schwächlinge! Was wißt ihr von ihren Nächten, was wißt ihr von ihren Soupers d’amour. Da gab es Gänge –.“ Brockendorf lachte laut auf, und Günther wurde bleich wie der Tod. – „Vier Gänge gab es. ‚A la Crécour‘, das war der erste. A l’Aretin, à la Dubarry und zum Schluß à la Cythère –“

„Und à la Stockprügel“, zischte Günther außer sich vor Eifersucht und Zorn, und er hob sein Glas in die Höh, als wollt er’s Brockendorf ins Gesicht schleudern. Aber in diesem Augenblick hörten wir Lärm und lautes Rufen von der Straße her.

„Wer da!“ rief der Posten.

„Frankreich!“ kam’s zurück.

„Halt! Wer da!“ rief der zweite Posten.

„Vive l’empereur!“ hörten wir eine Stimme kurz und barsch.

Günther stellte das Glas auf den Tisch und horchte.

„Sieh nach, was es gibt!" sagte Donop zu mir.

Da flog auch schon die Tür auf, und einer von meinen Leuten trat schneebedeckt in die Stube.

„Herr Leutnant, ein fremder Offizier wünscht den Kommandanten der Wache zu sprechen."

Wir sprangen auf und blickten einander erstaunt und voll Verwirrung an. Brockendorf fuhr mit beiden Armen eilig in seinen Rock.

Da stieß plötzlich Eglofstein ein helles Gelächter aus.

„Kameraden!" rief er. „Wir vergaßen, daß wir heut abends die Ehre haben sollen, den Herrn Marques de Bolibar unter uns zu begrüßen!"

Salignac

Der Rittmeister Baptiste de Salignac mag uns alle für sinnlos berauscht oder für gänzlich verrückt gehalten haben, als er in die Stube trat, die von lärmender Heiterkeit erfüllt war. Übermütiges Gelächter scholl ihm entgegen. Brockendorf schwenkte sein leeres Weinglas, Donop hatte sich in einen Stuhl geworfen und lachte aus vollem Halse, und Eglofstein verbeugte sich mit ironischer Miene tief und respektvoll:

„Meine Verehrung, Herr Marques! Wir erwarten Sie seit einer Stunde."

Salignac stand bei der Tür und sah verwundert von einem zum anderen. Sein blauer Rock mit den weißen Rabatten und die doppeltfarbene Halsbinde waren zerrissen und zerdrückt und von rotem und gelbem Lehm befleckt, den Mantel trug er um die Hüfte geschlagen, und die weißen Gamaschen waren vom Schnee durchnäßt und bis zu den Knien mit dem Kot der Landstraße bespritzt. Seine Stirne war mit einem Tuch wie mit einem Turban umwunden, er sah aus wie einer von General Rapps Mameluken. In der Hand hielt er seinen durchlöcherten Helm. Hinter ihm in der offenen Tür stand ein spanischer Arriero, ein Maultiertreiber, mit zwei Mantelsäcken beladen.

„Treten Sie nur näher, Herr Marques! Wir sind begierig, Ihre Bekanntschaft zu machen", rief Donop noch immer lachend. Brockendorf war aufgesprungen, pflanzte sich vor dem Rittmeister auf und besah ihn neugierig von oben bis unten.

„Guten Abend, Excelencia! Ihr Diener, Herr Marques."

Doch mit einemmal schien es ihm in den Sinn zu kommen, daß es unpassend sei, mit einem Verräter und Spion zu scherzen. Er begann seinen schwarzgewichsten

Schnurrbart zu streichen und herrschte den Rittmeister mit wilder Miene an:

„Ihren Degen, wenn's beliebt! Und das sogleich!"

De Salignac trat erstaunt einen Schritt zurück. Der Lichtschein des brennenden Kienspans fiel voll auf sein verwittertes Gesicht, und ich sah, daß es farblos war, beinahe gelb, und von einem tödlichen Siechtum schauerlich gezeichnet. Er wandte sich unwillig nach seinem Diener um, der sich eben zur Erde bückte, um die Flamme des Kienspans im Schneewasser zu ersticken.

„Der Wein ist gefährlich in diesem Land", meinte er in gereiztem Ton. „Es scheint, wer ihn trinkt, wird toll."

„Gewiß Señor Militar, es ist so", sagte der Diener unterwürfig. „Ich weiß es wohl. Unsereiner hört auch manchmal eine gute Predigt."

Salignac mochte Donop für den am wenigsten Berauschten von uns halten, denn er trat auf ihn zu und sagte mit barscher Stimme:

„Ich bin der Rittmeister Salignac von der Leibgarde. Ich habe von Marschall Soult Order erhalten, Ihrem Regiment nachzureisen und mich bei seinem Kommandanten zu melden. Und Ihr Name, mein Herr, wenn ich bitten darf?"

„Leutnant Donop, mit Ihrer gnädigen und großgünstigen Erlaubnis, ganz zu Ihren Diensten, hochgeborener Herr Marques!" sagte Donop spöttisch. „Ganz zu Ihrem Befehl, Excelencia."

„Ich habe Ihre Possen satt." Die Hände des Rittmeisters zitterten in unterdrücktem Zorn, aber seine Stimme klang kalt, und kein Tropfen Bluts drang in seine farblosen Wangen. „Wählen Sie Klingen oder Kugeln? Ich habe beides zur Hand."

Donop wollte spöttisch erwidern, aber Brockendorf kam ihm zuvor, beugte sich über den Tisch und schrie betrunken:

„Meine Aufwartung, Herr Marques! Wie steht Euer Gnaden kostbare Gesundheit?"

Den Rittmeister verließ mit einem Male seine kalte Ruhe. Er zog den Säbel und drang mit flachen Hieben wütend auf Brockendorf ein.

„He! He! Nicht so heftig!" schrie Brockendorf überrascht und verwirrt. Er verschanzte sich hinter seinem Tisch und versuchte, mit einer leeren Weinflasche die Hiebe zu parieren.

„Halt!" rief Eglofstein und faßte den Wütenden am Arm.

„Lassen Sie mich!" rief Salignac und fuhr fort, Brokkendorf mit dem Säbel zu attackieren.

„Sie können sich nachher duellieren, soviel Sie wollen, aber jetzt hören Sie mich an!"

„Laßt ihn nur los!" rief Brockendorf hinter seinem Tisch hervor. „Hab wilde Pferde genug in der Arbeit gehabt, hat mich noch keines gebissen. – Oh, verdammt!"

Er hatte einen flachen Hieb über den Rücken seiner Hand erhalten. Sogleich ließ er die Weinflasche fallen und besah mißmutig seine behaarten Finger.

Salignac senkte den Säbel, warf den Kopf zurück und sah triumphierend und herausfordernd einen nach dem anderen an.

„Hab ich mich getäuscht?" rief Eglofstein. „Sie sagten: Salignac. Wenn Sie Rittmeister Baptiste de Salignac von der Garde sind, so muß ich Sie kennen. Ich bin der Hauptmann Eglofstein vom nassauischen Regiment, und wir haben uns vor Jahren bei einem Kurierritt getroffen."

„Zwischen Küstrin und Stralsund, jawohl", sagte de Salignac. „Ich erkannte Sie sogleich, als ich in die Stube trat, Baron. Aber Ihr Betragen –"

„Kamerad! Ich kann es nicht glauben!" rief Eglofstein entsetzt. Er kam ganz nahe heran und sah dem fremden Offizier prüfend in das fahlgelbe Gesicht: „Sie haben sich seltsam verändert seit den Tagen von Küstrin."

Der Rittmeister de Salignac verzog verdrießlich die Lippen. „Ich habe mir vor Jahren das Fieber geholt. Seitdem bekomme ich öfters Anfälle dieser Art."

„In den Kolonien?" fragte Eglofstein.

„Nein. In Syrien und vor langer Zeit", sagte Salignac, und sein Gesicht sah mit einemmal seltsam alt und müde aus. „Nichts weiter davon. Es ist ein Mißgeschick, das ich als zu meinem Stande gehörig betrachte. Aber nun erklären Sie mir –"

„Sie sind auch diesmal das Opfer eines Mißgeschickes,

Kamerad. Wir erwarten heute nachts das Eintreffen des Marques de Bolibar, eines spanischen Verschwörers und sehr gefährlichen Menschen, der beabsichtigen soll, in französischer Uniform unsere Linien zu passieren!"

„Wahrhaftig! Und Sie haben mich für diesen spanischen Verschwörer gehalten." Der Rittmeister stöberte in den Taschen seines blauen Rockes und brachte seine Legitimationspapiere zum Vorschein. „Ich habe, wie Sie sehen, Order, mich Ihrem Regimente anzuschließen und das Kommando einer Schwadron Dragoner zu übernehmen, deren Rittmeister verwundet oder in englische Gefangenschaft geraten ist, wie man mir sagte."

Ich hatte seit der Verwundung des Schwadronchefs Hulot d'Hozery das Kommando über die Dragoner geführt. Ich trat daher auf Salignac zu und meldete mich bei ihm mit meinem Namen und meiner Charge.

Wir standen im Halbkreis um den neuen Schwadronschef. Brockendorf rieb seine schmerzende Hand an seinem Rücken. Günther allein war abseits geblieben, stand am Fenster und blickte voll Zorn in die dunkle Gasse. Noch immer dachte er an Françoise-Marie und an das, was ihm Brockendorf in seiner Trunkenheit von ihren Soupers d'amour verraten hatte und von den vier Tafelgängen der Lust.

„Es scheint, daß ich im richtigen Augenblick gekommen bin", sagte Salignac, indem er jedem von uns die Hand reichte.

„Sie müssen wissen", fuhr er fort, und die Augen in seinem fahlen Gesicht glühten vor Begierde, dieses Abenteuer zu bestehen. – „Sie müssen wissen, daß ich im Aufspüren von Spionen einige Erfahrung besitze. Ich war's, der die beiden österreichischen Offiziere verhaftete, die sich bei Wagram in unsere Reihen geschlichen hatten. Duroc selbst übertrug mir mehrmals Aufgaben dieser Art."

Ich wußte nicht, wer Duroc war, aber ich hatte diesen Namen schon gehört. Vermutlich war er ein Vertrauter des Kaisers, vielleicht der Mann, der über seine Sicherheit zu wachen hatte.

Mein neuer Schwadronschef ließ sich nun von Eglofstein alles berichten, was wir vom Marques de Bolibar und seinen Plänen wußten. Seine Augen funkelten, und seine hageren Züge strafften sich. „Der Kaiser soll zufrieden sein mit seinem alten Grognard*!" sagte er, als Eglofstein seinen Bericht beendet hatte. Dann wandte er sich an mich, fragte nach dem Quartier des Obersten und verlangte einen Dragoner zu seiner Begleitung.

„Es gibt wieder Arbeit für mich", sagte er voll Ungeduld. Der Dragoner und der spanische Maultiertreiber knieten neben ihm auf der Erde und putzten ihm den Schmutz der Landstraße von den Gamaschen. „Ich habe zuletzt einen Transport von vierzig Karren mit Bomben und Kugeln von Fort St. Fernando nach Fergosa eskortiert. Ein langweiliges Geschäft. Schreien, zanken, visitieren, Gift und Galle, das endlose auf der Straße Halten! – Seid ihr endlich fertig, ihr beiden?"

„Und die Reise hierher?" fragte Eglofstein.

„Ich habe die ganze Reise mit gezogenem Säbel und schußbereitem Karabiner getan. Hinter der Brücke unweit von Tornella wurde ich von Banditen überfallen. Sie erschossen mein Pferd und meinen Diener, aber ich habe ihnen mit Antwort aufgewartet."

„Sie sind verwundet?"

Salignac fuhr mit der Hand über seinen Turban. „Ein Streifschuß an der Stirne. Nichts weiter davon. Seit heute morgens traf ich keine Menschenseele mehr auf der Landstraße mit Ausnahme dieses Burschen da, der mein Gepäck geschleppt hat – Bist du fertig?" wandte er sich an den Arriero** „Du bleibst hier bei meinen Mantelsäcken, bis ich zurückkomme."

„Euer Gnaden –", versuchte der Spanier zu widersprechen.

„Du bleibst hier, bis ich dich heimschick, hab ich gesagt!" fuhr Salignac ihn an. „Deinen Krautgarten magst du morgen umackern."

„Setzen Sie sich, und trinken Sie mit uns, Excelencia. Es muß noch Wein dasein", schlug Brockendorf vor. Noch immer hielt er in seinem Rausch den Rittmeister für den Marques de Bolibar und nannte ihn Excelencia. Aber er hatte ihm den Hieb über die Hand und den ge-

* (franz.) Haudegen.
** (span.) Maultiertreiber; hier: Gepäckträger.

planten Verrat völlig vergeben, da er die anderen so friedlich mit ihm sprechen sah.

„Es ist kein Wein mehr da", sagte Donop.

„Ich muß drei Flaschen Portwein in meinem Mantelsack haben. Ich gebrauche ihn mit Orangen und etwas heißem Tee als Antidotum gegen mein Fieber, sooft es wiederkehrt." Der Rittmeister holte die Flaschen aus seinem Gepäck hervor, und bald saßen wir wieder hinter vollen Gläsern. Er selbst warf den Mantel über die Schultern und schnallte den Säbel um.

„Diesen Marques führt wahrhaftig sein Unstern mir in den Weg", drohte er, indem er die Türe öffnete. „Eh eine Stunde um ist, bring ich ihn auf ein Glas Portwein hierher in die Stube, oder ich will –"

Der Schneesturm, der mit einemmal pfeifend durch die offene Türe fegte, verschlang seine letzten Worte, und ich erfuhr nicht mehr, was sich Salignac zu tun verschwor für den Fall, daß der Marques de Bolibar sich nicht ergreifen lassen wollt.

Gott kam

Wir hatten die Karten hervorgeholt, Eglofstein, Donop und ich, gleich nachdem Salignac die Stube verlassen hatte. Das Glück war mir an diesem Abend freundlicher als sonst, ich gewann, während Eglofstein die Kosten trug. Ich entsinne mich, daß er mehrmals Martignale spielte und Quadrubel hielt und immer verlor. Eben teilte Donop von neuem die Karten aus, da hörten wir Lärm und Gezänk. Günther war wiederum über den Hauptmann Brockendorf geraten.

Brockendorf saß zurückgelehnt in seinem Stuhl, hatte seinen Portwein vor sich stehen und schrie, als wäre er im Wirtshaus, nach einer Bouteille vom besten. Günther stand über den Tisch gebeugt vor ihm und sah ihn aus bösen und zusammengekniffenen Augen mißgünstig an.

„Frißt wie ein Mohr und säuft wie eine Kuh! Der will als Offizier respektiert sein", zischte er halblaut und voll Wut.

„Vivat amicitia*, Bruder!" sagte Brockendorf schläfrig und hob sein Glas, denn er hätte gern in Frieden weiter seinen Wein getrunken.

„Säuft wie eine Kuh, trägt Wäsche wie ein Packknecht, das will ein Offizier sein", rief Günther lauter. „Von welchem Schlotfeger, Juden oder Hanswurst hast du dein Hemd gekauft?"

„Schweig oder sprich französisch!" mahnte Eglofstein, denn er hatte zwei Dragoner in die Stube kommen lassen, die mußten den Boden vom Schneewasser trocken fegen.

„Soll ich mir auch die Haare mit Eau de Lavande schmieren, Mosjöh Firlefanz?" lachte Brockendorf. „Soll ich auch auf Bälle und Assembleen laufen wie du und den Weibern dort ihre Pfoten schlecken?"

* (lat.) Es lebe die Freundschaft!

„Aber du", fuhr Donop auf ihn los, „du bist lieber alle Tage in den Dorfschenken gesessen und hast dich von den Bauern mit Bier traktieren lassen."

„Das will ein Offizier sein!" schrie Günther dazwischen.

„Schweigt!" rief Eglofstein mit einem ängstlichen Blick auf die Dragoner, die die Stube fegten. „Wollt ihr, daß Eure wüsten Händel in aller Mund und dem Oberst zu Ohren kommen?"

„Die verstehen nicht französisch", gab Günther zur Antwort und wandte sich wieder an Brockendorf. „In Darmstadt im ‚Zottigen Juden', hast du dich nicht à la mode der Gassenjungen mit Maulschellen und Stockschlägen duelliert? Eine Schande fürs Regiment!"

„Hab mich doch in deiner Liebsten Armen devertiert, du magst es krumm oder gerade nehmen, Bürschlein", sagte Brockendorf sehr mit sich zufrieden. „Laß dein Maul hängen so tief als du willst, bin doch auf Maria Lichtmeß die Nacht bei ihr gelegen, und du bist unten im Schnee gestanden und hast mit Steinchen an ihre Scheiben geworfen."

„Bei den Wirtshausmenschern, bei den Etceteras in den Parduzlöchern, da bist du gelegen, aber nicht bei ihr!" brüllte Günther erbost.

„Brockendorf!" rief Hauptmann Eglofstein und runzelte die Stirn. „Der Henker hol dich! Ich glaub, das bin ich gewesen, der damals unter ihrem Fenster stand und nicht Günther."

Aber Brockendorf hatte keine Zeit, auf ihn zu hören.

„Hast Steinchen an ihr Fenster geworfen, wir haben es wohl gehört. Und ich komme zurück an ihr Bett und sag: ‚Horch, das ist Günther, der unten steht'. Und sie stützt den Kopf in die Hände und lacht: ‚Der Bub', lachte sie, ‚der Bub, der ist so ungeschickt, weiß niemals mit seinen Armen und Beinen zu bleiben, wenn er bei mir ist.'"

Brockendorfs Stimme war heiser, wenn er sprach, knarrte ein Wagenrad über eine Brücke. Aber wir horchten, und unser Zorn verging, wir blickten ihn an und hörten aus seinem wüsten Mund nur den fernen Klang von Françoise-Maries fröhlichem Lachen.

„Ich hab geglaubt, der Oberst wär daheim, als ich den

Schatten an den Scheiben sah", sagte Eglofstein und ließ den Kopf hängen. „Hätt ich gewußt, daß du's warst, Brockendorf, Gott straf mich, ich wär hinauf und hätt dich durchs Fenster hinunter in den Schnee geworfen. Doch es ist vorbei, und die Liebe vergeht wie hitziges Fieber."

Aber Brockendorf war mit Günther noch nicht fertig.

„Hat oft gelacht", schrie er. „Hat oft gesagt: ‚Der dumme Bub, der Bub will, ich soll zu ihm auf sein Zimmer kommen, und weißt du, wo er wohnt? Hinten herum im Hof: überm Hühnerstall, unterm Taubenschlag, dorthin soll ich kommen.'"

Es waren Françoise-Maries spöttische Worte, mit denen er uns höhnte, aber keiner von uns fühlte Zorn, wir standen und horchten, und es war uns, als hörten wir die tote Geliebte durch den Mund eines Säufers noch einmal zu uns sprechen.

„Brüder, mich reut's, daß wir unserem Obersten sein Weib genommen haben", sagte Donop, den der Wein stets schwermütig und philosophisch machte, leise.

„Ich weiß, Bruder, ich weiß, hast ihr oft genug verliebte Briefe geschrieben mit viel Ciceronianisch drin, ich mußt ihr's übersetzen, wenn ich bei ihr im Bett lag", lachte Brockendorf.

„Still, nicht so laut! Wenn es unserem Obersten zu Ohren kommt, sind wir alle verloren", mahnte Donop ängstlich.

„Hast den stridor dentium*, Bruder, nicht wahr? Das ist eine bittere Krankheit, von der kommt das Nasse in den Hosen. Ich mach mir nicht eine taube Haselnuß aus allen Obersten und Generälen", schrie Brockendorf.

„Mich reut, was ich getan hab", klagte Donop. „Nun sitzen wir da, wir fünf, und nichts ist uns geblieben aus jener Zeit als Ekel, Eifersucht und Haß."

Er legte den Kopf in die Hände, und der Wein begann aus ihm zu philosophieren.

„Recht und Unrecht, Brüder, sind zwei ungleiche Pferde, jedes geht einen anderen Schritt. Aber manchmal ist mir's, als säh ich die Faust, die sie beide am Zügel hält und mit ihnen das Ackerfeld der Erde umpflügt.

* (lat.) Zähneknirschen.

Wie soll ich ihn nennen, den rätselhaften Willen, der uns alle so elend und zu seinem Narren gemacht hat? Soll ich ihn Schicksal nennen oder Zufall oder ewiges Gesetz der Sterne?"

„Wir Spanier nennen ihn Gott", sagte mit einemmal eine fremde Stimme aus dem Winkel der Stube her.

Wir fuhren auf und blickten uns um. Die beiden Dragoner waren nicht mehr da, ihre Kehrbesen lehnten an der Wand. Aber der spanische Maultiertreiber, der mit dem Gepäck des Rittmeisters Salignac gekommen war, kauerte, in seinen groben, braunen Mantel gehüllt, auf dem Erdboden in der Ecke der Stube und betete seinen Rosenkranz. Das Licht eines Kienspans fiel auf sein breites, rotes, überaus häßliches Gesicht, seine dicken Lippen bewegten sich unaufhörlich im Gebete. Neben sich auf der Erde hatte er ein schlechtes, baumwollenes Tuch gebreitet, auf dem lag Brot und Knoblauch.

Ich glaube, wir waren in den ersten Augenblicken mehr erstaunt als bestürzt, als wir sahen, daß es der Spanier war, der sich mit seinen einfältigen Worten in unser Gespräch gemengt hatte. Aber gleich darauf begriffen wir, was geschehen war.

Dieser Mann hatte unser Geheimnis erlauscht. Was jeder von uns das Jahr hindurch so sorgsam verborgen gehalten hatte, daß Françoise-Marie, unseres Obersten Frau, seine Geliebte gewesen war, das war in diesem Augenblick verraten, und wir waren in eines fremden Mannes Hand gegeben. Mir war, als säh ich des Obersten bärtiges Gesicht von Zorn und Leidenschaft verzerrt ganz nah dem meinen auftauchen. Die Knie zitterten mir, ein Eisstrom rieselte mir über den Rücken. Die Stunde des Verderbens, die wir ein Jahr hindurch gefürchtet hatten, war da.

Wir standen schweigend, schreckerfüllt und ratlos, und es vergingen lange Minuten. Mein Rausch war verflogen, ich war nüchtern mit einemmal, als hätt ich keinen Tropfen Wein getrunken, nur der Kopf schmerzte mich, und eine bange Trostlosigkeit erfüllte mein Herz. Von draußen, aus dem Hof des Hauses, hörte ich das Heulen eines Hundes, ein fernes, klägliches Jammern. Und es war mir, als käme dieses Heulen aus meiner

Kehle, als wäre es meine eigene Stimme, die irgendwo, fern von mir, draußen im Schnee in wildem Entsetzen jammerte und klagte.

Eglofstein fand endlich seine Fassung wieder. Er straffte sich und trat, die Reitpeitsche in der Hand, mit drohender Miene auf den Spanier zu.

„Bist du noch immer da? Was sitzt du da und horchst?"

„Ich warte, Señor Militar, wie man mir befohlen hat."

„Du verstehst französisch?"

„Nur wenige Worte, Señor!" stammelte der Spanier erschrocken und verwirrt. „Meine Frau ist aus der Stadt Bayonne in diese Gegend gekommen, von der hab ich's gelernt, Sacré chien* hab ich gelernt. Sacré matin, gaillard, petit gaillard, bon garçon, vive la nation** – das ist alles, was ich weiß."

„Schweig mit deiner Litanei!" schrie Günther ihn an. „Du bist ein Spion, du hast dich hierher geschlichen, um etwas zu erschnappen."

„Ich bin kein Spion!" beteuerte der Maultiertreiber. „Heilige Muttergottes, ich hab dem fremden Offizier den Weg gezeigt und seine Mantelsäcke getragen, sonst nichts. Fragt den Frater Sammler von der Bruderschaft der Barnabiten nach mir, fragt den ehrwürdigen Kapellan der Eremita de Nuestra Señora nach dem Vater Perico, die kennen mich beide, fragt sie, Señor Militar."

„Zum Henker mit deinen Pfaffen und ihrer Pfafferei!" rief Brockendorf. „Halt dein Maul, bis du gefragt bist, Spion!"

Der Spanier verstummte und spie aus seinem Mund einen Bissen auf den Fußboden, Brot mit Knoblauch gemischt. Er sah mit einem unruhigen Blick von einem zum anderen, aber er begegnete nur düsteren, unerbittlichen Mienen, bei keinem fand er Erbarmen.

Wir traten zusammen, steckten die Köpfe über den Tisch und hielten flüsternd einen Kriegsrat. Das Heulen des Hundes wurde stärker und kam jetzt ganz aus der Nähe.

* (franz.) Teufelskerl.
** (franz.) Frecher Kerl, fideler Bursche, kleiner Lump, guter Kerl, es lebe die Nation!

61

„Er muß fort. Er muß sogleich zur Stadt hinaus", sagte Donop. „Wenn er spricht, sind wir alle verloren."

„Das geht nicht", wandte ich ein. „Die Posten haben ihre Befehle und lassen keinen zum Tor hinaus."

„Ich habe keine Ruh, solange dieser Mensch umherlaufen und ausschwatzen kann, was er gehört hat", flüsterte Donop.

„Er muß sterben, er mag turbieren und lamentieren, soviel er will, sonst weiß morgen das ganze Regiment jedes Wort, das wir gesprochen haben", sagte Günther leise.

„Er muß hin sein, oder die Sache wird faul", meinte Brockendorf.

„Wir haben keinen Vorwand für ein Feldgericht", sagte ich. „Er ist kein Spion, er hat nichts getan, als dem Salignac sein Gepäck getragen."

„Was sollen wir tun?" stöhnte Donop. „Bruder, ich seh Unheil kommen. Was sollen wir tun?"

„Ich weiß es nicht", sagte Eglofstein und zuckte die Achseln. „Aber das eine weiß ich, Brüder, wir sind alle verloren."

Während wir verzweifelt standen und uns weder Rat noch Hilfe wußten, wurde die Tür aufgestoßen, und der Sergeant Urban von den nassauischen Grenadieren stampfte herein. Er hielt einen großen, schwarzen Hund am Halsband fest.

„Herr Hauptmann!" rief er keuchend, denn er hatte viel Mühe, den Hund, der sich wie toll gebärdete, festzuhalten. „Herr Hauptmann, er trieb sich draußen herum und ließ sich nicht verscheuchen. Kratzte an der Tür und wollte herein."

Sein Blick fiel auf den Maultiertreiber, sogleich ließ er das Halsband fahren, stemmte beide Arme in die Hüften und begann aus vollem Halse zu lachen.

„Perico!" schrie er und bog sich und barst beinahe vor Lachen. „Bist wieder da, Perico? Warst auf keiner langen Kirchfahrt."

Der Hund war mit einem einzigen Satz auf den Maultiertreiber losgefahren. Immer wieder sprang er an ihm in die Höhe, tobte, heulte und bezeigte seine wilde Freude auf jede Weise.

„Was ist's mit diesem Mann?" fragte Eglofstein. „Kennt Er ihn, Sergeant?"

„Er kennt mich, Señor!" rief der Spanier erfreut. „Sie haben es gehört, Perico hat er mich genannt, Perico, das bin ich. Gott und die heilige Jungfrau seien gelobt, nun sehen Sie selbst, daß ich kein Spion bin." – Der Hund drängte sich an ihn, winselte und leckte ihm die Hände, aber er stieß ihn von sich und scheuchte ihn in die Ecke.

„Ein Spion bist du nicht, aber ein Dieb bist du!" rief der Sergeant. „O du schändlicher, unflätiger, zerlumpter Wicht! Gib das Geld heraus! Wenn die Schelme wollten ein Regiment formieren, da müßtest du die Fahne tragen."

Der Spanier fuhr zusammen und blickte den Sergeanten aus furchtsamen Augen erschrocken an.

„Herr Hauptmann!" meldete der Sergeant, „dieser Mensch ist einer von den spanischen Fuhrleuten, die wir in Dienst genommen haben. Heute morgens, als wir vor dem Wirtshaus beim Stadttor rasteten, hat er dem Dragoner Kümmel von der Korporalschaft des Sergeanten Brendel einen Beutel mit zwölf Talern gestohlen. Wir sind ihm nach, aber wir konnten ihn nicht fangen, und nun ist er gar von selbst zurückgekommen."

Der Maultiertreiber wurde blaß und begann am ganzen Leibe zu zittern.

„Du Unflat!" schrie ihn der Sergeant an. „Gib das Geld zurück, du brauchst's nicht mehr, du wirst gehängt oder kommst zeitlebens an die Karre!"

Eglofstein stand auf. Eine wilde und triumphierende Freude glänzte aus seinen Augen. Die Last war von seinem Herzen genommen. Dieser Spanier, der uns belauscht hatte, war als Dieb ertappt und dem Tode verfallen. Eglofstein wechselte einen Blick des Einverständnisses mit Günther und Donop.

„Hat man dir deinen Taglohn nicht alle Tage ausgezahlt?" fragte er den Spanier streng. „Hattest du Ursache zu stehlen?"

„Ich habe nicht gestohlen", stammelte der Spanier voll Entsetzen. „Ich weiß von keinem Taglohn, ich bin niemals bei euch Fuhrknecht gewesen."

„Ei, so lüg einen Lastwagen voll!" rief der Sergeant erbost. „Bist du nicht beim Regiment Fuhrknecht gewesen?" – Er rannte zur Treppe und rief zum Dachboden hinauf.

„Kümmel! Bist du noch wach? Kümmel! Komm rasch herunter! Deine Taler sind anmarschiert gekommen."

Der Dragoner Kümmel kam gleich darauf die Treppe heruntergestolpert, verschlafen und ungestriegelt wie ein Karrengaul. Statt des Mantels hatte er eine Roßdecke um die Schultern geworfen. Als er den Maultiertreiber sah, wurde er sogleich munter.

„Bist wieder da?" schrie er. „Du Kotbutten! Du Saufutter! Du Teufelskloake! Wer hat dich eingefangen? Wo ist mein Geld?"

„Was willst du von mir, ich kenne dich nicht, ich hab dich noch niemals gesehen!" stöhnte der Maultiertreiber voll Angst. „Ich schwöre beim Blute Christi –"

„Sprich christlich!" rief Kümmel und meinte, der Spanier sollte deutsch reden und nicht spanisch. „Verdammt der Narr, der beim babylonischen Turmbau euer wüstes Kauderwelsch ausgeheckt hat."

„Erkennt Er ihn? Ist das der Kerl, der Ihm heut morgens Seinen Beutel gestohlen hat?" fragte Eglofstein ungeduldig den Dragoner.

„Soll ich ihn nicht erkennen", gab Kümmel zur Antwort. „So einen gibt's nicht zweimal in der Armee. Hat eine Mütze wie ein Storchennest, einen Kopf wie ein Saukürbis und ein Maul wie ein Schöpflöffel. – Komm her, Bursche, laß dich besehen!"

Er griff nach dem Kienspan und musterte den Spanier noch einmal von oben bis unten.

„Herr Hauptmann, er ist es nicht!" sagte er dann kopfschüttelnd und sehr erstaunt. „Ei, so sattel und reit dich der Teufel, heute morgens hattest du nur vier Diebsfinger an der rechten Hand, und jetzt hast du auf einmal fünf."

„Ist er es nicht?" rief Eglofstein und vermochte kaum seinen Verdruß und seine Enttäuschung zu verbergen. „Durchsucht ihn, seht nach, ob er das Geld bei sich hat!"

Der Dragoner Kümmel fuhr dem Maultiertreiber in die Taschen des braunen Mantels und zog sogleich einen großen ledernen Beutel hervor.

„Das ist er! Das ist mein Beutel! O du Geldrabe, willst du noch immer leugnen?"

Er durchsuchte den Beutel, fand aber nichts darin als etwas Knoblauch und ein Stück Brot.

„Mein Geld ist fort!" schrie er wütend. „Bin ich denn immer die Gans, die gerupft wird? Wo sind meine Taler hin, gib Antwort! Hast du sie alle an einem Tag durch die Gurgel gejagt?"

Der Spanier schwieg und blickte ratlos zu Boden.

„Wo ist mein Geld?" schrie der Dragoner. „Gib Antwort! Hast du's vergraben oder versoffen? Hast du ein Maul, so red!"

„Gott hat mir eine böse Ruten geflochten!" sagte der Spanier. „Es ist sein Wille. Was geschehen soll, geschieht."

„Herr Hauptmann!" sagte der Sergeant Urban. „Sicher ist das derselbe Dieb, der vor fünf Tagen einen von den Koffern des Herrn Obersten gestohlen hat, in denen die Kleider und die seidenen Hemden der Frau Oberstin verpackt sind."

„Genug! Genug!" rief Eglofstein rasch. Er sah mit Unruhe, daß der Sergeant von dem Oberst und seiner Frau zu sprechen begann und fürchtete, der Maultiertreiber könnt jetzt ausschwätzen, was er von unserem Gespräch erlauscht hatte. „Genug! Er ist des Diebstahls überwiesen. Nehm Er sechs Mann mit geladenen Gewehren, Sergeant! Führ Er ihn in den Hof und mach Er ein End."

„Aber rasch! Rasch!" drängte Günther. „Ich mag die Priester nicht, die die Messe zu langsam lesen."

„Ich brauch nicht halb so lang dazu, als eine heilige Messe dauert, vom Introite bis zum Agnus dei!" sagte der Sergeant. Er wandte sich den Dragonern zu, die aus Neugierde, um zu sehen, was es gab, hinter Kümmel die Treppe heruntergekommen waren, und kommandierte:

„Formiert euch! Nehmt ihn in die Mitte: In Gliedern rechts – vorwärts – marsch!"

„Señor!" rief der Maultiertreiber und riß sich von den Fäusten der Dragoner los. „Sie sind ein Christ! Wollen Sie mich ohne Beichte töten?"

Eglofstein runzelte die Stirne. Er wollte keinen Aufschub. Den Spanier ungestört mit einem anderen sprechen zu lassen, schien ihm gefährlich und gegen alle Vernunft.

„Ich will beichten vorher, wenn ich sterben muß!" rief der Spanier mit verstörtem Gesicht. „Sie glauben, wie ich, an Gott und die heilige Dreifaltigkeit. Um meiner Seele Seligkeit willen, lassen Sie den Señor Cura zu mir kommen oder den Guardian des Klosters Santa Engracia."

„Was brauchst du den Pfaffen, beicht diesem da!" meinte Brockendorf und deutete auf den Leutnant Donop. „Der hat auch einen Kahlkopf, und das Latein läuft ihm wie Wasser aus dem Mund."

„Zu Ende! Zu Ende! Sergeant, führ Er ihn ab!" rief Günther, dem die Sache zu lange dauerte.

„Nein!" schrie der Spanier und klammerte sich mit beiden Händen an den Tisch. „Lassen Sie mich mit dem Señor Cura sprechen! Nur kurze Zeit, nur wenige Minuten, nur so lang, wie ein heiliger Rosenkranz dauert."

Aber das eben war es, was wir verhindern mußten.

„Schweig, du Dieb!" donnerte ihn Günther an. „Glaubst du, ich weiß es nicht, was für verfluchte Lügen du dem Pfaffen beichten willst? – Führ Er ihn ab, Sergeant!"

Der Spanier sah ihn an, holte tief Atem und begann von neuem.

„Hören Sie mich an, Señores! Ich hab noch eine Sache in der Stadt zu tun. Wenn ich tot bin, ist keiner da, der sich ihrer annimmt. Lassen Sie mich mit dem Señor Cura sprechen. Ich kann nicht sterben, ehe ich nicht die Sache in seinen Händen weiß."

Er sah uns einen um den anderen an und wischte sich den Schweiß von der Stirne. Plötzlich kam die Verzweiflung über ihn, und er rief wehklagend mit lauter Stimme:

„Ist denn niemand da, der mich hört? Ist denn kein spanischer Christ da, der mich hört?"

„Was du zu tun hast, wollen wir für dich tun!" sagte Eglofstein, um der Sache ein Ende zu machen, und schlug ungeduldig mit der Reitpeitsche an seine Stiefelschäfte. „Nun sag, was es für Arbeit gibt, und fort mit dir!"

„Sie wollen es für mich tun? Sie? Sie?" rief der Spanier.

„Ein Soldat muß alles können!" sagte Eglofstein. „Rasch! Sag, was ist zu tun? Sind Rüben zu stecken? Ist ein Dach zu flicken?"

Wiederum blickte der Spanier uns einen um den anderen an, und ein Gedanke schien ihm plötzlich zu kommen.

„Sie sind Christen, Señores!" sagte er. „Schwören Sie mir bei der Mutter und dem Sohne, daß Sie halten werden, was Sie mir versprechen."

„Zum Teufel mit deinen Zeremonien!" rief Günther. „Wir sind Offiziere. Was wir versprochen haben, das werden wir halten, und damit genug!"

„Was du zu tun hast, das wollen wir an deiner Stelle tun!" wiederholte Eglofstein. „Hast du einen Esel zu verkaufen? Hast du Geld einzutreiben? Was gibt's für Arbeit?"

In diesem Augenblicke begannen in der nahen Kirche die Glocken der Mitternachtsmesse zu läuten, die den Gläubigen die Vollendung des Mysteriums der heiligen Wandlung verkündeten. Der Wind trug die Glockenklänge durch die kalte Winterluft zu uns herüber. Und der Maultiertreiber tat, was die Spanier alle tun, wenn sie die Meßglocke läuten hören: Er kniete nieder, schlug ein Kreuz und sagte leise und voll Ehrfurcht:

„Dios vienne. Gott kommt."

„Nun? Was ist's für Arbeit?" fragte Günther. „Ist Kraut zu stampfen? Ist ein Schwein zu stechen? Ist ein Ochs zu schlagen?"

„Gott wird's euch sagen!" flüsterte der Spanier, noch immer tief versunken in sein Gebet.

„Ist Mehl zu sieben? Ist Brot zu backen? Ist Korn in die Mühle zu fahren? Gib Antwort."

„Gott wird's euch zeigen!" sagte der Spanier.

„Sei kein Narr! Gib Antwort!" rief Eglofstein. „Laß Gott aus dem Spiel, der weiß von dir nichts."

„Gott ist gekommen!" sagte der Spanier feierlich und erhob sich von den Knien. „Ihr habt geschworen, und Gott hat's gehört."

Seine Haltung war mit einemmal gänzlich verändert.

Die Angst, die er gezeigt hatte, war verschwunden. Nicht mehr ein armer, des Diebstahls beschuldigter Maultiertreiber, sondern stolz und voll Würde, so trat er auf den Sergeanten zu.

„Sergeant, da bin ich. Tu Er seine Schuldigkeit!"

Ich weiß nicht, wie es kam, daß ich nicht schon in diesem Augenblicke erkannte, wer uns in die Hände gelaufen war. Daß ich nicht begriff, von welcher Art das Werk war, das der dem Tode Überlieferte uns hinterließ. Aber wir waren alle blind und hatten nur den einen Gedanken im Kopf, daß wir den Mitwisser unseres Geheimnisses für alle Zeiten zum Schweigen bringen mußten.

Auf einen Wink des Hauptmanns Eglofstein begab ich mich hinaus, um darauf zu sehen, daß die Exekution rasch und in Ordnung vonstatten ginge. Der Schnee lag einen halben Fuß hoch und dämpfte den Schritt der marschierenden Soldaten. Der Schein des Vollmondes erhellte den Hof mit mattem Licht.

Die Soldaten formierten sich in eine Reihe und luden ihre Gewehre. Der Spanier winkte mich zu sich heran.

„Halten Sie meinen Hund, Herr Leutnant!" bat er. „Halten Sie ihn fest so lange, bis alles vorüber ist."

Von der Stelle aus, an der wir standen, konnte man über die Stadtmauer hinweg auf die dunklen Weinberge sehen und auf die hügeligen Felder, über denen das Mondlicht lag. Maulbeer- und Feigenbäume standen im Schnee und streckten ihre kahlen Äste von sich. Weit gegen Westen, am Rande des Horizonts, dehnte sich drohend ein dunkler Schatten: Die fernen Eichenwälder, in deren Schluchten unser Feind, der Gerberbottich und seine Scharen lagen.

„Lassen Sie mich noch einmal das Land sehen, Herr Leutnant!" sagte der Spanier. „Es ist mein Land, meine Erde. Mir grünen diese Wiesen, mir wachsen die Reben, mir tragen die Kühe. Meine Erde ist's, über die der Wind streicht, meine Erde, auf die Schnee und Regen und der Tau des Himmels fällt. Für mich regt sich's zwischen den Furchen, für mich atmet es unter den Dächern, mein ist alles, was dieser Himmel umspannt. Sie sind Soldat, Herr Leutnant. Sie verstehen nicht, was das bedeutet: Mein Land, meine Erde. – Treten Sie beiseite, und geben Sie das Zeichen!"

Sechs Schüsse fielen. Der Hund heulte und riß wie toll an seinem Halsband. Ich ließ es fahren, nahm dem Sergeanten den Kienspan aus der Hand und leuchtete dem Toten ins Gesicht.

Der Marques de Bolibar hatte sein altes Antlitz wieder. Die Gewalt, die er seinen Zügen angetan hatte, um zu unserer Täuschung die Rolle eines Maultiertreibers zu spielen, hatte der Tod zerbrochen. Nun lag er da, und sein Gesicht war so, wie ich es am Morgen dieses Tages gesehen hatte: Stolz, unbewegt und furchterweckend auch im Tode.

Die Soldaten räumten den Schnee weg und machten sich daran, den Toten in der Erde zu verscharren. Langsamen Schrittes ging ich über den Hof zurück ins Haus. Ich sah mit einemmal die seltsamen und verschlungenen Wege des Marques de Bolibar ganz klar vor mir liegen und verstand, was geschehen war. Er hatte am Morgen heimlich sein Haus verlassen und mochte im Gehölz jenem Fuhrknecht Perico begegnet sein, der sich eben mit den gestohlenen Talern davonmachen wollte. Er hatte mit ihm die Kleider getauscht, und sein Gesicht, das in ungewöhnlicher Art seinem Willen unterworfen war, hatte die Züge des Fuhrknechts angenommen. So war er in die Stadt zurückgekehrt, um unerkannt seine Pläne ins Werk zu setzen. Aber mit einemmal sah er sich in der Maske eines Diebs gefangen wie in einer Kerkerzelle. Er konnte sie nicht abwerfen, ohne sich zu verraten, mußte in ihr bleiben und den Tod erleiden, der einem anderen bestimmt war.

Und indem mir dies alles durch den Sinn ging, blieb ich mit einemmal mitten im Schnee stehen und schlug mich vor die Stirne. Denn ich begriff nun auch den Sinn des seltsamen Eides, den er uns hatte schwören lassen. Den Tod vor Augen, von Feinden umstellt, von keinem gehört, hatte der Marques de Bolibar uns die Vollführung seines Werkes hinterlassen, wir selbst sollten die Signale geben, die uns Vernichtung bringen sollten.

Ich wollte lachen über die Torheit dieses Einfalls, aber

das Lachen wollte mir nicht kommen. Die Worte des Toten klangen mir im Ohr: Dios vienne.

Gott war gekommen. Ein plötzlicher Schauer durch-
lief mich, und die Furcht vor etwas, was ich in Worte
nicht fassen konnte, und das so dunkel, so drohend, so
voll Gefahren vor mir lag wie die schwarzen Schatten jener fernen Eichenwälder. –

Ich trat in die heiße und von Weindunst und dickem
Rauch erfüllte Stube. Günther und Brockendorf hatten
ihren Zank vergessen und schliefen einträchtig Kopf an
Kopf auf der Erde. Donop saß auf dem Tische, hielt das
Dolchmesser des Marques in der Hand und betrachtete
die kunstvolle Arbeit des geschnitzten Griffs. In der
Mitte der Stube stand Eglofstein mit dem Rittmeister Salignac, der einen schreienden und heftig gestikulieren-
den Menschen mit beiden Händen am Kragen hatte und
vor sich her stieß.

„Eglofstein! Der Marques de Bolibar war es, den Sie
erschießen ließen“, rief ich und glaubte Erstaunen,
Freude, Jubel mit meiner Nachricht zu erwecken.

Ein brüllendes Gelächter war die Antwort.

„Noch ein Marques de Bolibar?“ schrie Eglofstein.
„Wie viele ihrer rennen heute nachts in der Stadt
herum? Auch mein Freund Salignac hat einen eingefangen.“

Er deutete auf Salignacs Gefangenen, dessen Gesicht
ich nicht erkennen konnte, denn es war hinter einem jener schwarzen, seidenen Tücher versteckt, deren sich
die Ehemänner in den spanischen Städten zu ihrer Mas-
kierung bedienen, wenn sie des Nachts auf Liebesabenteuer ausgehen.

„Kamerad!“ sagte er dann spöttisch zu Salignac. „Du
hast auf dem Pferdemarkt einen Esel gekauft. Ich rate
dir, diesen ehrenwerten Alkalden unserer Stadt nicht
gleich am ersten Tag zu hängen. Es kann sein, daß wir
ihn brauchen.“

Deutsche Serenade

Wir mußten alle hellauf lachen, als wir in unserem unglückseligen Gefangenen seine Wohlbeleibtheit, den Herrn Alkalden von La Bisbal, erkannten. Der Lärm und das Gelächter wurden so laut, daß Leutnant Günther aus dem Schlaf fuhr. Er stand auf, rieb sich die Augen mit beiden Fäusten und gähnte. Brockendorf schlief weiter und schnarchte so wild, als gälte es, mit seinem Schnauben die Stubentüre aufzusprengen.

„Was gibt's?" fragte Günther und glättete sich verschlafen seine Haare.

Der Alkalde verzog bei unserer lärmenden Fröhlichkeit seinen Mund zu einem sauren Lächeln, drehte seine Mütze halb zornig und halb verlegen in den Händen und sah drein, als hätte er Mauskot statt Aniszucker verschluckt.

„Señores!" sagte er. „Unsereiner will eben auch einmal des Nachts ein anderes Bettuch zerreißen als sein eigenes."

Er sah unsere lachenden Gesichter, und es war ihm anzumerken, welche Mühe er sich's kosten ließ, seinen Ärger zu bezwingen.

„Wir haben Weiber in unserer Stadt, die sind weit schöner noch als die Damen, die abends im Palais Royal an den Säulen der Kolonnaden gelehnt stehen", erzählte er und war ebenso stolz darauf, daß es in seiner Stadt so schöne Frauen gab, wie darauf, daß er so weit in der Welt gereist und in Paris beinahe so zu Hause war wie in La Bisbal.

„Ich habe noch wenig Rares bei euch in den Straßen gesehen", sagte Eglofstein geringschätzig.

„Kleie, Kleie!" rief der Alkalde eifrig. „Was Sie da gesehen haben ist nur für uns. Aber für die Herren Offiziere weiß ich feines, weißes Mehl." Er schloß die Augen, lachte und schnalzte mit der Zunge.

„Weißes Mehl, jawohl!" sagte Donop verächtlich. „Nämlich Bleiweiß und Turnisol, mit dem die Weiber ihre Runzeln beschmieren und darunter sieht's aus wie eine ungeschabte Ochsenhaut, ich kenne das."

„Sie sollten nicht so sprechen, Señor!" sagte der Alkalde gekränkt. „Wenn Sie die Monjita erst einmal sehen, werden Sie weder Bleiweiß noch sonst etwas auf ihren Wangen finden. Sie ist erst siebzehn Jahre alt, aber die Männer sind hinter ihr her wie die Wiesenfrösche hinter einem roten Lappen."

„Dann her mit ihr!" rief plötzlich Brockendorf aus seiner Ecke, denn da er von Weibern sprechen hörte, war er sogleich wach und munter geworden. „Siebzehn Jahre! Das ist für mein Blut wie Wasser auf ungelöschten Kalk."

„Wer ist diese Monjita?" fragte Eglofstein und verzog den Mund. „Eine Schneiderstochter? Eine Perückenmachersdirne?"

„Ihr Vater ist ein Edelmann, Señor, einer von jenen, die von aller Welt als vornehme Herren respektiert werden wollen und dabei so arm sind, daß sie kein ganzes Hemd auf dem Leib haben. Die Zeiten sind schlimm, Zins und die vielen Steuern nicht mehr zu erschwingen. Er wird es für eine große Ehre nehmen, seine Tochter der Aufmerksamkeit der Herren Offiziere wert zu sehen."

„Was treibt er für Handwerk? Bringt es ihm kein Brot ins Haus, warum jagt er es nicht zum Teufel?" begehrte Donop zu wissen.

„Er malt Bilder", berichtete der Alkalde. „Bilder von Kaisern, Königen, Propheten und Aposteln, die bietet er an der Kirchentüre und des Abends in den Schenken zum Verkauf aus. Er ist recht geschickt, er malt alles, sowohl Mensch wie Tier: Den heiligen Rochus malt er mit einem Hund, den heiligen Nikasius mit einer Maus und den Eremiten Paulus mit einem Raben."

„Und seine Tochter?" fragte Günther. „Wenn sie nicht älter ist als siebzehn Jahre – die Weiber hierzulande sind in diesem Alter wie bei uns daheim die Dudelsäcke. Rührt man sie an, so schreien sie."

„Seine Tochter", sagte der Alkalde. „Seine Tochter will den Herren Offizieren wohl."

„Dann Allons! Vorwärts! Was stehen wir hier?" rief Brockendorf voll Eifer. „Hat sie ein Häflein, so will ich darin kochen."

„Es ist zu spät für heute nacht", widersprach der Alkalde und warf einen besorgten Blick auf den betrunkenen Brockendorf. „Vielleicht ein andermal, Señores, vielleicht morgen nach dem Essen. Um diese Zeit schläft Señor Don Ramon d'Alacho schon. Für heute ist es das Beste, mein ich, wir gehen alle zu Bett."

„Sind Sie fertig?" herrschte ihn Eglofstein an. „Ja? Dann sprechen Sie nicht wieder, bis Sie nicht gefragt sind. Vorwärts! Nehmen Sie das Licht, und gehen Sie voran! – Salignac!" wandte er sich sodann an den Garderittmeister, der ruhelos im Zimmer auf und nieder ging. „Sie gehen nicht mit uns?"

Rittmeister Salignac blieb stehen und schüttelte den Kopf.

„Ich warte auf meinen Diener. Er ist fort, obwohl ich ihm befahl, zu bleiben. Können Sie mir sagen, Baron, wohin er gegangen ist?"

„Kamerad!" sagte Eglofstein und zog seinen Mantel an. „Sie sind nicht glücklich in der Wahl Ihrer Reisegesellschaft gewesen. Ihr Diener war ein Dieb. Einem von meinen Leuten hat er heut morgens seinen Geldbeutel gestohlen. Er hatte ihn bei sich, aber die Taler waren fort."

Salignac war nicht im mindesten überrascht oder erstaunt.

„Haben Sie ihn gehängt?" fragte er, ohne den Kopf zu heben.

„Gefehlt, Kamerad! Wir haben ihn draußen im Hof erschossen. Der Zimmermann hat uns den Galgen erst für die nächste Woche versprochen."

Die Antwort, die der Rittmeister gab, war seltsam genug. Oftmals hab ich mich in den späteren Tagen ihrer erinnern müssen.

„Ich wußte es", sagte er. „Es ist noch keiner lang am Leben geblieben, der mit mir zusammen ein Stück Wegs lief."

Er kehrte uns den Rücken und setzte seinen Weg durchs Zimmer fort.

Wir verließen die Stube und stampften, in unsere Mäntel gehüllt, einer in den Fußstapfen des anderen, hinter dem Alkalden her durch die verschneiten Gassen. Es ging die Calle de los Arcades hinauf und sodann durch die Straße der Karmeliter und durch die „breite Gasse", die so breit ist, daß zwei Fuhrwerke einander ausweichen können. Die Straßen lagen still und menschenleer, denn die Mitternachtsmesse war längst zu Ende. Wir gingen an der Kirche Nuestra Señora del Pilar vorbei und an dem Gironellaturm und gelangten auf den Platz, auf welchem die sechs lebensgroßen, steinernen Heiligenfiguren standen.

Den ganzen Weg gingen wir schweigend und vor Kälte zitternd. Der Alkalde schwatzte, blieb alle hundert Schritt stehen und deutete mit seinem silberbeschlagenen Stöckchen bald auf dieses Haus, bald auf jenes. Hier habe, erzählte er, bis zum vorigen Jahr ein Mann gewohnt, dessen Vetter ein Königlicher Rat beim Tribunal gewesen sei. Auch ein Richter vom königlichen Gericht für Indien hätte eine Zeit hindurch in ihrer Stadt gelebt, nämlich ein gewisser Don Antonio Fernandez; so habe er geheißen. An dieser Stelle hier, berichtete er weiter, hätte einmal der Erzbischof von Saragossa eine Stunde lang in der Sonnenhitze warten müssen, denn eines seiner Wagenpferde hatte ein Hufeisen verloren. In der kleinen Milchschenke, rechts von der Kirche, sei im vorigen Jahr ein Brand ausgebrochen, bei dem die Frau des Besitzers ums Leben gekommen sei. Und in jenem Laden bekämen die Herren alles zu kaufen, was ein Offizier zu seinem Dienst benötigte.

Vor der Kirche blieb der Alkalde stehen, verneigte und bekreuzigte sich und wies auf ein Stück Papier, das, an der Kirchentür lose befestigt, im Winde flatterte.

„Hier sind", erklärte er, „die Namen aller derjenigen Bürger aufgeschrieben und der Verachtung preisgegeben, die die Fasten gebrochen oder am letzten Sonntag bei der Beichte gefehlt haben. Unser Herr Pfarrer nämlich –"

„Daß dir doch das Maul zuwüchse, dir und deinem

Herrn Pfarrer!" schrie ihn Günther erbost an. „Was läßt du uns vor der Kirche im Schnee stehen und frieren? Vorwärts! Trab weiter! Wir sind nicht mit dir gegangen, um Betstunde zu halten!"

Er verstummte, denn er war im Weitergehen über einen toten Maulesel gestolpert, der mitten auf dem Weg lag, und in den Schnee gefallen. Mit völlig durchnäßten Kleidern erhob er sich und begann heftig über Spanien, das Land und seine Bewohner zu fluchen, denen er die Schuld an seinem Mißgeschick beimaß.

„Welch ein Land des Unrats und des Müßigganges! Mist auf den Straßen, Rost auf dem Eisen, Schaben in den Tüchern, im Holz der Wurm und Unkraut auf allen Äckern!"

„Seht den Mond an, den Narren, der kann auch keine Ordnung halten", sekundierte ihm Brockendorf. „War er nicht gestern noch wie ein Pickelhering so dürr, und heut blickt er drein, feist wie ein Mastschwein."

Indem waren wir endlich vor der Wohnung des Don Ramon d'Alacho angelangt, dessen Tochter die Monjita war. Das Haus war niedrig und schlecht gehalten und stand auf dem Platz, gerade den sechs Heiligenfiguren gegenüber.

Günther griff nach dem Türklopfer und schlug Lärm.

„Heda! Señor Don Ramon! Aufgemacht! Es sind Gäste gekommen."

Im Hause blieb alles still. Die Schneeflocken begannen dichter zu fallen und blieben an unseren Mänteln und Mützen hängen.

„Courage! Schlag das Tor ein!" ermunterte ihn Brockendorf und schlug der Kälte halber die Hände aneinander. „Spreng's auf, es wird so fest nicht sein, wie die englischen Linien damals waren bei Torre Vedras."

„Aufgemacht, Señor von Schlafhausen und Schnarchhofen!" schrie Günther und bearbeitete das Tor mit dem Klopfer. „Aufgemacht, oder wir schlagen Tür und Fenster ein."

„Die Türe auf, oder wir zerschlagen dir alle Öfen in deinem Haus!" brüllte Brockendorf, der vergessen hatte, daß er draußen und die Öfen drinnen waren.

Im Nachbarhaus öffnete sich ein Fenster, und ein

Kopf mit einer Zipfelhaube kam zum Vorschein. Sogleich fuhr er wieder ins dunkle Zimmer zurück. Das Fenster fiel krachend zu. Unsere schneebedeckten Mäntel hatten den schlaftrunkenen Bürger erschreckt, und er mochte jetzt zitternd in seinem Bette liegen und seiner Ehefrau erzählen, daß die sechs steinernen Heiligen alle von ihren Postamenten gestiegen seien und vor der Tür des Nachbarn lärmten und ihre Späße trieben.

Aber von oben her, aus einem Fenster gerade über unseren Köpfen, hörten wir jetzt eine zornige Stimme:

„Höllenelement und alle Kreuztausend! Wer ist da?"

„Der kann fluchen wie ein Bootsknecht von der ostindischen Kompagnie, aber das kann ich ebensogut", sagte Donop und schrie zurück:

„Daß dich das Donnerwetter neunundneunzigmal! Mach auf!"

„Wer ist unten!" rief die Stimme.

„Soldaten des Kaisers!"

„Soldaten wollt ihr sein?" kam es zornig zurück. „Leinweber seid ihr! Schornsteinfeger! Privetputzer! Besenbinder!"

„Du Mückenseele, und wer bist du? Laß dich doch in eine Pastete backen, daß man dich endlich sieht!" schrie Brockendorf mit der vollen Kraft seiner Lunge hinauf, aufgeregt darüber, daß man ihn einen Leinweber und Schornsteinfeger und sogar einen Privetputzer gescholten hatte, einen Angehörigen der Zunft, der die Reinigung der Kloaken oblag.

„Don Ramon, gehen Sie hinunter und machen Sie auf", sagte die Stimme oben merklich ruhiger. „Ich will den Kerl doch sehen, der mich in eine Pastete backen will."

Jetzt hörten wir Schritte im Innern des Hauses, und eine hölzerne Treppe knarrte. Dann wurde die Tür geöffnet, und ein kleiner, verwachsener Mann erschien in ihr mit einem Buckel, der so groß war, wie im Mai die Maulwurfshügel sind. An den Beinen trug der Mensch Gamaschen von ziegelrotem, schiefgeschnittenen Tuch. Der Zipfel seiner braunen, wollenen Mütze hing ihm über das rechte Ohr hinab. Er verbeugte sich auf eine lächerliche Art vor uns, der Kienspan in seiner Hand beschrieb einen feurigen Bogen durch die Finsternis, und sein Schatten war der eines Maultieres, das sich zu Boden bückt, um sich den Feldkessel aufschnallen zu lassen.

Wir gingen die Treppe hinauf und gelangten zuerst in ein Zimmer, in dem allerlei Malgerät umherlag. In der Mitte des Raumes stand eine Staffelei mit einem Bilde des spanischen Heiligen Jakob von Galicien, das bis auf die Halskrause und den rechten Arm in Farben ausgeführt war. Sodann traten wir in die zweite Stube, die war nicht beleuchtet, aber im Kamin brannte ein lustiges Feuer von Rebenholz. Ein Mann saß mit ausgestreckten Beinen im Lehnstuhl und wärmte sich die Fußsohlen am Kaminfeuer. Neben ihm auf der Erde lag ein Paar hoher hessischer Stiefel, die er ausgezogen hatte, und auf dem Tisch standen etliche Gläser, eine Flasche Wein und ein großer Dreimaster à la Russe.

Als wir eintraten, drehte er uns sein Gesicht zu, und wir erkannten im Lichtschein des Kaminfeuers zu unserer Bestürzung, daß es unser Oberst war, dem wir vor dem Tor die lärmende Serenade dargebracht hatten. Aber nun waren wir oben, und es war zu spät, uns davonzumachen.

„Nur herbei mit euch!" rief uns der Oberst entgegen. „Wer von euch ist der Koch, der mich in eine Pastete backen wollt?"

„Eglofstein! Sie müssen reden, Sie gelten alles bei ihm", hörte ich Donops flüsternde Stimme hinter mir.

„Herr Oberst!" sagte Eglofstein, trat vor und verbeugte sich. „Ich bitte um Verzeihung, aber Sie waren bei alledem nicht gemeint."

„Nicht gemeint?" rief der Oberst und lachte laut und dröhnend. „Eglofstein, ich glaube es Ihnen gern, daß Sie jetzt viel lieber weit von hier wären. Beim Pfeffer auf Java, was? Beim Zimt in Bengalen! Oder auf den Molukkeninseln, wo die Muskatnüsse wachsen. Brockendorf! Wer ist jetzt eine Mückenseele, ich oder ein anderer?"

Der Oberst, der sonst jähzornig war und, wenn ihn die Kopfgicht plagte, in den Ausbrüchen seiner rasenden Wut keine Schranken hielt, war heut in heiterer Laune, und wir machten uns das zunutz.

„Sie müssen ihm zugute halten, Herr Oberst", sagte Eglofstein und wies auf Brockendorf, der, ein verstockter Sünder, dastand wie der Barrabas im Osterspiel, „daß er ein Narr ist und heute stockbetrunken dazu."

„Es fehlt ihm am bene distinguendum*", brachte Donop zu Brockendorfs Entschuldigung vor.

„Komm her, kleine Spiegelguckerin!" rief der Oberst und nahm eine Prise aus seiner Rocktasche. „Sieh dir den Mann an, der seinen Obersten in eine Pastete backen will."

Am anderen Ende der Stube stand ein Bett, und neben diesem hingen an der Wand zwei Bilder der Muttergottes, ein kleines Gefäß mit Weihwasser und ein Spiegel. Vor dem Spiegel stand, mit dem Rücken zu uns gewendet, ein Mädchen in spanischer Tracht, in einem Mieder von schwarzem Samt mit Schleifen und Litzen an allen Nähten, und ordnete die künstlichen Blumen in ihrem Haar. Jetzt trat sie leichten Schrittes auf den Obersten zu und legte einen Arm um seine Schulter.

„Das ist der Hauptmann Brockendorf!" erzählte ihr der Oberst. „Sieh dir ihn an, der wollt mich in eine Pastete backen. Sieh dir ihn an, wie er dasteht, ein Trunkenbold, groß wie ein Ochse und stolz wie ein Goliath, frißt Hühner und Enten lebendig –"

Brockendorf fletschte die Zähne, blickte böse drein und sagte kein Wort.

„Aber ein fähiger Soldat, das hab ich gesehen bei Talavera", setzte der Oberst nach einer Weile hinzu, und sofort erheiterte sich Brockendorfs Gesicht.

„Kein Schornsteinfeger, kein Privetputzer!" brummte er und begann befriedigt seinen gewaltigen, mit Pech gewichsten Schnurrbart zu streichen und feurige Blicke auf die Monjita und auf den Wein zu werfen.

Der Oberst, in seiner fröhlichen Laune, war gesprächig, wie ich ihn schon seit langem nicht gesehen hatte.

„Eglofstein! Jochberg", rief er uns zu. „Kommt doch her, trinkt ein Glas mit mir! Günther! Mensch, was stehen Sie da, wie eine geweihte Kerze?" – Er goß Wein in sein Glas. – „Oh, diese spanischen Fingerhüte! Wo ist meines Großvaters großes, deutsches Katechismusglas?"

* (lat.) vernünftiges Unterscheidungsvermögen.

Wir traten an den Tisch und taten ihm Bescheid. Er zog die Monjita an sich und strich zufrieden seinen roten Schnauzbart.

„Eglofstein!" sagte er jetzt mit plötzlicher Rührung in seiner Stimme. „Ist sie nicht meiner toten Françoise-Marie lebendiges Abbild? Ihre Haare, ihre Stirne, ihre Augen, ihr Gang! Wie hätt ich je gedacht, daß ich die Frau, die mir Gott entriß, in diesem spanischen Rattennest wiederfinden würd."

Verwundert blickte ich die Monjita an, ich konnte nichts von alldem entdecken, worin sie des Obersten verstorbener Frau hätt gleichen sollen. Wohl war ihr Haar von der gleichen kupfernen Farbe wie das der toten Françoise-Marie, und auch der Schnitt der Stirne mochte entfernt an die Geliebte von einstmals erinnern. Dennoch war sie, wie sie jetzt vor uns stand, ein völlig anderer Mensch. Auch die anderen schienen erstaunt über des Obersten Reden. Eglofstein lächelte und Brokkendorf starrte die Monjita mit offenem Munde an wie der Fisch den Tobias.

„Komm her, du mit deinen brennenden Augen", sagte der Oberst und faßte die Monjita an der Hand. „Du sollst schöne Kleider bekommen, aus Paris, weißt du's schon? Ich hab ihrer eine Menge in meinem Gepäck." Aber das sagte er der Monjita nicht, daß es die Kleider seiner verstorbenen Frau waren, die er in seinen Koffern und Kisten mit sich führte. „Die Schokolade wird dir jeden Morgen an dein Bett gebracht."

„Bald müssen Sie wieder ins Feld, und wann Sie wiederkommen, weiß Gott allein. Was wird aus mir, wenn Sie fort sind?" sagte Monjita leise. Es war das erste Mal, daß wir sie sprechen hörten. Und wahrhaftig: Ihre Stimme war der toten Geliebten Stimme. Ein Schauer wehmütigen Glücks floß mir über den Rücken, denn dieselben Worte hatte einst Françoise-Marie zu mir gesagt und mit dem gleichen traurigen Klang in ihrer Stimme. Und der Wahn, der uns alle in den folgenden Tagen erfaßte, daß wir nämlich wirklich in der Monjita die Françoise-Marie wiederzufinden glaubten, daß wir um ihren Besitz in Erbitterung stritten und rauften und Ehre und Pflicht vergaßen, daß wir voll Haß, Eifersucht und mörderischer Liebe einer gegen den anderen standen – dieser Wahn hat wohl von diesem Augenblick seinen Ursprung genommen.

„Was?" schrie der Oberst und schlug mit der Faust so heftig auf den Tisch, daß die Weinflasche umfiel und das bunte Topfgeschirr an der Wand zu tanzen begann. „Du gehst mit, wohin ich geh. Zum Teufel, Massena hat auch immer ein Weib bei sich im Feld, alle halbe Jahr läßt er sich eine andere Schauspielerin aus Paris kommen."

„Eine Schauspielerin?" sagte Eglofstein mit einem Achselzucken. „Meist ist's nur eine Sechsgroschen-Phryne aus einem der ‚petites maisons*' in St. Denis oder St. Martin, und wenn er ihrer überdrüssig ist, überläßt er sie seinen Adjutanten."

„Seinen Adjutanten, so", rief der Oberst und warf einen bösen Blick voll Mißtrauen auf Eglofstein. „Meinen Adjutanten will ich anderes zu tun geben, die sollen sich täglich um die Patronen, das Schuhzeug und die Tornister der Truppen kümmern. Haben Sie für morgen Leute zum Holzfällen und Wasserholen beordert? Warten Sie, Eglofstein, ich will Sie schon mobil halten!"

Er war von diesem Augenblick an für den Abend gänzlich verändert. Verdrießlich, launisch und von barschem Wesen. Ich ging heimlich mit Donop hinaus in die andere Stube, wo wir unseren Freund, den dicken Alkalden und den bucklichen Don Ramon mit den ziegelroten Beinen fanden, beide mit der Betrachtung des halbvollendeten heiligen Jakob von Galicien beschäftigt.

„Man sieht deinem Heiligen die Gelehrsamkeit an", sagte der Alkalde. „Ich kannte einen Mann, der lehrte, der heilige Jakob hätte schon im Mutterleib lateinisch verstanden. Aber dieser Mann war ein Ketzer und wurde als solcher verbrannt."

„Der Heilige hier war im Leben mehr gelehrt als schön", erklärte Don Ramon. „Er hatte mehr Warzen im Gesicht, als die Stadt Sevilla spitze Türme hat. Aber ich habe nur zwei von ihnen gemalt, denn die Weiber kaufen keinen Heiligen mit Warzen im Gesicht."

* (franz.) kleine Häuser.

„Don Ramon!" unterbrach ich dieses Gespräch. „Sie haben Ihre Tochter dem alten Mann verkauft. Sie sollten sich schämen."

Don Ramon legte den Pinsel hin und blickte mich an.

„Er hat sie in der Messe gesehen und ist ihr nachgegangen", sagte er. „Er hat ihr versprochen, was die Menschen das Glück nennen. Sie wird feines Bettzeug aus holländischem Leinen haben; Pferde, Wagen und einen Bedienten will er ihr halten, und jeden Morgen soll sie in einer Kalesche zur Messe fahren."

„Ist Ihnen denn für Dublonen alles feil?" rief Donop voll Hitze. „Für dreißig Silberlinge schneiden Sie, glaub ich, den Judas von seinem Strick ab! Was wird Ihr heiliger Jakob zu diesem Handel sagen?"

„Der heilige Jakob ist im Himmel, ich aber muß in der harten Welt leben", sagte der Bucklige mit einem Seufzer. „Ich will Ihnen sagen, Señor, und dieser Herr Alkalde hier wird es mir bezeugen: Es war nicht leicht, jeden Tag ein Stück Brot für mich und meine Tochter ins Haus zu schaffen."

„Sie sind ein Edelmann, Don Ramon", zürnte Donop. „Wo ist Ihre Redlichkeit? Wo ist Ihre Ehre?"

„Junger Herr!" sagte Don Ramon. „Lassen Sie sich sagen: Wenn dieser Krieg noch lange währt, wird alle Redlichkeit schimmlig werden und alle Ehre sauer."

Drinnen im Zimmer mahnte der Oberst zum Aufbruch.

„Eglofstein!" hörte ich ihn sagen. „Lassen Sie die Leute um acht Uhr antreten. Bis neun Uhr üben im Pakken der Maulesel, sodann mögen sie Stroh und Heubündel in die Ställe schaffen. Für zehn Uhr eine Kalesche hierher vors Haus."

Eglofstein schlug die Hacken zusammen.

„Und jetzt nach Hause! Daheim zwei Scheiter Holz in den Ofen, ein Glas Glühwein und dann die Decke bis an die Ohren, was?"

Wir verabschiedeten uns und gingen hinunter.

Vor dem Haustor blieb Brockendorf stehen und wollte nicht weiter.

„Ich muß zurück", sagte er. „Ich will warten, bis der

Oberst fort ist. Ich muß hinauf zu ihr, hab ernstlich mit ihr zu reden."

„Komm, du Narr!" flüsterte Eglofstein. „Der Oberst merkt's sonst und wird tückisch."

„Verdammt, daß wir zu spät gekommen sind. Oh, wie ist sie schön, sie hat der Françoise-Marie ihre Haare", klagte Günther.

Wir gingen verdrossen und voll Enttäuschung unseres Weges. Nur Eglofstein trällerte vor sich hin und war guter Dinge.

„Ihr Tröpfe!" sagte er endlich, als wir einen Pistolenschuß weit vom Haus des Don Ramon entfernt waren. „Ihr Esel, seid doch zufrieden. Unser Oberst hat wieder eine Frau! Wenn sie seiner ersten wirklich in allem so ähnlich ist, wie er meint, zum Henker, wird er sie dann für sich allein behalten?"

Wir blieben stehen und blickten einander an, und jeder hatte den gleichen Gedanken.

„Es ist wahr!" sagte Donop. „Habt ihr gesehen, wie mich diese Monjita mit den Augen liebkost hat, als ich Abschied von ihr nahm?"

„Und mich", rief Brockendorf. „Mich hat sie fort und fort angesehen, als ob sie sagen wollt –"

Er hatte vergessen, was sie sagen wollt. Er gähnte und blickte verliebt nach dem Fenster der Monjita zurück.

„Sie hat nichts als ihr hübsches Gesicht und ihre schöne Gestalt", erklärte Günther. „Ich wett, sie wird nicht allzu grausam sein, wenn sie erst weiß, daß ich acht Karolinentaler in meinen Rockkragen eingenäht hab."

„Unser Oberst soll leben! Hat wieder eine Frau!" rief Eglofstein. „Bald führen wir wieder das alte Leben in floribus* und in amoribus** – ist es so richtig, Donop?"

Wir schüttelten uns die Hände und gingen, jeder voll Hoffnung, daß er der erste sein werde bei der Monjita, durch den hohen Schnee heim in unsere Quartiere. Und ich konnte lange nicht einschlafen, denn Günther, mit dem ich in dieser Nacht mein Zim-

---

* (lat.) im Wohlstand.
** (lat.) in Liebesleidenschaft.

mer teilte, übte vor dem Spiegel mit den Gesten eines schlechten Komödianten, der auf der Bühne steht, wie er mit der Monjita auf spanisch reden wollt: „Schönes Fräulein, Gott sei mit Ihrer Seele! Mein Herz zu Ihren Füßen, Señorita!"

Der Puff regal

Es vergingen mehrere Tage mit den Mühen des Dienstes, mit Exerzieren und Reiten, mit Arbeit an den Erdwerken, mit den Visitierungen der Mannschaft, der Ställe und der Quartiere. Günther und Brockendorf verbrachten die Stunden nach dem Dienst mit Kartenspiel und erfüllten das Einkehrhaus „Zum Blute Christi", in dem es immer guten Wein und eine geheizte Stube gab, mit ihrem Gezänk. Ich ritt mit Donop fast täglich zur Jagd aus, wir brachten Feldhühner, Wachteln und einmal einen Hasen heim. Das erste Mal waren wir vorsichtig, blieben immer eng beieinander und wagten uns nicht weiter, als etwa eine halbe Reitstunde hinter das erste Vorwerk. Da wir aber die Wege sicher und die Bauern, Männer wie Weiber, überall bei ihrer Arbeit fanden, wurden wir kühner und dehnten unsere Streifzüge bis weit hinter die Dörfer Figuerras und Truxillo aus.

Nirgends fanden wir Spuren der Guerillas, die Äcker und die Weinberge lagen friedlich da, die Dorfbewohner begegneten uns höflich, offen und ohne jede Feindseligkeit, und es konnte scheinen, als hätt es in dieser Gegend niemals Aufstand und Überfälle, niemals den grausamen und fanatischen Gerberbottich gegeben.

Donop, der alles gelesen hatte, was die Alten seit den Zeiten des Aristoteles in ihren Büchern verzeichnet haben, wurde bei diesen Ritten niemals müde, mir zu erklären, wie sehr die spanische Landschaft noch heute den Schilderungen entspräche, die der Römer Lucan in seinem Bericht über Catos Reise nach Utica von ihr entworfen habe. Er fand, daß die Art, wie die Weiber an den Bächen die nasse Wäsche gegen die Kieselsteine schlugen, durch mehr als zweitausend Jahre hindurch die gleiche geblieben war, er hatte seine helle Freude an jedem spanischen Ochsenkarren, der uns begegnete,

weil die genau so waren, wie man sie auf den Titelkup-
fern zu Vergils „Georgien" abgebildet sehen könne.
Auch müsse das Land, versicherte er mir oftmals, nach
den Berichten der alten Schriftsteller in der Sommerszeit
mit Rosmarin, Lavendel, Salbei und Thymian bedeckt
sein, und er hielt jeden Schafhirten, jeden Bauernknecht
und jeden Holzsäger auf der Heerstraße an, konnte aber
nichts darüber in Erfahrung bringen, weil er von all diesen Pflanzen zwar die lateinischen, nicht aber die spanischen Namen im Gedächtnis hatte.

Die Monjita hatte ich seit jener Nacht, da wir im
Hause des buckligen Malers auf unseren Obersten gestoßen waren, nicht wieder getroffen. Mir war erzählt worden, daß der Pfarrer auf Geheiß des Obersten ihrem Vater noch am Morgen des nächsten Tages einen Besuch
abgestattet habe. Einige Stunden später war die Kalesche
vorgefahren und hatte die Monjita in das Stadthaus des
Marques de Bolibar gebracht. Denn dieses, in der Gasse
der Karmeliter gelegene Gebäude, über dessen Portal
die beiden steinernen Sarazenenköpfe prangten, hatte
der Oberst zu seinem Quartier gewählt. Im Erdgeschoß
befand sich die Wache und im obersten Stockwerk
Eglofsteins Kanzlei.

Unter den Einwohnern von La Bisbal, kleinen und be-
scheidenen Leuten, die ihr Brot durch Öl- und Weinbau,
Kornhandel oder grobe Wollarbeit erwarben, hatte dieses Ereignis anfangs Überraschung und Erstaunen, später aber Freude erregt, denn sie fühlten sich durch die
Verbindung eines so hohen Offiziers mit einem Mädchen aus ihrer Stadt, und weil seine Wahl auf die Monjita gefallen war, die sie alle von Jugend auf kannten, in
hohem Grade geschmeichelt und geehrt. Und wenn es
vordem noch einige Unzufriedene gegeben hatte, die
uns, in ihre Mäntel gehüllt, den Hut tief in die Stirne ge-
drückt, verächtlich musterten, wenn wir vorbeigingen,
und heimlich Ketzer und Gottesverächter nannten, deren Vertilgung von der Erde ein verdienstliches Werk
sei – so trafen wir jetzt überall freundliche, zufriedene
oder neugierige Gesichter. Und ihr Pfarrer predigte
ihnen von der Kanzel, daß die spanische und die deutsche Nation befreundet, ja sogar zu beiderseitigem

Ruhm verbündet seien, noch von den Zeiten des Kaisers Karl des Fünften her.

Donop und ich, wir ritten Abend für Abend in der Gasse der Karmeliter auf und ab und ließen vor dem Hause des Obersten unsere Pferde Volten und Paraden machen. Aber nicht ein einziges Mal bekamen wir die Monjita zu Gesicht. Hinter den vergitterten Fenstern des Hauses blieb alles still, nur die steinernen Fratzen der Sarazenen starrten stumm von dem Portal auf uns herab.

An dem Sonntag, der dem Christfest folgte, kam Eglofstein gegen Mittag auf meine Stube, um mit mir zum Speisen zu gehen, denn wir waren, sooft wir in Ruhequartieren lagen, am Sonntag immer bei unserem Obersten zu Tisch geladen.

Wir gingen hinunter und gerieten auf dem Marktplatz in das sonntägliche Gedränge der Marktweiber, die uns Eier, Käse, Brot und Geflügel zum Kauf, und der Bettler, die uns das schmutzige Bildnis irgendeines Heiligen zum Kuß anboten. Hinter der Kirche Maria del Pilar verlief sich der Schwarm. Eglofstein war munter und aufgeräumt.

„Es steht gut. Es steht wahrhaftig besser, als ich erwartet habe", berichtete er und schlug im Gehen mit der Reitpeitsche an die Schäfte seiner Stiefel. „Dieser Gerberbottich ist ein dummes und geduldiges Schaf. Liegt, rührt sich nicht und wartet auf die Signale. Er wird warten, genau so lang, als es mir beliebt."

Er lachte leise vor sich hin.

„Das Haus in der Kapuzinergasse wird scharf bewacht", sagte er mehr zu sich selbst als zu mir. „Dieser Salignac macht seine Sache gut. Steht dort und sieht jeden, der in die Nähe kommt, an wie der Teufel, wenn er Seelen sieht. Und wenn seine Excellencia, der Herr Marques de Bolibar heimlich hineinwill, um sein faules Stroh anzuzünden, so muß er sich auch in eine Maus oder in einen Sperling verwandeln können."

„Der Marques de Bolibar ist tot, ich sagte es Ihnen schon", unterbrach ich ihn.

Eglofstein blieb stehen und sah mich groß an.

„Jochberg!" sagte er. „Sie sind doch sonst der Dümmste nicht! Wie, zum Teufel, haben Sie schon so früh am Tage gesoffen?"

Ich wurde ärgerlich.

„Der Marques de Bolibar ist tot", sagte ich. „Und Sie selbst haben ihn erschießen lassen. Waren wir, zum Henker, denn alle blind, damals in der Weihnachtsnacht, daß wir ihn nicht sogleich erkannten?"

„Wollen Sie mich im Ernst glauben machen, Jochberg", schrie Eglofstein, „daß jener schmutzige Beelzebub von Maultiertreiber, der dem Kümmel seine Taler gestohlen hat, ein Vetter des Königs von Spanien war?"

„Er war es, Herr Hauptmann. Jetzt liegt er beim Stadttor unter dem Schnee begraben, und sein Hund treibt sich noch immer bei der Torwache herum und springt an mir in die Höhe, sooft ich in seine Nähe komme."

Eglofstein blieb stehen und runzelte die Stirne.

„Jochberg!" sagte er. „Ich weiß, es war seit jeher Ihre größte Freude, mich durch Widerspruch in Zorn zu bringen. Sie müssen immer klüger sein als jeder andere. Sagt einer ‚süß', so sagen Sie ‚sauer'. Sag ich jetzt ‚Spatz', so sagen Sie ‚Fink'."

Er schwieg verdrossen, und wir gingen eine Weile nebeneinanderher.

„Ich habe Sie unterbrochen, Herr Hauptmann", sagte ich nach einiger Zeit, um ihn zu versöhnen. „Sie waren eben dabei, mir Ihre Pläne zu entwickeln."

„Meine Pläne, jawohl", sagte er, und sogleich erheiterten sich seine Züge. „Nun, Sie wissen, wir erwarten einen Transport von Pulverwagen, Kugeln und Bomben, denn unsere Vorräte an Munition sind durch den Verbrauch der letzten Kämpfe gering geworden. Sehr gering, Jochberg. Aber der Transport hat das Dorf Zarayzago bereits passiert und wird in drei oder vier Tagen in La Bisbal sein."

„Wenn nicht der Gerberbottich –", warf ich ein.

Wir waren vor dem Einkehrhaus „Zum Blute Christi" angelangt, vor dessen Tür ein heiliger Antonius aus Holz geschnitzt in der Wintersonne stand, triefend von Schneewasser. Dieser Heilige wird in Spanien sehr verehrt und öfter angerufen als alle zwölf Apostel zusammengenommen.

Eglofstein blieb stehen, legte die Hand an die Tür-schnalle und sprach zu mir gewendet:

„Der Gerberbottich? Der muß den Konvoi passieren lassen, denn er darf nichts tun, eh ihm nicht der Marques de Bolibar das Zeichen mit dem brennenden Stroh gegeben hat. Aber das Zeichen werde ich geben, in drei oder vier Tagen, sobald der Transport in unseren Händen ist. Dann werde ich mit dem brennenden Stroh den Gerberbottich und seine Leute aus ihren Löchern hervorlocken, wie die Dorfjungen die Grillen, und mit dem Guerillawesen wird es in dieser Gegend für immer ein Ende haben."

Er stieß die Tür auf und schrie in die Schenke hinein:

„Brockendorf! Günther! Seid ihr bald fertig? Ihr kennt den Obersten, wenn ihr zu spät zu Tisch kommt, gibt's Stubenarrest!"

Brockendorf und Günther kamen heraus, beide rot im Gesicht, der eine durch den Wein, der andere durch die Erregung des Spiels. Günther war übermütig, Brockendorf phlegmatisch wie immer, wenn er nicht eben betrunken war.

„Wer von euch hat dem anderen seine Stiefel abgewonnen?" fragte Eglofstein. „Habt ihr ‚Letzte Lese' gespielt? Oder ‚Dreißig und eins'? Oder ‚Ofenrauschen'? Oder ‚Bück dich, Bauer'?"

„Wir haben ‚Karnüffeln' gespielt", gab Günther zur Antwort. „Und ich hab gewonnen."

Der heilige Antonius hielt eine gedruckte Nachricht in der Hand, daß die Empfängnis Marias wirklich eine unbefleckte gewesen sei. Die nahm ihm Günther aus der Hand und gab ihm dafür den Schellenbuben zu halten. Und der Heilige, geduldig und voll Nachsicht, wie dereinst im Leben, behielt die Spielkarte zwischen den Fingern.

„Günther", sagte Brockendorf in seiner bedächtigen Art. „In Barcelona, wo die Sträflinge jeden Morgen an meinem Fenster vorbei zur Arbeit zogen, hab ich unter ihnen einen Falschspieler gesehen, dessen Gesicht war dem deinen überaus ähnlich."

„Und ich", rief Günther hitzig, „ich hab in Kassel einen Dieben am Galgen hängen gesehen, der hatte eine ebenso plattgedrückte Nase wie du."

„Die Natur", sagte Eglofstein mit völlig ernster Miene, „gefällt sich manchmal in sonderbaren Spielen."

Wir setzten zu viert unseren Weg fort.

„Er hat den Pikkönig in seinem Blatt", erzählte Günther noch immer voll Eifer. „Spielt aus, glaubt, er müsse gewinnen und sagt: Stoß. Und nun ging's weiter, Puff und Gegenstoß, die Herzdame hin, den Herzbuben her. Und zum Schluß warf ich Herzaß aus, sag den Puff regal an, und er ist labet."

Er drehte sich nach Brockendorf um und schrie ihm triumphierend in die Ohren:

„Puff regal, Brockendorf! Hast du's gehört? Puff regal!"

„Sei du immer bei ihr der erste", brummte Brockendorf im Gehen vor sich hin. „Sie wird bald genug merken, daß du der Richtige nicht bist. Dein Feuer, Bürschlein, brennt an einer kurzen Lunten."

Eglofstein blickte die beiden an und pfiff leise vor sich hin.

„Um was habt ihr gespielt?"

„Wer bei der Monjita der erste sein soll", gab Brockendorf zur Antwort.

„Ich dachte mir's", sagte Eglofstein mit einem kurzen Lachen.

„Brockendorf hat sie heute morgens auf der Straße getroffen", berichtete Günther. „Und sie hat ihm ein Stelldichein für morgen gleich nach der Messe gegeben. Doch nun werde ich an seiner Stelle gehen. Ihm fehlt es am ‚bel air'*, er hätte uns allen den Brunnen verschüttet. Ich weiß, wie man mit den Weibern hierzuland auf spanisch reden muß."

Eglofstein wandte sich voll Neugierde an Brockendorf:

„Ist es wahr, du hast mit ihr gesprochen?"

„Ja. Und sehr viel sogar", sagte Brockendorf und warf sich in die Brust.

„Was hast du ihr gesagt?"

„Ich hab ihr's rund herausgesagt, daß ich verliebt in sie bin und sie könnt mir aus meiner Not helfen."

„Und sie? Was hat sie dir für Antwort gegeben?"

* (franz.) gutes Benehmen, Anstand.

„Sie dürft auf der Straße mit mir nicht reden, hat sie gesagt, das sei in La Bisbal nicht gebräuchlich. Aber ich sollt morgen nach der Messe bei ihr Visite machen, zu Hause hätt sie Nadeln und Lauge genug."

„Wie? Nadeln und Lauge?"

„Ja. Weil ich ihr gesagt hab, ich wollt Nadeln schlukken und Lauge trinken ihr zuliebe."

„Morgen, wenn der Oberst ausgeritten ist, mach ich bei ihr Visite", erklärte Günther.

„Geh hin!" rief Brockendorf und lachte laut und dröhnend. „Geh nur hin, schluck du die Nadeln und die Laugen!"

„Günther!" sagte Eglofstein. „Du und Brockendorf, ihr beide glaubt, ihr seid die einzigen in diesem Spiel. Aber nimm dich in acht, ich hab auch Trümpfe in der Hand, die sind so gut wie Stoß und Puff und Gegenstoß."

„Bleibt mir immer noch der Puff regal, wer den hat, gewinnt", sagte Günther langsam und tückisch, und beide, Eglofstein und Günther, maßen einander mit feindseligen Blicken, als stünden sie im Stadtgraben einander gegenüber, um sich zu duellieren.

Indes waren wir vor dem Quartier des Obersten angelangt. Vor dem Tor sahen wir den Rittmeister Salignac in höchster Erregung und damit beschäftigt, eine Anzahl Bettler zu verjagen, die, da es Sonntag war, gekommen waren, um im Hause des Marques de Bolibar ihre gewohnte Ration an Suppe und in Öl gekochten Erbsen in Empfang zu nehmen.

„Was sucht ihr hier, ihr Schelme, ihr Schurken, ihr versoffenen Weingurgeln!" schrie Salignac sie an. „Fort mit euch, keiner kommt mir hier herein."

„Ein Almosen, Herr, wenn Ihr auf Gottes Barmherzigkeit hofft! Habt Mitleid mit den Armen! Gelobt sei Gott! Gebt den Hungrigen!" riefen die Bettler durcheinander, und einer hielt seinen verstümmelten Arm Salignac unter die Augen und klagte:

„Auch mich hat Gott mit einem Unheil beladen."

Der Rittmeister wich einen Schritt zurück und rief nach der Torwache. Sogleich kamen zwei Dragoner aus dem Torflur hervor und trieben die Bettler mit Stößen in die Flucht. Aber einer der Verjagten drehte sich im Laufen um und schrie:

„Ich kenne dich, du Mitleidloser! Schon einmal hat dich Christus deines harten Herzens halber bestraft. Der ewigen Seligkeit bist du verloren wie das liebe Vieh!"

Der Rittmeister blickte ihm mit unbewegtem Antlitz nach. Dann wandte er sich an mich:

„Sie sind von uns der einzige, Leutnant Jochberg, der diesen Marques de Bolibar gesehen hat. Konnten Sie ihn in einem dieser Schurken erkennen? Es scheint mir sehr wahrscheinlich, daß er versuchen wird, auf diese Art heimlich in sein Haus zu gelangen."

Ich gab mir Mühe, ihm zu erklären, daß die Bettler nur des allsonntäglichen Almosens halber gekommen waren, aber er hörte mich nicht bis zu Ende an, sondern stieß auf einen Bauern los, der ihm, halb versteckt hinter einem mit Holz beladenen Maulesel, neugierig und furchtsam zugleich ins Gesicht starrte.

„Was suchst du hier, du dickköpfiger Schuft!"

Der Bauer fuhr mit der Hand beschwörend an Stirne, Lippen und Brust und murmelte zitternd:

„Laß ab von mir, Jude, erkenne das Kreuz!"

Wir konnten das Lachen nicht verbeißen, als wir hörten, wie der Bauer den Rittmeister einen Juden schalt. Nur Salignac allein schien es nicht gehört zu haben. Er sah den Bauern drohend und voll Mißtrauen an und fragte:

„Wer bist du? Was willst du hier? Wer hat dich gerufen?"

„Ich habe Holz für den Herrn Marques aus dem Walde geführt, Eure Ewigkeit!" stammelte der Bauer geängstigt. Und indem er dem Rittmeister diesen seltsamen Titel gab, schlug er ein über das andere Mal das Kreuz.

„So fahr zum Teufel mit deinem Holz, der mag damit die Hölle heizen!" tobte Salignac, und der Bauer machte kehrt und rannte toll vor Entsetzen die Straße hinab, und sein Maulesel in wilden Sprüngen hinter ihm her.

Salignac holte tief Atem und trat zu uns.

„Ein harter Dienst. So geht es hier seit frühem Morgen. Eglofstein, Sie in Ihrer Kanzlei –"

Er unterbrach sich, denn eben kam ein Bauer mit einem Karren Maisstroh angefahren, in dem argwöhnte er wiederum einen verkleideten Marques de Bolibar und überschüttete ihn mit Flüchen und Verwünschungen.

Wir verließen ihn und gingen die Treppe hinauf.

Oben im Speisesaal fanden wir Donop im Gespräch mit dem Pfarrer und dem Alkalden, die gleichfalls zu Tisch gebeten waren. Donop hatte sich aufs feinste herausgeputzt: Er trug seine besten Pantalons, seine Stiefel waren blank gewichst, und die schwarze Binde um seinen Hals hatte er zu einem Knoten nach der letzten Mode geschlungen.

Er trat auf uns zu und sagte mit geheimnisvoller Miene:

„Sie wird mit bei Tisch sein."

„Ich glaub es nicht", widersprach ihm Günther. „Unser Oberst Essigkrug hält sie wie eine Geiß am Strick."

„Ich bin ihr auf der Treppe begegnet", erzählte Donop. „Und sie hatte eines von der Françoise-Marie ihren Kleidern an, das weiße Musselinkleid ,à la Minerve'. Mir war zumut, als stünd ich vor einer Toten lebendigem Grabmal."

„Sie trägt jetzt alle Tage der Françoise-Marie ihre Kleider", berichtete Eglofstein. „Der Oberst will, daß sie in allem und jedem seiner ersten Frau ähnlich sein soll. Möget ihr glauben, daß sie hat alle vins de liqueurs unterscheiden lernen müssen, einen Rosalis von einem St. Laurens. Jetzt lehrt sie der Oberst die Kartenspiele: L'hombre, Piquet, petite prime und Summa summarum."

„Ich wüßt andere Spiele, die ich sie lehren wollt", sagte Günther und begann zu lachen. Aber in diesem Augenblick wurde die Tür geöffnet, und die Monjita trat ein und hinter ihr der Oberst.

Wir verstummten und verbeugten uns, der Pfarrer aber und der Alkalde, die mit dem Rücken gegen die Türe beim Fenster standen, hatten das Erscheinen des Obersten nicht bemerkt und fuhren in ihrem Gespräch fort. In der allgemeinen Stille hörte man den Alkalden sagen:

„Er ist genauso, wie ihn mir mein Großvater, der ihm vor fünfzig Jahren hier im Ort begegnet ist, beschrieben hat: Immer heftig und voll Galle, sein Gesicht leichenfarben und um die Stirne die Binde, unter der sich das flammende Kreuz verbirgt."

„In Cordoba in der Kathedrale", sagte der Pfarrer, „hängt sein Bild, und darunter stehen die Worte: ‚Tu enim, stulte Hebraee, tuum deum non cognovisti*', das will sagen: ‚Du störrischer Jude, du –'"

Er wurde des Obersten gewahr und hielt inne. Nach der allgemeinen Begrüßung nahmen wir unsere Plätze ein, und ich kam zwischen Donop und dem Pfarrer zu sitzen.

Die Monjita erkannte den Hauptmann Brockendorf, mit dem sie des Morgens gesprochen hatte und lächelte ihm zu. Und wie ich sie in dem weißen, hochgeschlossenen Musselinkleid, das wir alle so gut kannten, neben dem Obersten sitzen sah, da glaubte ich wahrhaftig einen Augenblick lang, Françoise-Marie zu sehen, die ich niemals hatte vergessen können.

Donop neben mir schien das gleiche zu fühlen, denn er ließ seinen Teller unberührt und wandte kein Auge von der Monjita.

„Donop!" rief der Oberst über den Tisch und mischte Wasser mit seinem Chambertin. „Sie oder Eglofstein, einer von euch beiden wird uns nach Tisch etwas auf dem Flügel vorspielen. Das Trällerliedchen aus der ‚Bella molinara' oder das Brautlied aus den ‚Puritanern'. Ihr Wohl, Señor Cura!"

„Donop! Der Oberst hat zu dir geredet", flüsterte ich meinem in Träume versunkenen Nachbar zu, und er fuhr zusammen, seufzte und sagte leise:

„O Boethius! O Seneca! Ihr großen Philosophen, wie wenig haben mir eure Schriften geholfen."

Das Essen nahm seinen Fortgang, und ich entsinne mich seines Verlaufs, als wäre es gestern gewesen. Durch die hohen Fenster, mir gegenüber, hatte ich einen weiten Blick über die verschneiten Hügel, auf denen vereinzelte Büsche wie schwarze Schatten lagen, Dohlen und Raben flogen über die Äcker, in der Ferne

* (lat.) Du störrischer Jude, du hast deinen Gott nicht erkannt.

ritt ein Bauernweib auf ihrem Esel der Stadt zu, einen Korb auf dem Kopf und ein Kind vor sich auf dem Schoß. Wer konnte ahnen, wie sich das friedliche Land am gleichen Tage verwandeln würde und daß wir die letzte freundliche Stunde genossen, die uns in der Stadt La Bisbal beschieden war.

Günther, der neben dem Alkalden saß, erzählte laut und prahlerisch von seinen Reisen durch Frankreich und Spanien und von seinen Kriegstaten. Mein Nachbar zur Rechten, der Pfarrer, erstattete mir, eifrig essend und dem Weine zusprechend, Bericht über Dinge, von denen er annahm, sie seien mir nicht bekannt. Daß es im Sommer hier sehr heiß sei und daß es Feigen und Trauben genug im Land und wegen der Nachbarschaft des Meeres auch viele Fische gäbe.

Plötzlich zog Brockendorf mehrere Male die Luft durch die Nase ein, schlug mit der Hand auf die Tischplatte los und stieß ein triumphierendes Geschrei aus:

„Die Schüssel geht mit gebratenen Gänsen schwanger, ich riech sie bis hierher!"

„Wetter! Sie haben es erraten! Welcher Scharfsinn", sagte der Oberst.

„Sie kommt zur gesegneten Stunde, die Gans. Wir wollen sie mit einem ‚Con quibus' oder einem ‚Salve regina*' begrüßen!" rief Brockendorf und zückte die Gabel in der Faust.

Wir alle gerieten in Verlegenheit des anwesenden Pfarrers halber, und Donop sagte:

„Stille, Brockendorf! Man treibt nicht Späße mit den Gebeten der Religion."

„Halt keine moralischen Vorlesungen, Donop, bist kein Gellert", brummte Brockendorf. Aber der Pfarrer hatte von diesen Reden nichts als das ‚Salve regina' verstanden und sagte, indem er sich eine Keule von der Schüssel nahm:

„Der Bischof von Placencia, der durchlauchtigste Herr Don Juan Manrique de Lara, erteilt jedem, der vor unserem Marienbild ein Salve regina betet, Indulgenzen für vierzig Tage."

„Der Herr esse nur drauflos!" ermunterte Brockendorf

* (lat.) gegrüßt seist du, Königin.

94

wohlwollend den Alkalden. „Wenn die Schüssel aus ist, richtet man eine neue an."

„Unsere liebe Frau del Pilar", fuhr der Pfarrer fort, „wird in der ganzen Welt bewundert und geschätzt, weil sie ebensoviel Wunder tut wie die Maria von Guadeloupe oder die Mutter Gottes von Montserrate. Erst im vorigen Jahr –"

Das Wort blieb ihm mit einem Stück Braten zugleich in der Kehle stecken, sein Auge suchte erschrocken das des Alkalden, und beide starrten voll Unruhe nach der Tür hin. Und indem ich der Richtung ihrer Blicke folgte, sah ich, daß die Ursache ihres plötzlichen Schreckens der Rittmeister Salignac war, der soeben ins Zimmer trat.

Salignac legte den Mantel ab, machte dem Obersten und der Monjita seine Reverenz und entschuldigte sein verspätetes Erscheinen mit der Wichtigkeit des Wachtdienstes. Dann setzte er sich zu Tisch, und ich sah zum erstenmal, daß er das Kreuz der Ehrenlegion auf der Brust trug.

„Sie haben sich Ihr Kreuz bei Eylau geholt; bin ich recht berichtet?" fragte der Oberst. – Er ließ sich von der Monjita das Fleisch vorlegen, und wir alle bewunderten ihre schlanken Hände und die Anmut ihrer Bewegungen.

„Bei Eylau, jawohl. Und der Kaiser selbst hat es mir an die Brust geheftet", berichtete der Rittmeister, und seine Augen glänzten unter den buschigen Brauen. „Ich kam von einem Adjutantenritt zurück und fand den Kaiser beim Frühstück und eilig seine Schokolade trinkend. ‚Grognard!' sagte er zu mir. ‚Mein alter Grognard, bist brav geritten. Wie steht's mit deinem Pferd?' – Ich bin ein alter Soldat, Herr Oberst, aber ich schwöre Ihnen: Die Augen wurden mir feucht, als ich sah, wie mein Kaiser in den Aufregungen des Schlachttags noch Zeit fand, nach meinem Pferd zu fragen."

„Ich verstehe an dieser Geschichte nur das eine nicht", meinte Brockendorf und wischte sich den Mund, „daß nämlich der Kaiser Schokolade zum Frühstück trinkt. Sie schmeckt nach Sirup und ist klebrig wie Pech. Auch bekommt man den Satz zwischen die Zähne."

„Ich bin seit zwei Jahren im Kriege und hab siebzehn Schlachten und Gefechte mitgemacht, darunter den Kampf um die Linien bei Torres Vedras", sagte Günther verdrossen. „Aber da ich nicht in der Garde diente, hab ich auch das Ehrenkreuz noch nicht erhalten."

„Leutnant Günther!" sagte Salignac, und seine Stirne furchte sich. „Sie stehen seit zwei Jahren im Kriege und haben siebzehn Gefechte mitgemacht. Wissen Sie, auf wieviel Schlachtfeldern ich schon gestanden bin, deren Namen Sie nicht einmal kennen? Wissen Sie, wieviel Jahre ich diesen Säbel geschwungen habe, ehe Sie noch geboren waren?"

„Haben Sie es gehört?" flüsterte der Alkalde dem Pfarrer zu und malte mit zitternden Fingern das Zeichen des Kreuzes auf seine Stirn. Und der Pfarrer sagte mit einem Blick zum Himmel:

„Gott erbarme sich seines Unglücks."

„Welch eine Narrheit, Schokolade zu trinken!" ließ sich Brockendorf vernehmen. „Eine gute Biersuppe, ein paar Bratwürste fein in Saft gebraten, ein Maß Bier dazu, das ist mein liebstes Frühstück."

„Haben Sie den Kaiser oftmals aus der Nähe gesehen, Salignac?" fragte der Oberst.

„Ich habe ihn in hundert Gestalten an der Arbeit gesehen. Ich habe ihn gesehen, wie er im Zimmer hin und her gehend seinen Sekretären Briefe diktierte und wie er mit geographischen Berechnungen beschäftigt in Landkarten las. Wie er vom Pferde stieg und mit eigener Hand ein Geschütz einrichtete, hab ich gesehen, wie er stirnrunzelnd Bittsteller anhörte und wie er mit gesenktem Haupt und finstrer Miene über das Schlachtfeld jagte. Aber niemals war ich von dem Gefühl seiner Größe so erfüllt, als wenn ich in sein Zelt trat und ihn erschöpft auf seinem Bärenfell liegen sah, in unruhigem Schlaf, mit zuckenden Lippen, von den Schlachten der Zukunft träumend. Dann schien er mir keinem von den Feldherrn und Siegern unserer oder vergangener Zeiten zu gleichen, sondern er erinnerte mich in seiner Furchtbarkeit an jenen mörderischen, alten König –"

„Herodes!" schrie der Pfarrer auf. „Herodes!" stöhnte

der Alkalde, und beide starrten voll Grauen und mit verstörten Mienen auf den Rittmeister Salignac.

„An Herodes. Jawohl. Oder an Caligula", sagte Salignac und goß Wein in sein Glas.

„Der Weg, den er uns führt", sagte Donop langsam und nachdenklich, „geht durch Täler des Elends und über Ströme voll Blut. Aber er führt zur Freiheit und zum Glück der Menschen. Wir müssen ihm folgen, es gibt keinen anderen Weg. Zur Unzeit geboren, können wir nichts anderes tun, als auf den Frieden des Himmels hoffen, da uns der irdische versagt bleibt."

„Donop", sagte Brockendorf, der sich einen Apfel schälte. „Du redest heut wieder so schön wie eine Betschwester, die aus der Beicht kommt."

„Was soll mir der Friede!" rief Salignac in plötzlicher Heftigkeit mit überlauter Stimme. „Krieg war all mein Lebtag mein Element. Für mich ist nicht geschaffen der Himmel und seine ewige Ruh."

„Ich weiß es", kam es jammernd von des Alkalden Lippen.

„Wir wissen es", ächzte auch der Pfarrer. Und indem er die Hände faltete, murmelte er mit angstverzerrten Lippen:

„Deus in adjutorium meum intende*!"

Inzwischen hatte der Oberst die Tafel aufgehoben, und wir alle standen von unseren Plätzen auf. Salignac warf seinen Mantel um und schritt sporenklirrend die Treppe hinab. Der Pfarrer und der Alkalde folgten ihm ängstlich mit den Blicken, bis er verschwand. Dann zupfte mich der Pfarrer am Rock und zog mich in einen Winkel.

„Fragen Sie den Herrn Offizier, der soeben fortging, ob er nicht schon einmal bei uns in La Bisbal gewesen ist", bat er.

„In La Bisbal? Wann sollte das gewesen sein", fragte ich.

„Vor fünfzig Jahren zu meines Großvaters Zeiten, als die große Pest wütete", gab der Alkalde zur Antwort mit einer Miene, als wäre dies die natürlichste Sache von der Welt.

* (lat.) Herrgott, trachte, mir zu helfen.

Ich lachte laut auf und wußte im Augenblick nicht, was ich auf solch eine Narrheit erwidern sollt. Der Alkalde hob beschwörend beide Arme, und der Pfarrer bat mich mit einer Geste der Angst um Schweigen.

Donop stand mit Günther im Gespräch und wandte kein Auge von der Monjita.

„Ich habe niemals eine solche Ähnlichkeit gesehen. Der Wuchs, die Haare, diese Bewegungen –"

„Die Ähnlichkeit wird eine vollkommene sein", unterbrach ihn Günther in seiner prahlerischen Art, „wenn ich ihr erst beigebracht hab, mir beim Abschied zuzuflüstern: ‚Auf heut nacht, mein Liebster'."

„Günther!" rief plötzlich der Oberst von der anderen Seite des Zimmers her.

„Hier bin ich. Wozu bin ich gerufen?" meldete sich Günther und trat vor den Obersten.

Ich sah die beiden miteinander sprechen, und gleich darauf kam Günther zu uns zurück, die Lippen trotzig aufeinandergepreßt und das Gesicht weiß wie die Wand.

„Ich soll dir mein Kommando übergeben", zischte er mir zu, „und noch heute mit Briefen des Obersten zum General d'Hilliers nach Terra Molina reiten. Das ist Eglofsteins Trumpf-Aß!"

„Sicher sind diese Briefe von höchster Dringlichkeit", sagte ich, froh, daß des Obersten Wahl nicht auf mich gefallen war. „Ich gebe dir mein rasches, polnisches Pferd. In fünf Tagen bist du wieder bei uns."

„Und du gehst morgen statt meiner zu der Monjita, nicht wahr? Bist mit Eglofstein im Bund, ich weiß es. Du und Eglofstein, ranzige Butter auf schimmeligem Brot."

Ich gab ihm keine Antwort, aber Brockendorf mischte sich ein.

„Günther, ich kenne dich, du hast Angst, hörst die Musketenkugeln schon jetzt in der Luft schwirren."

„Angst? Du weißt es, Brockendorf, ich geh geradewegs auf drei feuernde Haubitzen los."

„Der Oberst kennt dich als guten Reiter", meinte Donop.

„Schweig mit deinem papageiischen Geschwätz!" brach Günther los. „Meinst du, ich hätt's nicht gesehen, wie Eglofstein bei Tisch mit dem Obersten heimlich tat und flüsterte? Er will mich hundert Meilen von hier haben, der Monjita wegen. Ich will ein schlechter Kerl sein, wenn ich ihm das vergeß. Er kann nichts als spionieren, wenn zwei miteinander stehen, schleicht er sich hinzu wie ein Zollvisitator."

„Was willst du tun!" sagte Donop. „Der Oberst hat's befohlen, da hilft kein Schimpfen und kein Sakramentieren."

„Und ich tu's in aller Ewigkeit nicht! Da schlag mich lieber das Donnerwetter zehntausend Klafter tief in den Erdboden, eh ich euch das Feld räum!"

Ich stieß ihn, er sollt stille sein, denn die Monjita begann, von Eglofstein auf dem Flügel begleitet, zu singen.

Sie sang das „Son vergine verrosa" aus der Oper „Die Puritaner", und mich durchzuckte es schon bei den ersten Tönen mit Schmerz und Wehmut und seliger Erinnerung. Denn oftmals hatte ich die Françoise-Marie die Arie singen gehört, so wie die Monjita jetzt war sie dagestanden mit ihren runden Kinderschultern, ihr Köpfchen mit der schweren, rotgoldenen Pracht zu Boden gesenkt, heimlich zu mir herüberlächelnd – und es durchfuhr mich wie Seligkeit: Hab ich nicht gestern erst diesen zitternden Leib jubelnd in meinen Händen gehalten, hab ich nicht gestern erst diesen singenden Mund trunken mit Küssen bedeckt, und ein Gedanke war plötzlich da und erfüllte mich ganz, nein, es kann ja nicht anders sein: Wenn ich Abschied nehm, über ihre Hand geneigt, wird sie mir heimlich zuflüstern wie einst: „Auf heut nacht, Geliebter!"

Da mit einem Male brach die Monjita mitten in dem „Nel cor piu non mi sento" ab und sah sich hilfesuchend nach dem Obersten um. Und der Oberst trat zu ihr, fuhr ihr liebkosend über ihr rotes Haar und sagte:

„Sie singt das erstemal vor Fremden, und mehr als der Anfang davon wollt nicht in ihr Köpfchen."

„Sie hat eine gute Stimme", sagte der Pfarrer und kam aus seiner Ecke hervor. „Zuweilen an Festtagen hat sie bei uns in der Kirche gesungen, zusammen mit einem Lizentiaten, den der Herr Marques de Bolibar eine Zeitlang in seiner Bibliothek beschäftigt hat. Jetzt hat er in Madrid eine gute Stelle als Kaplan."

„Wieder dieser Marques de Bolibar!" rief der Oberst. „Den ganzen Tag hört man in eurer Stadt keinen anderen Namen. Wo ist er? Wo verbirgt er sich? Warum bekomme ich ihn nicht zu Gesicht? Ich habe gute Gründe, seine Bekanntschaft zu suchen."

Es wäre klüger gewesen, zu schweigen. Aber mein Geheimnis ließ mir keine Ruhe.

„Herr Oberst!" sagte ich. „Der Marques de Bolibar ist tot."

Eglofstein erhob sich ärgerlich vom Flügel.

„Jochberg!" meinte er verdrießlichen Tones. „Wollen Sie uns am Ende nochmals mit Ihren albernen Märchen ermüden?"

„Es ist so, wie ich's sage, den Marques de Bolibar hab ich am Weihnachtsabend, als ich die Torwache hatte, von meinen Leuten erschießen lassen."

Eglofstein zuckte die Achseln.

„Ein Traum seiner überreizten Einbildungskraft", sagte er zum Obersten gewendet. „Der Marques de Bolibar lebt und wird uns, fürcht ich, noch viel zu schaffen machen."

„Im übrigen", entschied der Oberst, „er mag tot sein oder nicht, wir kennen seine Pläne und haben alle Maßregeln getroffen, ihre Ausführung zu verhindern."

„Und ich sag und bleib dabei", rief ich, gereizt durch Eglofsteins überlegene und spöttische Art, „daß er tot und begraben ist, und wir schlagen uns mit einem Popanz, mit einem Gespenst, mit einer Schimäre herum."

Da wurde plötzlich die Türe aufgerissen. Salignac stand im Zimmer, fahler noch als sonst im Gesicht, die Binde um die Stirne, den Säbel in der Faust, außer Atem durch den eiligen Lauf über die Treppe. Seine Augen suchten den Obersten.

„Herr Oberst!" stieß er keuchend hervor. „Ist das Signal auf Ihren Befehl gegeben worden?"

„Das Signal?" rief der Oberst. „Wovon sprechen Sie, Salignac? Ich habe nichts befohlen."

„Die Rauchwolken über dem Haus! Das Stroh auf dem Dache brennt!"

Eglofstein richtete sich auf, kreidebleich im Gesicht. „Das ist er. Da haben wir ihn."

„Wen?" rief ich.

„Den Marques de Bolibar", sagte er mit schwerer Zunge.

„Den Marques de Bolibar!" schrie Salignac in furchtbarer Erregung. „So muß er im Haus sein. Zum Tor hinaus ist niemand gekommen!"

Er stürzte hinaus, und wir hörten das Krachen der Türen und die Tritte der Dragoner, die in wilder Jagd durch die Zimmer und Gänge und über die Treppen des Hauses stürmten.

„Herr Oberst!" sagte Günther in das allgemeine entsetzte Schweigen. „Wollen Sie mir nicht die Briefe an den General d'Hilliers übergeben?" Er stand mit den Schultern an die Wand gelehnt, die Hände am Rücken, dehnte sich und lächelte. Und mir fiel ein, daß ich ihn die letzten Minuten hindurch nicht im Zimmer gesehen hatte.

„Es ist zu spät", murmelte der Oberst. „Sie kommen nicht mehr durch. In einer Stunde ist die Stadt von den Guerillas zerniert. Der Konvoi ist verloren."

„Das Kind ist tot. Die Gevatterschaft ist aus", sagte Günther langsam, und es funkelte Judas Ischariots Triumph und Frohlocken aus seinen Augen. „Jochberg! Ich dank dir für dein polnisches Pferd, ich brauch's nicht mehr."

„Und das schlimmste ist", sprach Eglofstein mit finsterer Miene, „wir haben nicht mehr als zehn Patronen für jeden Mann. Sagen Sie noch immer, Jochberg, daß der Marques de Bolibar tot ist?"

Von drüben, von der Wand her, wo Günther stand, kam es ganz leise, und nur ich allein konnt es hören: „Puff regal!"

Mit König Saul nach Endor

Am Dienstag morgens ging ich vor die Stadt hinaus, um den Dienst im Vorwerk Sanroque anzutreten, denn wir hatten mit der Verstärkung der Erdwälle und Schanzen begonnen, und zwei Vorwerke in Halbmondsform mit Contrescarpen und breitangelegten Gräben waren zur Hälfte vollendet. Die Linien waren an diesem Tage von Brockendorfs Kompagnie besetzt und von dem halben Bataillon des hessischen Regimentes „Erbprinz", das einige Zeit zuvor zu unserer Verstärkung zu uns gestoßen war. Meine Dragoner versahen an jenem Tag den Ordnungsdienst in der Stadt und patrouillierten in den Straßen auf und ab.

Als ich am Prälatenhause vorbeikam, traf ich meinen Korporal, den Thiele, auf dem Erdboden sitzend, seinen zerbeulten Feldkessel zwischen den Beinen, den er mit einem hölzernen Schlegel zurechtklopfte. Und dazu pfiff er das Marschlied: „Unser Vetter Mathies".

„Herr Leutnant!" rief er mir über die Straße zu. „Seit gestern hat die Hölle ein Loch bekommen, und die Teufel sind metzenweis auf die Erd gefallen."

Es waren die Guerillas, von denen er sprach. Da ich befürchtete, in dem Gewirr der Schanzen und Gräben den Weg zum Vorwerk Sanroque allein nicht zu finden, hieß ich ihn mitkommen. Er schulterte seinen Holzschlägel und ging, seinen Feldkessel schwingend, neben mir her.

Die Stadt hatte ihr Aussehen über Nacht auf das gründlichste verändert. Trotz des schönen Winterwetters lag der Marktplatz verödet, auf den Gassen sah man keinen von den vielen Wasserträgern, Fisch- und Gemüseverkäufern, Maultiertreibern und Bettlern, die sonst um diese Stunde lärmend ihren Geschäften nachgingen. Die Einwohner hielten sich in ihren Häusern versteckt, nur hier und da huschte ein altes Weiblein eilig und mit besorgtem Gesicht über die Gasse, aus einem Haustor ins andere.

Dennoch gab es Leben und Geräusch genug. Meldereiter jagten unaufhörlich zwischen den Außenwerken und der Kommandantur hin und her, ein Pulvertransport überholte uns rasselnd, Maulesel mit Proviant und Schanzgerät beladen wurden vorbeigetrieben. In einer Mulde hinter dem Stadttor hatte der Feldscher des hessischen Bataillons sein Quartier aufgeschlagen und erwartete dort, an einen Krankenwagen gelehnt, seine Pfeife rauchend, die ersten Blessierten.

„Die Nachtpikette", berichtete mir Thiele im Gehen, „haben schon ein Scharmützel gehabt. Drei gefangene Guerillas haben sie mit ihrem Rapport in die Stadt vorausgeschickt. Die drei sahen aus, als kämen sie geradenwegs aus Noahs Arche. Wie kommt es nur, daß alle diese Guerillas die Gesichter von Affen, Mauleseln oder Ziegenböcken haben?"

Er dachte eine Weile nach und gab sich dann selbst die Erklärung für dieses sonderbare Phänomen.

„Wahrscheinlich kommt es daher", meinte er, „weil sie am liebsten Maiskörner und Eichelmus fressen, Dinge, mit denen man bei uns daheim das Vieh füttert. Jetzt sind sie ruhig, aber vor einer Stunde hätten Sie sie jämmerlich plärren hören können. Sie standen im Kreise um ihre Offiziere und sangen ihr Morgengebet, ich mein, es war ein Hymnus an den Teufel Behemoth, der der Schutzpatron allen Unflats und des viehischen Fraßes ist."

Er spie verächtlich auf die Erde. Wir hatten inzwischen die mit Schanzpfählen umgebene Lunette „Mon Coeur" erreicht. Die hessischen Grenadiere lagen im Graben auf ihre Mantelsäcke und Tornister hingestreckt. Die beiden diensttuenden Offiziere, Hauptmann Graf Schenk zu Castel-Borckenstein und Leutnant von Dubitsch standen in ihren hellblauen Jacken mit den Aufschlägen von Tigerfell im Gespräch an der Kehle der Lunette. Ich grüßte förmlich, und sie dankten steif. Denn zwischen ihrem Truppenkörper und dem unseren bestand eine alte Feindschaft, die von jener Revue bei Valladolid herrührte, bei der der Kaiser das Regiment „Erbprinz" keines Blickes gewürdigt hatte.

Wir passierten die Redoute und gelangten an der Courtine „Estrella" vorbei in das erste Vorwerk. Hier schickte ich den Korporal Thiele zurück. Ich fand Brokkendorfs Leute emsig bei der Arbeit, denn dieser Teil der Befestigungslinie war kaum zur Hälfte vollendet. Einige der Leute verkleideten die Erdwälle mit Schanzkörben und Faschinen, andere verbesserten die Schießlöcher im Kronwerk, wieder andere arbeiteten am Schirmdach. Donop beaufsichtigte, den Spaten in der Hand, den Einbau einer Demolierungsmine zur Sprengung dieses Teiles der Befestigungswerke für den Fall, daß der Oberst den Befehl hiezu erteilen sollte. Sein Frühstück, Brot und eine Flasche Wein, lag neben ihm auf der Erde und ein Band des Polybios über die Kriegskunst der Alten.

„Jochberg!" rief er mir zu und stellte den Spaten an die Wand. „Kannst wieder heimgehen. Günther hat heute Dienst statt deiner."

„Günther hat statt meiner Dienst?" fragte ich verwundert. „Mir wurde nichts davon gesagt."

„Er hat sich selbst dazu angeboten", berichtete Donop. „Und du verdankst der Monjita diesen freien Tag."

Er erzählte mir lachend und mit ein wenig Schadenfreude den kläglichen Verlauf von Günthers Visite bei der Monjita. Günther war tags zuvor pünktlich nach der Morgenmesse bei der schönen Freundin unseres Obersten erschienen. Er hatte sich entschuldigt, daß er ihr keine Blumen brächte. Wär es nicht Winter, so hätt er ihr ein Bukett verehrt mit den Rosen der brennenden Liebe, den blauen Vergißmeinnicht des treuen Gedenkens, mit Rittersporn, der des heiligen Georgs Blume sei, und mit Tulpen und Veilchen, die ich weiß nicht mehr was bedeuten sollten.

Dann sprach er von seiner Liebe und wie ernst es ihm damit sei, und die Monjita ließ Eiswasser und Schokolade bringen und hörte ihm lächelnd zu, denn Günthers munteres und glattes Wesen schien ihr zu gefallen. Sie fragte ihn, ob er schon in Madrid gewesen und ob es wahr sei, was ihr Vater sage, daß nämlich in dieser Stadt alle Leute, die man auf der Gasse sähe, entweder englische Schuster oder französische Barbiere seien.

Günther sprach nicht weiter von Madrid, sondern begann vom Obersten zu erzählen, der sich nichts sehnlicher wünsche als einen Sohn und Leibeserben zu erhalten. Bekäme er den, so werde er die Monjita sicherlich zu seiner Gattin machen.

Bei diesen Worten leuchteten die Augen der Monjita auf. Sie begann nach des Obersten verstorbener Frau zu fragen, und ob Günther sie gekannt hätt. Er solle ihr von ihr erzählen, verlangte sie, denn sie wolle ihr in allem ähnlich werden, doch müsse sie vorher noch vielerlei lernen.

„Was lernt man aus unseren spanischen Büchern", sagte sie mit einem Seufzer. „Wann der König geboren, und wann er getauft ist, mit welcher Prinzessin er sich vermählt, und wer diese Heirat zustande gebracht hat . . . sonst nichts."

Günther kam auf des Obersten Wunsch nach einem Sohn zurück. Und nun, da er mit der Monjita in solch einem vertrauten Gespräch war, ging er einen Schritt weiter und eröffnete ihr, er selbst könne ihr leicht zu solch einem Glück verhelfen, und sie solle sich nur an ihn halten.

Die Monjita sah ihn verwundert an, denn sie verstand nicht gleich, was er meinte, und Günther sagte ihr's nochmals und diesmal mit unverblümten Worten.

Da erhob sich die Monjita wortlos, kehrte ihm den Rücken und trat an das Fenster. Günther, der glaubte, sie wolle sich's überlegen, wartete geduldig eine kleine Weile. Dann aber stand er auf und gab ihr, um seine Sache bei ihr zu fördern, einen Kuß auf den Nacken.

Sie fuhr herum und sah ihn aus zornsprühenden Augen an. Dann ging sie an ihm vorbei und zur Tür hinaus.

Günther wartete ärgerlich und enttäuscht wohl eine Stunde lang allein im Zimmer. Er hatte sich seines Erfolges sicher geglaubt. Nach einer Stunde endlich kam die Monjita zurück.

„Sie sind noch da?" fragte sie überrascht und noch immer zornig.

„Ich habe auf Sie gewartet."

„Ich will Sie nicht mehr sehen, gehen Sie."

„Ich gehe nicht, ehe Sie mir nicht verziehen haben", gab Günther zur Antwort.

„Gut. Ich verzeihe Ihnen. Aber nun gehen Sie rasch, denn der Oberst ist zurückgekommen."

„Dann geben Sie mir einen Kuß zum Zeichen Ihrer Vergebung."

„Sie sind verrückt. Gehen Sie doch endlich!"

„Nicht eher –", begann Günther.

„Um Christi willen, gehen Sie!" flüsterte die Monjita hastig, aber in diesem Augenblick wurde die Türe geöffnet, und der Oberst stand auf der Schwelle.

Er maß Günther mit einem erstaunten Blick und warf einen zweiten auf die Monjita, die blaß und voll Bestürzung an der Türe stand.

„Bin ich es, auf den Sie warten, Leutnant Günther?" fragte er dann.

„Ich wollte", stotterte Günther, „ich kam, um den Antritt meines Dienstes zu melden."

„Fanden Sie Eglofstein nicht unten in der Kanzlei? Welchen Dienst haben Sie zu versehen?"

„Den auf dem Vorwerk Sanroque", sagte Günther rasch.

„Es ist gut", sagte der Oberst. „Nehmen Sie sich in acht vor den Guerillas."

Günther schob sich eiligst zur Tür hinaus und stürmte die Treppe hinab. Auf der Straße begegnete er Donop und erzählte ihm, vor Wut noch so heiß wie ein Kochtopf über dem Herdfeuer, sein Mißgeschick.

„Und so", beendete Donop seinen Bericht, „kommst du zu einem freien Tag, und Günther muß statt deiner Dienst halten. Das dankst du der Monjita, bei der ich besseres Glück zu haben hoffe als Günther, hinter dessen glattem Wesen sich ein plumper und tölpelhafter Geist so schlecht verbirgt."

Günther war noch nicht gekommen, aber Eglofstein stand mit Brockendorf hinter der Brustwehr und beobachtete durch sein Perspektiv die Guerillas, die in großer Zahl in der Nähe des Dorfes Figuerras und jenseits des Dueroflusses umherschwärmten. Man konnte mit bloßem Auge ihre langen, grauen Mäntel erkennen und durch das Perspektiv auch die roten Kokarden auf ihren Mützen.

„Sie haben alle Arten von Geschützen", sagte Eglofstein und ließ das Perspektiv sinken. „Auch Vierundzwanzigpfünder, und bei Figuerras rechts von der Kirche steht eine Ricochetbatterie. Aber ich hoffe, sie werden uns Zeit lassen, die Befestigungsarbeiten zu beenden."

„Die Geschütze der Guerillas!" brummte Brockendorf. „Machen die dir Angst? Ich kenne sie, sie sind aus Holz geschnitzt und auf umgestürzten Pflugscharen befestigt statt auf Lafetten."

Eglofstein zuckte die Achseln und sagte nichts. Aber Brockendorf begann zu fluchen.

„Zum Teufel, wird der Oberst auch diesmal wieder so endlos zögern mit dem Befehl zum Angriff? Millionen Bomben! Bruder, ich bin mit leichtem Herzen durch alle Fatiguen des Krieges gegangen. Aber dieses ewige Warten macht mich toll."

„Der Oberst", sagte Eglofstein, „hat seine Gründe wohl erwogen. Ich kenne seine strategischen Pläne und –"

„Strategische Pläne!" fuhr Brockendorf zornig auf ihn los. „Strategische Pläne anlegen ist nicht schwer, und ich kann's so gut wie du und der Oberst, ohne soviel Schwitzen und Kopfzerbrechen."

„Drüben", sagte Donop, der zu uns getreten war, und deutete mit seinem Spaten gegen Westen, „liegt General d'Hilliers, und wenn er Zeit hat einzugreifen, so reichen seine Vortruppen hin, die Entscheidung herbeizuführen."

„Geh!" meinte Brockendorf und sah Donop von oben bis unten an. „Lehr lieber deine Rekruten, Gewehre putzen."

„So sag uns deine Pläne, Brockendorf!" rief Eglofstein spottend. „Spann den Hahn nicht so lang, schieß ab!"

„Mein Plan ist", begann Brockendorf, strich sich den Schnurrbart und sah wild drein. „Grenadiere rechts! Voltigeure links! Rechts und links marschiert auf! Fällt die Gewehre! Feuer! – Für was, frag ich, kriegt der Grenadier alle Tage seinen Groschen und zwei Pfund Brot?"

„Und dann?" fragte Eglofstein.

„Und dann? Ich nehm diesen Briganten einen kupfernen Braukessel ab, eine Handmühle und soviel Hopfen und Gerste, um fünf Tonnen Bier daraus zu brauen, wenn wir abends wieder in unseren Quartieren sind."

„Sonst nichts?"

„Alle Tage Lätare und Halleluja! Du mußt dann auch deinen Haarbeutel haben, Eglofstein!" beendete Brockendorf seine strategischen Pläne.

„Eins hast du vergessen, Brockendorf!" bemerkte Eglofstein. „Nämlich das Kommando: ‚Blasen zur Retraite! Rückzug! Lauf jeder, was er kann!'" – Er senkte seine Stimme zu einem Flüstern. „Weißt du's noch nicht, wir haben nur zwei Päckchen Patronen für jeden Mann."

„Ich weiß nur das eine", sagte Brockendorf mit verdrießlicher Miene, „daß ich mir das Ehrenkreuz in diesen Lehmgruben nicht holen werde. Und ich hab kein Geld mehr – die ganze Hölle liegt in dem Gedanken."

„Zehn scharfe Schüsse für jeden Mann, das ist unser ganzer Vorrat", sagte Eglofstein leise und sah sich um, ob keiner von seinen Leuten ihn hörte. „Der Henker weiß, wie es dieser Marques de Bolibar erfahren hat, daß ein Transport von sechzigtausend Patronen für uns auf dem Weg war."

„Mein ganzes Geld", sagte Brockendorf, „hab ich bei Tortoni in Madrid gelassen. Es gab dort vorzügliche geschmorte Nieren und eine gewisse Art von kleinen Pasteten aus Makrelenmilch, die ihresgleichen in der ganzen Welt sucht."

„Aber wie, zum Teufel, ist er ins Haus hineingekommen und wie hinaus?"

„Wer?" fragte Donop.

„Der Marques de Bolibar", rief Eglofstein. „Ich gestehe, ich finde keine Antwort auf diese Frage."

Ich hätte ihm die Antwort wohl geben können, aber ich zog es vor, für mich zu behalten, was ich wußte.

„Meine Meinung ist", sagte Donop mit Entschiedenheit, „daß der Marques sich noch immer in seinem Haus versteckt hält. Wie hätt er sonst zur richtigen Zeit das Zeichen mit dem brennenden Stroh geben können?

Denkt ihr anders darüber? Dann beiß mir einer diese Nuß."

„Salignac hat alle Winkel nach ihm durchsucht", wendete Eglofstein ein. „Keine Katze und keine Maus hat er ungeplagt gelassen. Wär der Marques im Haus versteckt, so hätt Salignac ihn gefunden."

„Meine Leute", berichtete Brockendorf, „geben seltsamerweise Salignac die Schuld, daß der Konvoi den Guerillas in die Hände fiel. Ich versteh's nicht recht. Sie sagen, seit Salignac bei uns sei, wär das Glück des Regiments krebsgängig, und sie sind ganz verzagt."

„Und die Bauern und alle Leute in La Bisbal", fiel Donop ein, „haben vor Salignac eine heillose Angst. Es ist lustig zuzusehen, wie sie rasch um die nächste Ecke biegen und sich bekreuzigen, wenn er des Weges kommt. Sie tun, als hätt er die Blattern oder den bösen Blick."

Eglofstein geriet bei Donops und Brockendorfs Worten in heftige Erregung.

„Ist es wahr? Sie bekreuzigen sich? Sie weichen ihm aus?"

„Ja. Und die Weiber tragen ihre kleinen Kinder rasch hinter die Haustür, wenn sie ihn kommen sehen."

„Brockendorf!" sagte Eglofstein nach kurzem Schweigen. „Erinnerst du dich des Aufruhrs der polnischen Lanciers in Witebsk?"

„Ja. Sie verlangten gutes Brot und keine Stockprügel."

„Nein! Die Sache war anders. Die polnischen Lanciers rotteten sich eines Abends zusammen, meuterten und schrien, ihr Kommandant sei von Gott verflucht, und seine Anwesenheit wäre schuld an dem Ausbruch der Pest im Regiment. Der Kaiser ließ dreißig von ihnen erschießen, um ein Beispiel zu statuieren. Sie mußten aus einem Säckchen kleine weiße und schwarze Papierstreifen ziehen. Jener Kommandant aber war Salignac."

Wir standen verwundert und schwiegen. Die Mittagsstunde nahte. Ein lauer Windhauch flog über die Äcker, und in der Luft lag es wie Tauzeit. Rings um uns her hörten wir das Klirren der Schaufeln und Spaten und das leise Geräusch der gleitenden Erde.

„Brüder", sagte Eglofstein und richtete sich mit jähem Rucke auf, als hätte er einen Entschluß gefaßt. „Ich trag es schon seit Tagen mit mir herum, aber heute bohrt es stärker in mir als sonst. Bin ich sicher vor euch? Darf ich reden? Werdet ihr schweigen?"

Wir versprachen es und blickten ihn neugierig und erwartungsvoll an.

„Ihr kennt mich", begann Eglofstein. „Ihr wißt, daß ich jede Art törichten Aberglaubens verachte. Ich kümmere mich den Teufel um Gott und um die Heiligen und die Nothelfer und was sonst an himmlischen Fabelwesen das eingebildete Paradies bevölkert. Schweig, Donop! Unterbrich mich nicht! Ich hab Arndts ‚Wahres Christentum' gelesen so gut wie du. Auch Brockes ‚Irdisches Vergnügen in Gott'. Es sind viele schöne Worte darin, aber hinter ihnen stehen keine Realitäten."

Donop schüttelte den Kopf. Wir standen und steckten die Köpfe zusammen, daß die weißen Roßschweife auf den Metallkegeln unserer Helme einander berührten.

„Die alten Narren", fuhr Eglofstein fort, „die von unglückhaften Aspekten des Himmels, von feindlichen Konstellationen der Gestirne, von schädlicher Influenz der Venus, der Sonne oder des Triangels schwätzen, verlache ich. Und was gar die Weiber hierzulande treiben, die einem jeden für einen halben Quarto aus seiner Hand mit ernster Miene die Lebenslinie, die Herzlinie, die Glückslinie herauslesen, das ist alles Narrheit oder Betrug, mögen es auch die Spanier für heilige Ware halten."

„Weiter! Weiter!" drängte Donop.

„Aber eines weiß ich. Ihr mögt darüber lachen, ich glaub daran so fest wie nur irgendein frommer Christ an die Heiligkeit des Meßopfers. Es gibt Menschen, die sind die Avantgarde der Vernichtung. Wohin sie kommen, bringen sie Unheil und Verderben. Es gibt solche Menschen, Donop, ich weiß es, und wenn du mich auch als einen Phantasten verlachst."

„Ich lache nicht. Kommt nicht für jeden einmal die Stunde, in der er mit König Saul nach Endor geht?"

„Und darum erschrak ich damals, als am Weihnachtsabend Salignac in unsere Mitte trat. Ich ließ es mich nicht merken, aber ich wünschte ihn samt seiner Order zum Teufel oder sonst wohin."

„Was ist's mit Salignac?" fragte Brockendorf und unterdrückte ein Gähnen.

„Brockendorf! Du hast auch den Feldzug in Preußen mitgemacht. Du mußt von Salignac gehört haben. Ich will euch berichten, was ich von ihm weiß."

Er ließ sich auf einen umgestürzten Schanzkorb nieder, stützte das Kinn in die Hände und erzählte:

„Im Dezember des Jahres 1806 überschritt das Korps Angereau bei dem Dorfe Ukrst die Weichsel. Die Überfahrt ging vom Feinde ungestört auf das beste vonstatten. Als der letzte Ponton eben abstoßen wollt, erschien Salignac, der mit Depeschen Berthiers zum Kaiser reiste und nahm mit seinem Pferde im Boote Platz. Das Fahrzeug gelangte bis in die Mitte des Stromes. Plötzlich traf eine verirrte Kugel den Mann am Steuer, es entstand Verwirrung und Panik, Salignacs Pferd scheute, das Boot schlug um, und siebzehn Grenadiere von Oberst Alberts Regiment ertranken angesichts des ganzen Korps. Salignac allein erreichte mit seinem Pferde schwimmend das andere Ufer. – Die polnischen Lanciers in Witebsk wußten, warum sie meuterten."

„Hör ich recht?" rief Donop. „Wie, Herr Hauptmann, aus solch einem Zufall wollen Sie Schlüsse ziehen?"

„Zufall. Mag sein. Aber die Zufälle häufen sich. Hören Sie weiter."

Er zog ein Büchlein mit Notizen aus der Tasche hervor und warf einen Blick hinein.

„Was ich Ihnen jetzt berichte, bezieht sich auf den Untergang des 16. Linienregiments im Januar 1807. Das Regiment marschierte, dem Lauf des Flüßchens Warthe folgend, nach Bromberg und trieb Schwärme feindlicher Kavallerie vor sich her. In der Nacht vom 8. auf den 9. Januar lagerte die Truppe auf einem durch Wald und Weidengebüsch gedeckten Platz. Kurz nach Tagesanbruch war das Regiment von preußischen Husaren überfallen. Dies war beinahe täglich geschehen, und Oberst Fénérol hätte sich ihrer mit leichter Mühe erwehren können, wenn er sie nicht auf unerklärliche Weise bis zu dem Augenblick, wo es zum Handgemenge kam, für Teile des Korps Davout gehalten hätte. Oberst Fénérol fiel gleich zu Beginn des Kampfes, sein schönes Regiment wurde förmlich zermalmt. Das alles ist Ihnen vielleicht bekannt. Unbekannt ist Ihnen jedoch sicher, daß tags zuvor Salignac mit zwei Schwadronen Chasseurs von Murats Reiterei zum Regiment gestoßen war. Und Salignac war der einzige unter den Offizieren, dem es gelang, sich nach Bromberg durchzuschlagen. Wenn Sie das auch Zufall nennen –"

„Aber das alles läßt sich auf die natürlichste Art von der Welt erklären!" rief Donop in steigender Verwunderung.

„So hören Sie nun einen Fall, der mich selbst betrifft. Ich kam am 11. Februar des gleichen Jahres nach Pasewalk. Ich suchte eine Unterkunft, denn die Nacht war eisig und der Schnee lag zwei Fuß hoch. Auf der Straße stieß ich auf Salignac, der sich wieder auf einem Kurierritt befand und wie ich noch kein Quartier gefunden hatte. Schon damals hatte er den Ruf in der Armee, daß er immer dabei, wenn es ein Unglück gab, und stets mit dem Leben davonkam. Ich erinnere mich, daß ich im Scherze darauf anspielte, aber er gab keine Antwort. Wir fanden schließlich ein Plätzchen zum Schlafen in einem Stallgebäude und beschlossen gemeinsam zu nächtigen.

Um ein Uhr nachts wurde ich durch eine Detonation geweckt, die so stark war, daß die Erde unter uns erzitterte. Eine Pulvermühle in der Umgebung war in die Luft geflogen und der halbe Stadtteil mit ihr. Von draußen her hörten wir das Geschrei der Sterbenden und Verwundeten. Mir hatte ein herabgestürzter Dachsparren den Arm gebrochen. Aber Salignac ging im Zimmer auf und nieder, völlig angekleidet, reisefertig, gänzlich unverletzt und weinte."

„Und weinte?" rief Donop.

„So schien es mir."

„Wie ist mir nur?" sagte Donop verloren in Gedanken. „Als ich ein Kind war, hat mir meine Mutter oft erzählt von einem Mann, der weinte, weil er verdammt war, Unglück über die Welt zu bringen. Wer war das nur, von dem meine Mutter sprach?"

„Aber was mich am meisten erschreckte", fuhr Eglofstein fort, „war, daß Salignac noch in der gleichen Stunde seine Reise fortsetzte. Es schien mir in der Ver-

112

störtheit meiner Sinne, als hätte er nur auf das unglück-selige Ereignis gewartet und als dürfe er nun, da es ein-getreten war, weiterreiten, um Schrecken und Verder-ben in andere Orte zu tragen."

„Der Mann, der weinte –", wiederholte Donop leise und in Gedanken. „Wer war das nur, von dem meine Mutter mir erzählte? – Gleichviel, ich hab's vergessen."

Aber ich entsann mich der sonderbaren Reden des Bauern und der Bettler und des seltsamen Verhaltens des Alkalden und des Pfarrers am Tisch des Obersten. „Gott erbarm sich seines Unglücks!" hatte der Pfarrer mit einem verstörten Blick auf Salignac gebetet – und mit einem Male fielen mir auch die Worte Salignacs ein, wie er am Morgen des Weihnachtstages halb zu sich selbst gemurmelt hatte, daß noch keiner von denen, die mit ihm zusammen ein Stück Wegs gelaufen seien, lang am Leben geblieben wär. Und ein Schauer überrann mich und die Angst – schon wußt ich nicht mehr, wo-vor, und eine ferne Ahnung von einem fremden und ur-alten Geheimnis –, aber nur eine Sekunde lang fühlt ich das alles, dann war's verflogen. Rings um mich her glänz-ten die Spaten und Schaufeln und die Gewehre der Gre-nadiere fröhlich in der Wintersonne. Der Kirchturm des Dörfchens Figuerras, die Maulbeerbäume mit den schneebedeckten Zweigen, die weit draußen auf den Hügeln standen, alles, auch das fernste, war in dem hei-tern Licht des hellen Wintertages ganz klar und scharf zu sehen. Einen Augenblick lang noch fühlte ich einen leisen Hauch von dem, was mich bedrückt hatte – dann war's verschwunden, und mir war wieder frei zumut.

„Mir wiederum", sagte Brockendorf, „sind vor zwei Tagen zwei Bouteillen Claret abhanden gekommen und eine Bouteille Burgunder. Ich durchsuchte das Haus und fand sie unter dem Bett meiner Wirtin versteckt. An die-sem Falle wenigstens trifft Salignac keine Schuld. Man muß den Dingen immer auf den Grund gehen. Im übri-gen ist Claret das armseligste, dünnste, wässerigste Zeug von der Welt, und ich trink ihn nur, weil ich nichts an-deres hab."

Wir hörten ein wildes Fluchen und tausend Donner-wetter nicht weit von uns in der Halbbastion. Es war

Günther, der endlich gekommen war und die Grenadiere zu rascherer Arbeit antrieb.

Sogleich brach Brockendorf in ein lautes Geschrei aus: „Günther!" rief er. „Komm her zu uns! Erzähl uns auch, was sie für Honig für dich im Mund gehabt hat!"

Günther kam, mürrisch und verdrießlich, warf mir einen bösen Blick zu, weil er statt meiner Dienst halten mußte, und suchte einen trockenen Platz, um sich zu setzen.

Brockendorf pflanzte sich breit vor ihm auf.

„Was hat sie dir gesagt, verschweig's uns nicht. Daß du bald wiederkommen sollst, hat sie das gesagt? Daß du ihr in ihrer Schlafkammer der allerliebste wärst?"

„Daß du der allerdümmste, der allergeschwätzigste, der allerbesoffenste bist, das hat sie gesagt", gab Günther giftig zurück und stieß mit dem Fuß nach einer Feldmaus, die von dem Spaten eines unserer Grenadiere erschlagen im Graben lag.

Ich sah den Hauptmann Eglofstein unwillig die Stirne runzeln, denn er mochte Streit nicht leiden, wenn unsere Leute in der Nähe waren. Brockendorf aber lachte über das ganze Gesicht und fragte mehr geschmeichelt als geärgert:

„Ist es wahr, sie hat von mir gesprochen? Wahrhaftig?"

„Ja. Daß sie dich in ihren Krautgarten stellen wollt, damit ihr die Hasen nicht hineinkommen", sagte Günther spöttisch und voll Bosheit.

„Günther!" mengte sich nun Eglofstein ein. „Ich wollte, du sprächst von Brockendorf mit mehr Respekt. Du hast noch nicht den Säbel halten können, da war er schon im Regiment."

„Ich bin nicht hergekommen, Kollegia zu hören", sagte Günther kurz.

„Du brauchtest wirklich ein Kollegium über gute Sitte", meinte Eglofstein. „Du mußt immer räsonieren, du mußt immer spitze Reden führen –"

Günther sprang auf.

„Herr Hauptmann!" rief er hitzig und in scharfem Ton. „Mein Oberst nennt mich ‚Sie', und ich kann von Ihnen die gleiche Höflichkeit verlangen."

Eglofstein sah ihn groß an.

114

„Günther!" sagte er sehr ruhig. „Setz dich wieder. Deine Frechheit ist so groß, daß sie mich entwaffnet."

„Genug und übergenug!" schrie Günther und war ganz heiser vor Zorn. „Sie werden Ihre Beschimpfungen zurücknehmen, oder –"

„Nun? Oder – ? Setzen Sie fort."

„Oder", rief Günther und schöpfte Atem, „ich werde mir meine Genugtuung auf eine Art erzwingen, die Sie unwürdig machen wird, noch weiter die Uniform eines Offiziers zu tragen."

Donop und ich, wir wollten uns ins Mittel legen, aber es war zu spät.

„Es ist gut", sagte Eglofstein gelassen. „Sie wollen es so." – Er wandte sich um und rief seinem Burschen, der nicht weit von uns im Graben saß und einen leeren Sandsack flickte, in gleichmütigem Tone zu:

„Martin! Für morgen früh um sechs ein paar Pistolen und einen heißen Kaffee!"

Wir erschraken, denn wir wußten, daß es Eglofstein ernst war mit dem, was er sagte. Er war seiner Hand auf Pistolen ebenso sicher wie auf Säbel. Und er hatte im Verlaufe des letzten Jahres zwei Gegner im Duell getötet und einem dritten den Arm entzwei geschossen.

Günther war blaß geworden, denn wenn er auch im Gefechte leidlich seinen Mann stellte, einer auf ihn gerichteten Pistole gegenüber war er ein Feigling. Er sah, daß ihn sein Jähzorn und seine schlechte Laune in eine mißliche Lage gebracht hatten, und trachtete, sich zu salvieren.

„Sie können sich darauf verlassen", sagte er in kaltem Ton zu Eglofstein, „daß ich mit Vergnügen zur Stelle sein werde, wann und wo es Ihnen beliebt."

„Dann blieben nur noch die Bedingungen festzusetzen", meinte Eglofstein.

„Unglücklicherweise", fuhr Günther fort, „hat Soult Duelle im Angesicht des Feindes verboten. Es bleibt mir nichts übrig, als mir die Austragung dieser Sache für gelegenere Zeit vorzubehalten."

Wir schwiegen, denn Günther war in seinem Recht. Wirklich hatte Marschall Soult vor einiger Zeit einen Befehl dieser Art an alle Offiziere seines Korps ergehen lassen. Eglofstein biß sich in die Lippen und wandte sich zum Gehen. Aber dieser Ausgang war nicht nach Brokkendorfs Geschmack.

„Günther!" sagte er. „Mich geht diese ganze Affäre nichts an, und Eglofstein hat mich nicht beauftragt, die Verhandlungen für ihn zu führen. Aber ich mein, die Guerillas sind ruhig, sie schießen nicht und rühren sich nicht, sie betragen sich nicht als Feinde und darum mein ich –"

„Die Guerillas", sagte Günther, „warten nur auf des Marques de Bolibar nächstes Signal, um das Vorwerk anzugreifen. Er hat sonntags das erste gegeben. Und wenn, wie ich vermute, heut oder morgen das nächste kommt, so hab ich hier den ersten Tanz zu bestehen."

Ich konnte nicht anders, ich mußte Günthers Unverschämtheit bewundern. Wir beide wußten, daß der Marques de Bolibar tot war, wir beide wußten, wer das Signal des brennenden Strohs gegeben hatte. Aber er hielt meinen Blick mit Ruhe aus, er wußte genau, daß ich schweigen würde.

Eglofstein zuckte die Achseln und blickte verachtungsvoll an ihm vorbei.

„Wenn die Sache so ist", schlug Brockendorf vor, „dann ist mein Rat, wir gehen jetzt vor allem heim und setzen uns zu Tisch. Wozu noch warten? Im Wirtshaus zum ‚Blute Christi' gibt's heut einen Eierkuchen mit gebratenem Speck und vorher eine braune Kohlsuppe. Gehen wir."

Er faßte Eglofstein unter dem Arm, und wir gingen und ließen das Vorwerk unter Günthers Kommando.

Als wir die hochgelegene Lunette „Mon Coeur" erreichten, blieb Eglofstein plötzlich stehen, packte mich an der Schulter und deutete auf den Platz, den wir eben verlassen hatten.

„Da seht ihn an, den Prahler, den Großtuer, den Feigling!" rief er, und sein lang unterdrückter Zorn brach mit einemmal hervor. „Vorhin ist er in Angst ersoffen, jetzt will er uns zeigen, was für ein Sackerlot er ist."

Wir sahen Günther, der prahlerisch auf der Schanze hin und her ging, als wollt er allen Kugeln der Guerillas ein Ziel bieten. Aber er wußte so gut wie wir, daß die spanischen Musketenkugeln so weit nicht trugen und daß die Guerillas aus ihren Geschützen nicht schossen, eh sie nicht das Zeichen des Marques erhielten.

„Ich wollte", rief Eglofstein und schüttelte zornig seine Faust, „ich wollte, dem Marques de Bolibar fiele es ein, justament in diesem Augenblick das Signal zu geben."

Eglofstein belustigte sich eine Weile an diesem Gedanken und lachte vor sich hin.

„Schwerenot, was wär das für ein Spaß! Zu sehen, wie Günther im Hui von der Schanze herunter und in den Graben springt, rascher als ein Frosch in seinen Tümpel".

Wir gingen weiter.

„Wo steht denn eigentlich die Orgel des Marques?" fragte Donop beiläufig.

„Im Kloster St. Daniel", gab Brockendorf zur Antwort. „In dem Raum, den wir als Werkstatt eingerichtet haben, Pulver zu dörren und Bomben zu füllen. Ich kommandierte die Wache dort heut nachts. Wenn du willst, so komm hin, kannst probieren, ob sie eine gute Quint hat."

Die Versammlung der Heiligen

Wir traten erhitzt vom Weine aus dem Einkehrhaus auf die Straße und gerieten, kaum daß wir unsere Mäntel angezogen hatten, in einen Streit darüber, was wir mit dem Nachmittag beginnen sollten. Donop sagte, er sei müde und werde nach Hause gehen, um zu lesen und ein wenig zu schlafen. Brockendorf schlug vor, Eglofstein, der einige Wochen vorher durch Vermittlung des Bankhauses Durand in Perpignan einen Teil seines Erbteils ausbezahlt bekommen hatte, sollt eine kleine Pharaobank auflegen. Aber Eglofstein entschuldigte sich, er hätte keine Zeit, er müsse auf eine Stunde in seine Kanzlei, um die laufenden Geschäfte des Tages zu erledigen.

Brockendorf wurde verdrießlich und verhehlte uns nicht, daß er eine geringe Meinung von aller Schreiberei und überhaupt von den Geschäften eines Regimentsadjutanten hätte.

„Kein Mensch", sagte er, „kann in einem Tag soviel Federn spitzen, wie du in einer Stunde verdirbst. Du schreibst einen Bogen um den andern voll, und das Ende ist, daß der Gewürzkrämer Tüten daraus macht für Zimt, Ingwer oder Pfeffer."

„Wenn ich nicht heute noch die Anweisungen für euch alle schreibe", erklärte Eglofstein, „so bekommt ihr morgen kein Geld, denn der Zahlmeister gibt nichts ohne meine Anweisung."

Wir gingen weiter und hielten uns von den Häusern entfernt und in der Mitte der Gasse, denn der schmelzende Schnee rieselte von den Dächern. Eine Katze spielte in der Mittagssonne mit einem Kohlstrunk und rollte ihn hin und her. Zwei Spatzen balgten sich schreiend und mit gesträubtem Gefieder um ein Maiskorn. Bei jedem Tritte spritzte das Schneewasser über unsere Stiefel.

An der Ecke der engen Gasse versperrte uns ein Maultier den Weg, das sich in seinem ganzen Staat von Glöckchen und bunten Bändern, mit denen seine Mähne aufgeputzt und durchflochten war, in einer Schneepfütze wälzte, um seinen Saumsattel loszuwerden. Sein Treiber stand daneben und sprach ihm bald mit Flüchen, bald mit Schmeichelworten zu, es sollte aufstehen, schlug mit seinem Knüttel auf das Tier los und hielt ihm dann wieder getrocknete Maisblätter vor das Maul, nannte es den Quellbrunn seines Lebens und den Gevatterssohn des Teufels, kurz, er tat im Guten wie im Bösen alles, um das Tier zum Weitergehen zu bewegen. Wir sahen der Szene belustigt zu, während der Maulesel sich um die Bemühungen seines Herrn so wenig scherte, als hätte ein Floh gehustet oder eine Laus Zeter geschrien.

Mit einemmal stieß Donop einen lauten Ruf der Überraschung aus, und wir sahen die Monjita, die, ohne uns zu bemerken, durch die Quergasse an uns vorüberlief.

Sie hatte ein Körbchen in der einen Hand und in der anderen Hand den Fächer, mit dem sie unaufhörlich spielte. Um die Schultern trug sie die Mantilla und auf den Haaren ein dünnes Netz von Seide. Und wie sie mit geschürztem Kleid auf den Fußspitzen gehend den Schneepfützen auswich, war es mir einen Augenblick lang, als sehe ich die tote Françoise-Marie an mir vorbeihuschen, grollend und ohne mir einen Blick zu schenken, weil ich so lange schon, ach, ein Jahr lang, nicht bei ihr gewesen war.

„Jetzt läuft sie heim", sagte Eglofstein. „Und bringt ihrem Vater, was von der Tafel des Obersten übriggeblieben ist. Ich glaube, sie tut das alle Tage."

Wir ließen den fluchenden Besitzer des störrischen Maulesels stehen und gingen langsam der Monjita nach.

Wir freuten uns, daß der Zufall uns die schöne Geliebte des Obersten in den Weg geführt hatte, und beschlossen, in die Malerwerkstatt ihres Vaters hinaufzugehen und unter dem Vorwand, seine Bilder zu besehen und etwa einen Erzengel oder einen Apostel zu kaufen, unsere Sache bei der Monjita zu betreiben.

Brockendorf freilich war voll Mißtrauen gegen diesen

Plan und erging sich den ganzen Weg über in Vorwür-
fen und Drohungen.

„Das sag ich euch jetzt schon", brummte er. „Einen
heiligen Epiphanius oder Portiunculus kauf ich nicht,
und wenn er um zwei Groschen zu haben wär. Für mich
sind Heiligenbilder und Kürbisblätter von dem nämli-
chen Nutzen. Diesmal soll es mir nicht wieder so ergehen wie damals in Barcelona, wo ich euch und einem
hübschen Gesicht zulieb in das elende Wirtshaus mit-
ging, und ich mußte dann allein die vier Flaschen
schlechten Kapwein austrinken, weil es euch gefiel, mit
des Wirten Nichte verliebt zu tun."

Wir traten in die Malerwerkstätte des Don Ramon
d'Alacho ein, während Brockendorf noch immer
brummte und sich den größten unter allen Narren
schalt, weil er mitgekommen sei.

Wir sahen durch die offene Türe ins andere Zimmer.
Dort stand die, die wir suchten. Sie hatte die Mantilla
über die Lehne eines Stuhles geworfen und war eben dabei, Schüsseln mit kaltem Braten, mit Brot, Butter und
Käse auf dem Tische anzuordnen. Hinter einem seiner
Bilder kam Don Ramon d'Alacho hervor, verbeugte sich
auf die lächerliche Art, die wir schon kannten, und
schien verwundert, uns bei sich zu sehen.

Wir erklärten ihm, daß wir gekommen seien, um unter
seinen Bildern eine Wahl zu treffen, und er hieß uns
sehr erfreut und mit höflichen Worten willkommen:

„Mein Haus ist das Ihre. Bleiben Sie, solange es Ihnen
lieb ist und machen Sie es sich bequem."

Es waren noch zwei andere Personen im Zimmer,
wahrhaft sonderbare Figuren, ein junger Mensch mit
einfältigem Gesicht, der steif dastand und seine mageren
Arme beschwörend gegen die Decke des Zimmers
streckte wie ein steinerner Seraph. Und man konnte sehen, daß die Ärmel seines Rockes viel zu kurz waren
und ihm nicht weiter reichten als bis an die spitzigen Ellenbogen. Eine alte Frau, die neben ihm auf einem Sche-
mel saß, rang wie in Verzweiflung die Hände, ihr Gesicht trug den Ausdruck eines starren Schmerzes, und
sie drehte und wendete ihren Kopf unaufhörlich wie
eine Taucherente hin und her.

Don Ramon schleppte zwei von seinen Gemälden herbei:

„Hier können Sie", erklärte er uns, „den heiligen Antonius sehen und rings um ihn mehr als ein Dutzend Dämonen, von denen einige die Gestalten von Katzen, andere die von Fledermäusen angenommen haben."

Er stellte das Bild auf den Boden und zeigte uns das zweite:

„Dieses Gemälde stellt den heiligen Clemens dar in dem Augenblick, da er ein Wunder tut, indem er einen Milzsüchtigen durch die Berührung seines Fußes heilt."

Brockendorf betrachtete den heiligen Clemens, der mit den Insignien der päpstlichen Würde dargestellt war, sehr genau.

„Wenn das ein Wunder ist", meinte er dann, „so bin ich ein Heiliger, ohne daß ich es bisher wußte. Solche Wunder hab ich öfters getan. Manchmal gibt es gar kein besseres Mittel, um Marodeure wieder auf die Beine zu bringen, als einen tüchtigen Fußtritt."

„Es ist eine gute Arbeit, und ich gebe sie Ihnen, wenn Sie mir meine Auslagen für Leinwand, Öl und Farbe bezahlen und noch eine Kleinigkeit darüber."

Don Ramon trug seine übrigen Bilder, eines nach dem anderen, herbei, und bald waren wir von einem Konzil von Kirchenlehrern und Märtyrern, Aposteln und Büßern, von Päpsten und Patriarchen, von Propheten und Evangelisten umgeben, die uns, Monstranzen, Kelche, Meßbücher, Räucherfäßchen, Kruzifixe und Hostienbüchsen in den Händen haltend, ernst und feierlich und mit strengen Mienen ansahen, als hätten sie die weltlichen Gedanken erraten, die uns in ihre heilige Versammlung geführt hatten.

Die toledanische Märtyrin Leocadia bot der Maler dem Hauptmann Brockendorf zum Kauf an. Sie war in einem roten, mit Sternen besäten Kleid auf blauem Grund gemalt und hielt ein aufgeschlagenes Buch in den Händen.

„Sie finden", erklärte Don Ramon, „an dieser Heiligen die Züge meiner Tochter, die dort nebenan am Tisch eben ein Brot mit kaltem Fleisch und Käse belegt. Der Herr Oberst führt eine gute Küche und ist freigebig. Nicht zu viel von dem Käse, mein Kind, du weißt, daß er den feineren Geschmack des kalten Bratens verdrängt. Allen heiligen Frauen und auch der Muttergottes gebe ich auf meinen Bildern das Gesicht meiner Tochter."

Don Ramon stellte die Märtyrin Leocadia zu den anderen Bildern auf die Erde und fuhr fort:

„Wenn Sie in die Kirche Nuestra Señora del Pilar kommen, so werden Sie an der rechten Wand hinter der zweiten Säule ein Bildnis der seraphischen Klosterfrau Theresa sehen, das ich gemalt habe. Auch diese heilige Frau trägt die Gesichtszüge meiner Tochter, und die Ähnlichkeit ist sogar sehr groß. Und da sie auf dem Bilde die Ordenstracht der reformierten Karmeliten trägt, so nennen die Leute hier in der Stadt meine Tochter die ‚Monjita‘, obwohl sie in der Taufe den Namen Paolita bekommen hat."

Brockendorf besah die Bilder der Heiligen mit einer Aufmerksamkeit und Gründlichkeit, die mich in Erstaunen setzte.

„Haben Sie", fragte er schließlich, „auch ein Bild der heiligen Susanne?"

„Es ist diese hier, wenn Sie die Heilige meinen, die zur Zeit des römischen Kaisers Diokletian enthauptet worden ist, weil sie sich weigerte, den Sohn dieses Kaisers zum Gemahl zu nehmen."

„Davon weiß ich nichts", meinte Brockendorf. „Ich spreche von einer anderen heiligen Susanne."

„Ich kenne keine zweite Heilige dieses Namens", rief der Maler sehr erregt. „Weder Laurentius Surius noch Petrus Ribadeira, auch nicht Simeon Metaphrastes, Johannes Trithenius oder Sylvanus a lapide berichten von einer solchen. Wer ist diese Susanne, wo hat sie gelebt, wo den Tod erlitten und welcher Papst hat sie in die Zahl der Heiligen erhoben?"

„Wie?" fragte Brockendorf entrüstet. „Ist es möglich, daß Sie die heilige Susanne nicht kennen? Ich staune darüber. Es ist jene Heilige, die von den beiden Juden im Bade überrascht wurde, die Geschichte ist ja bekannt."

„Diese Szene habe ich noch nicht gemalt. Und im übrigen ist Ihre Susanne keine Heilige, sondern eine Jüdin aus der Stadt Babylon."

„Jüdin oder nicht Jüdin", entschied Brockendorf und warf einen sehr beredten Blick auf die Monjita. „Sie hätten das Fräulein auch als Susanne im Bade malen sollen."

„Don Ramon!" schrie plötzlich der Mensch mit den erhobenen Armen kläglich. „Wie lange werden Sie mich für einen und einen halben Realen noch so stehen lassen? Meine Arme sind schon krumm und lahm."

Der Bucklige nahm sogleich den Pinsel und verschwand eilig hinter seiner Staffelei. Und eine Weile sah man nichts von ihm als seine ziegelroten Beine.

„Diese beiden Personen", hörten wir ihn erzählen, „sind mir bei meiner Arbeit behilflich. Ich male eine Grablegung Christi. Der junge Mann stellt Josef von Arimathäa vor und diese Dame hier eines von den frommen Weibern aus Jerusalem. Und beide beklagen, wie die Herren sehen, den Tod des Erlösers."

Josef von Arimathäa und das fromme Weib aus Jerusalem machten uns eine Verbeugung, ohne hierbei ihre Haltung wilder Anklage und stummer Verzweiflung irgendwie zu ändern.

„Die Señora", berichtete Don Ramon hinter seiner Staffelei hervor, „ist eine Schauspielerin von Rang. In der geistlichen Komödie, die wir im vorigen Jahr hier in La Bisbal zur Aufführung gebracht haben, hat sie die allegorische Figur der christlichen Beichte dargestellt. Sie fand vielen Beifall und wußte ihre Rolle so gut auswendig wie das Vaterunser."

„In Madrid habe ich auch Königinnen und Zofen gespielt", ließ sich die Dame vernehmen.

Brockendorf sah sie eine Weile hindurch prüfend an. Dann sagte er:

„Ich suche jemand, der mir ein Paar baumwollener Strümpfe wäscht, die mir das Schneewasser verdorben hat."

„Geben Sie sie mir!" sagte die Darstellerin der Königinnen und Zofen, und ihre Züge verloren für einen Augenblick den Ausdruck schmerzlicher Entsagung. „Ich werde Sie zu Ihrer Zufriedenheit bedienen."

Eglofstein, Donop und ich, wir waren indessen in das

andere Zimmer gegangen, und Brockendorf kam uns nach. Noch immer machte sich die Monjita an dem gedeckten Tisch mit Ordnen und Zurechtrücken der Schüsseln und Teller zu schaffen. Wie die Voltigeure einen feindlichen Posten, so umstellten wir sie von allen Seiten. Und während Don Ramon eifrig an seiner Grablegung malte, begann Eglofstein den Angriff auf unseres Obersten Geliebte.

Keiner von uns wußte so gut mit Frauen zu sprechen, wie Eglofstein. Er verstand es, seine Stimme zu gebrauchen wie ein Geigenmeister sein Instrument. Wenn er sie zittern und anschwellen ließ, schien eine leidenschaftliche Erregung aus ihr zu sprechen, die sein Herz in Wirklichkeit nicht fühlte, und es gab Frauen genug, bei denen diese eiteln Künste verfingen.

Es war das erste Mal, daß wir allein mit der Monjita sprechen konnten, denn vorher hatten wir sie niemals ohne den Obersten gesehen. Eglofstein begann mit allerlei Artigkeiten und kleinen Schmeicheleien, die die Monjita gerne zu hören schien. Und wir anderen ließen ihn gewähren und hörten ihm schweigend zu, wie er seine Sache und die unsere führte.

Er sagte, wie glücklich er sei, sie getroffen zu haben, denn nur der Gedanke, sie bisweilen sehen zu können, ließe ihn das Leben in der kleinen Stadt erträglich finden.

Die Monjita lächelte vor Vergnügen. Und ihr Lächeln und die Art, wie ihre Hände mit einer von den künstlichen Blumen in ihrem Haare spielten, machte, daß wieder, wie schon so oft, Françoise-Marie statt ihrer vor meinen Augen stand. Und es erschien mir mit einem Male widersinnig und bizarr, daß wir mit so viel Worten uns mühen mußten, sie zu gewinnen, die doch so lange schon unser war.

„Ist denn La Bisbal eine so schlechte Stadt", fragte sie jetzt, „daß Sie bedauern, hier zu leben?"

„Nicht schlechter als die anderen Städte Ihres Landes, aber ich vermisse hier alles: den Genuß einer italienischen Oper, die Gesellschaft von Menschen meiner Art, Bälle, das Spielkasino, Schlittenfahrten mit schönen Frauen –"

Eglofstein brach ab, als wollte er der Monjita Zeit lassen, sich die Vergnügungen der großen Welt: Bälle, Schlittenfahrten und die italienische Oper im Geiste auszumalen. Dann fuhr er fort:

„Aber in Ihrer Gesellschaft entbehre ich nichts von alledem und bin zufrieden, Sie sehen zu können."

Die Monjita wußte im Augenblick nichts zu erwidern und wurde rot vor Freude und Verlegenheit. Aber Don Ramon d'Alacho rief aus dem Nebenzimmer:

„Danke doch dem Herrn für seine freundlichen Worte, wie sich's gehört!"

Die Entdeckung, daß der Vater der Monjita jedes Wort des Gespräches mit angehört hatte, schien Eglofstein zu verwirren und ihm die Sicherheit zu nehmen. Er wurde heftig ohne jeden Grund. Und da die Monjita noch immer schwieg, so sagte er voll Ärger, aber in viel leiserem Ton:

„Sie wissen mir nichts zu sagen? Sie haben kein Wort für mich? Es ist gut, ich werde über die Achseln angesehen. Ich bin einer Antwort nicht würdig."

Die Monjita schüttelte mit großer Lebhaftigkeit den Kopf. Sie sah erschrocken aus, denn sie mochte fürchten, sich den Hauptmann Eglofstein zum Feind gemacht zu haben, den sie oftmals in vertrautem Umgang mit ihrem Liebhaber gesehen hatte.

„Sie schweigen noch immer", fuhr Eglofstein leise fort. „Ich weiß, Sie spotten heimlich über die Glut, die Sie doch selbst in mir erregt haben. Mit einem Blick Ihrer brennenden Augen, mit einer trotzigen Bewegung Ihres Köpfchens, mit dieser einen widerspenstigen Locke, die sich immer wieder in Ihre Stirne stiehlt."

„Achten Sie nicht auf meine Haare!" sagte die Monjita rasch und strich sie sich zurecht, froh darüber, daß Eglofstein nicht mehr zornig war. „Ein dummer Windstoß hat sie mir durcheinandergebracht, als ich vorhin über die Gasse lief."

Eglofstein, der nicht recht wußte, was er weiter sagen sollt, fing das Wort vom Windstoß auf wie die Taschenspieler auf dem Himmelfahrtsjahrmarkt ihre Messer.

„Der Wind! Ich bin eifersüchtig auf diesen Wind, dem

es erlaubt ist und mir nicht, in Ihren Haaren zu wühlen, Ihre Wangen zu streicheln, Ihre Lippen zu küssen –"

„Don Ramon!" schrie in diesem Augenblick der Darsteller des Josef von Arimathäa in kläglichem Ton. „Wie lange soll ich noch dastehen, ich will nach Hause."

„Geduld! Eine halbe Stunde noch. Ich muß die Zeit nützen, solange noch Tageslicht ist."

„Wie? Eine halbe Stunde soll es noch dauern? Bei Gott, eine schöne Aussicht. Und zu Hause wartet meine Mutter auf mich mit einem Gericht Hammelkaldaunen, die sie aus Saragossa mitgebracht hat."

„Hammelkaldaunen aus Saragossa", sagte das fromme Weib aus Jerusalem und schielte nach dem gedeckten Tisch. „Nichts ist heutzutage so selten."

„In Öl gekocht und mit einer Zutat von Pfeffer und Zwiebeln."

„Denk jetzt nicht an die Hammelkaldaunen und nicht an Pfeffer und Zwiebeln, zum Teufel!" rief Don Ramon. „Bleib, wie du stehst und rühr dich nicht. Es geschieht zum Vorteil aller Katholiken."

Indessen schien Eglofstein bei der Monjita ein Stück vorwärtsgekommen zu sein. Er hatte ihre Hand erfaßt und hielt sie in seinen beiden fest.

„Ich fühle den leisen Gegendruck Ihrer Hand", sagte er. „Sie liegt nicht mehr kalt und leblos in der meinen. Darf ich es als Pfand nehmen dafür, daß Sie meinen Wunsch erfüllen werden?"

Die Monjita fragte, ohne aufzublicken:

„Und der wäre?"

„Daß Sie heute nachts eine Stunde in meinen Armen verbringen", bat Eglofstein flüsternd.

„Das nicht", sagte die Monjita sehr bestimmt und zog ihre Hand zurück.

Ich sah Eglofsteins verdutztes Gesicht, und mich übermannte die Ungeduld, weil alle seine schönen Worte zu nichts nütze gewesen waren.

„Hören Sie mich an, Monjita!" rief ich. „Ich bin in Sie verliebt, das wissen Sie –"

Die Monjita wandte sich mit einer plötzlichen Bewegung ihres Kopfes mir zu, und ich fühlte den Blick ihrer Augen heiß auf meiner Stirne. Vielleicht lächelte sie, freundlich oder spöttisch, ich wußte es nicht, denn ich sah ihr nicht ins Gesicht.

„Wie alt sind Sie?" fragte sie.

„Achtzehn Jahre."

„Und schon verliebt? Möge Gott Sie erhalten."

Ich hörte sie lustig und leise lachen und fühlte, wie Zorn und Beschämung in mir aufstiegen. Denn sie war sicher nicht älter als ich.

„Ich wünsche Ihnen Glück zu Ihrer guten Laune", sagte ich. „Aber Sie müssen wissen, daß ich gewohnt bin, mir mit Gewalt zu nehmen, was man mir meiner Jugend wegen verweigert."

Sogleich hörte die Monjita auf zu lachen.

„Junger Herr!" gab sie zur Antwort. „Das würde Ihnen keinen Ruhm bringen. Denn wenn ich auch kein Mann bin, so weiß ich mich dennoch sehr wohl zu verteidigen. Aber jetzt genug davon."

Eglofstein warf mir einen fürchterlichen Blick zu.

„Leutnant Jochberg hat einen Scherz gemacht", sagte er, und dabei versetzte er mir hinter dem Tisch einen Tritt ins Schienbein. – „Schweig, du Maultier, du verdirbst uns alles. – Niemals, Monjita, wird er sich so weit vergessen, gegen eine Dame Gewalt zu gebrauchen."

„Das Geständnis einer Liebe", meinte die Monjita, „muß sanft und zärtlich sein, so gehört es sich. Aber dieser Herr war, wie mir scheint, recht unhöflich."

„Verdreh den Rücken nicht!" mahnte Don Ramon seinen Josef von Arimathäa. „Die biblische Person, die du darstellst, hat keinen Buckel."

„Nein, ich bin nicht sanft!" rief ich. „Ich bin nicht zärtlich. Denn ich liebe Sie auf eine solche Art –"

„Wenn du nicht aufhörst zu schlucken, zu husten, zu gähnen und dich zu kratzen, werde ich niemals fertig!" rief Don Ramon erzürnt. „Bleib endlich stehen, wie ich es dir gezeigt habe."

„– auf eine solche Art, daß ich nur Worte der Raserei finde für das, was ich Ihnen sagen muß."

„Sie sind noch jung", sagte die Monjita. „Und in der Liebe ist das Noviziat recht schwer. Aber Sie werden ohne Zweifel lernen, wie man mit Frauen umgeht, wenn Sie erst älter sind."

Ich sah sie an und war nicht mehr zornig, nur verwundert, weil diese Frau die Stimme der Françoise-Marie hatte und mit dieser Stimme so kalte, so fremde, so feindselige Worte zu mir sagte.

Aber statt meiner nahm nun der Hauptmann Brockendorf die Sache in die Hand, fest entschlossen, sie rasch und seinen Wünschen gemäß zu Ende zu bringen.

„Warum wollen Sie uns", fragte er ohne Umschweife, „die kleine Gefälligkeit verweigern, die Sie dem Obersten so leicht, so gerne und so oft gewährt haben?"

„Was Sie da sagen, ist beleidigend."

„Beleidigend? Durchaus nicht. O nein. Bei uns zu Hause ist es nicht beleidigend, sondern gebräuchlich, dergleichen von Frauen zu verlangen."

„Und bei uns", versetzte die Monjita kurz, „ist es gebräuchlich, dergleichen abzuschlagen."

„Was in aller Welt", rief Brockendorf ungeduldig, denn die Sache nahm nicht den von ihm gewünschten Verlauf, „was in aller Welt finden Sie an unserem Obersten? Er ist weder jung noch schön. Gestehen Sie selbst: Nichts an ihm ist danach angetan, bei jungen Mädchen Gefallen zu finden. Er ist tyrannisch, mürrisch und immer voller Launen. Außerdem hat er die Kopfgicht, und sooft ich in sein Schlafzimmer komme, finde ich es voll von Pillenschachteln, kleinen und großen."

„Und ich dachte, Sie wären seine Freunde", sagte die Monjita leise und verzagt.

„Seine Freunde? Mit seinen Freunden teilt man den letzten Schluck Branntwein, den letzten Bissen Brot. Aber der ist mein Freund nicht, der sein Bestes vor mir versteckt und für sich allein behält. Wenn das Freundschaft ist, so ist meiner Wirtin alter Suppentopf ein Prunkpokal."

„Und fürchten Sie nicht, daß ich ihm das alles wieder sage?"

„Tun Sie's!" sagte Brockendorf barsch und mit finsterer Miene. „Es sind drei Monate her, da hab ich zum letztenmal meinen Mann tot auf dem Duellplatz gelassen. In Marseille, dicht an der Porte Maillot. Auf Pistolen und wir gingen aus sechs Schritt Entfernung aufeinander los."

Er wandte sich an uns:

„Erinnert ihr euch noch des Generalkapitäns Lenormand, der mein Tischnachbar war, als ich in Marseille mein Gedeck bei Marschall Soults Stab hatte?"

Keiner von uns wußte etwas von diesem Duell. In ganz Marseille gab es keine Porte Maillot und Lenormand war der Name eines kleinen Kaufmanns an der Ecke der Rue aux Ours, der von Brockendorf sechzig Franken für gelieferte Eßwaren: Gänseleber, Schinken und zwei Flaschen Sherry zu fordern hatte.

Es war klar, daß Brockendorf die ganze Geschichte erfunden hatte, um die Monjita zu erschrecken. Wir taten, als erinnerten wir uns des Falles genau, und Eglofstein sprang ihm bei:

„Aber damals hat es sich nicht um Lenormands Geliebte gehandelt, sondern um seine Frau." Und er setzte wie in Gedanken hinzu:

„Wenn eine Französin hübsch ist, so ist sie es nicht halb."

Das Bild der guten Madame Lenormand stand einen Augenblick lang lebhaft vor meinen Augen. Eine ältliche, magere Person von sehr verunglücktem Wuchs, die alle Morgen in unserem Quartier erschienen war, um von Brockendorf ihre sechzig Franken einzufordern; nur am Sonntag nicht, denn da ging sie mit einem rotsamtenen Büchersack bepackt in die Kirche.

Die Monjita blickte mit ängstlicher und bittender Miene zu Brockendorf auf, und wir wußten, daß sie schweigen werde, denn sie fürchtete für das Leben des Obersten.

„Er wird mich auch zu seiner Frau machen", sagte sie.

Brockendorf sah verwundert drein und begann aus vollem Halse zu lachen.

„Der Tausend! Sind die Musikanten bestellt? Ist der Kuchen für die Hochzeit schon gebacken?"

„Was sagen Sie? Zu seiner Frau?" rief Eglofstein. „Hat er Ihnen das versprochen?"

„Ja. Und dem Herrn Pfarrer hat er für die Kosten der Hochzeit fünfzig Realen gegeben."

„Und Sie glauben ihm? Sie sind betrogen. Selbst wenn er den Willen hätte, Sie zu seiner Frau zu machen – er könnte es nicht, seine hochadelige Verwandtschaft läßt es nicht zu."

Die Monjita sah den Hauptmann Eglofstein einen Augenblick lang mit bestürzter Miene an. Dann zuckte sie die Achseln, als ob sie sagen wollte, sie wisse wohl, was man glauben dürfe und was nicht. Hinter der Grablegung Christi aber kam Don Ramon d'Alacho zum Vorschein, schwang seinen Pinsel, von dem die blaue Farbe auf die Erde troff, und sagte mit dumpfer Stimme:

„Meiner Tochter braucht sich kein Graf und kein Herzog zu schämen. Sie ist von Vaters- wie von Muttersseite her von echtem christlichen Blut."

„Don Ramon!" meinte Brockendorf bedächtig. „Einen alten Adelsbrief, den laß ich in seinem Gewicht. Wenn aber in dem Ihren nichts anderes steht, als daß Sie von christlichem Blut sind – damit wischt bei uns daheim ein Wirt seinen Biertisch ab. Denn in Deutschland ist jeder Schuhflicker von christlichem Blut."

Josef von Arimathäa hob entsetzt und mit beschwörender Gebärde seine Hände zum Himmel, das fromme Weib aus Jerusalem schüttelte mit tiefem Schmerz das Haupt, und Don Ramon d'Alacho schlich sich wortlos hinter seine Staffelei zurück.

Es begann zu dunkeln. Die Zeit verlief, und unsere Ungeduld wuchs. Brockendorf schwur unter Flüchen so laut, daß die Monjita es hören sollte, keiner von uns werde von der Stelle gehen, eh die Sache nicht besprochen sei, und wenn wir bis zum Morgen hier stehen müßten.

Donop, der bis dahin uns hatte sprechen lassen, nahm nun das Wort:

„Es sieht beinahe aus, Monjita, als wären Sie wirklich in den alten Mann verliebt."

„Und wenn ich's wäre?" rief die Monjita heftig. Aber es klang uns, als wollte sie sich's selbst nicht eingestehen, daß sie dem Obersten nur seines hohen Ranges, seines Reichtums und seiner Freigebigkeit wegen vor uns den Vorzug gab.

„Und wenn ich's wäre!" wiederholte sie herausfordernd und warf den Kopf zurück.

„Was Sie für den alten Mann empfinden, kann nicht Liebe sein", sagte Donop ruhig. „Das Gefühl der echten

130

Liebe ist ein anderes, und Sie kennen es noch nicht. Liebe will Heimlichkeit. Heute nachts werde ich Sie erwarten, zitternd vor Ungeduld, rasend vor Verlangen, die Minuten zählend, die mich von Ihnen trennen. Und wenn Sie sich heimlich und das Herz voll Angst zu mir stehlen, dann werden Sie auf dem Weg das Gefühl der Liebe in sich entdecken als etwas Neues und Sonderbares und nie vorher Erlebtes."

Es war ganz dunkel geworden, und ich konnte das Gesicht der Monjita nicht mehr recht erkennen. Aber ich hörte sie laut und lustig und ein wenig spöttisch lachen.

„Wahrhaftig! Sie haben mich bekehrt. Ich bin jetzt beinahe begierig, ein Gefühl kennenzulernen, das Sie mir als neu und mir bisher unbekannt schildern. Aber zu meinem Unglück habe ich meinem Liebhaber die Treue versprochen."

Die plötzliche Wandlung ihres Sinnes und der spöttische Klang ihrer Stimme hätten unser Mißtrauen wohl erwecken können. Aber wir waren alle viel zu ungeduldig und viel zu verliebt, um darauf zu achten.

„Dieses Versprechen müssen Sie nicht halten", beeilte sich Donop, ihr zu versichern. „Denn Sie haben es einem Mann gegeben, den Sie nicht lieben."

Drüben in der Werkstatt hatte Don Ramon indes eine Wachskerze angezündet, und ein schmaler Schein des Lichtes fiel jetzt durch die halboffene Tür in unser Zimmer.

„Wenn es wahr ist, was Sie da sagen, daß man einem Mann, den man nicht liebt, das Wort nicht halten muß, dann habe ich keine Bedenken mehr und verspreche Ihnen gerne zu kommen."

Aus ihrer Stimme klang Übermut und Hohn, aber ihr Gesicht, das ich im dürftigen Schein des Kerzenlichtes sah, hatte seinen gewöhnlichen Ausdruck von Nachdenklichkeit und Ernst.

„Das nenn ich einmal vernünftig gesprochen!" rief Brockendorf erfreut. „Und wann, schönste Monjita, dürfen wir Sie erwarten?"

„Nach der Abendandacht, die, glaub ich, um neun Uhr zu Ende sein wird, werde ich kommen."

„Und wer von uns wird der Glückliche sein?" drängte

131

Eglofstein voll Begierde und schon eifersüchtig auf Brockendorf, Donop und auf mich.

Die Monjita sah uns einem nach dem anderen ins Gesicht und in das meine am längsten. Und mir schien es in diesem Augenblicke, als hätten ihre achtzehn Jahre endlich zu den meinen gefunden.

Aber sie schüttelte den Kopf.

„Wenn ich Sie recht verstanden habe", sagte sie, und wieder meinte ich, leisen Spott aus ihren Worten zu hören. „Wenn ich Sie recht verstanden habe, so wird das neue und sehr sonderbare Gefühl, dessen Genuß Sie mir versprochen haben, sich erst auf dem Weg zu Ihnen bei mir einstellen. Es ist unmöglich für mich, jetzt schon zu wissen, in wessen Arme es mich führen wird."

Sie öffnete die Tür und rief in die Werkstatt hinein, daß für heute genug gearbeitet sei, und das Essen stünde auf dem Tisch.

Don Ramon und die beiden anderen standen vor der Grablegung und betrachteten beim Schein der Wachskerze das fertige Gemälde. Aber Don Ramon schien mit seiner Arbeit nicht zufrieden:

„Dieser Josef von Arimathäa ist recht armselig in der Haltung des Körpers und im Ausdruck des Gesichtes."

„Sie hätten ihm wohl ein besseres Aussehen geben können", meinte der junge Mensch gekränkt und zupfte an seinen viel zu kurzen Ärmeln.

„Aber er hat sehr natürliche Gebärden", tröstete die Darstellerin des frommen Weibes aus Jerusalem ihn und den Maler.

Brockendorf ließ es sich nicht nehmen, auch sein Urteil abzugeben:

„Es sind zahlreiche Gesichter auf dem Bild und alle verschieden", stellte er fest.

„Das kommt daher, weil ich immer nach der Natur male", sagte Don Ramon. „Es gibt schlechte Maler, die sich die schon fertigen Malereien anderer Meister zum Vorbild nehmen. Wenn Sie das Bild kaufen wollen – es kostet nur vierzig Realen. Es ist, wie Sie selbst bemerkt haben, ein sehr figurenreiches Gemälde. Sie können zu demselben Preis auch zwei kleinere Bilder haben, ganz nach Ihrem Belieben."

132

„Her mit den Bildern!" sagte Brockendorf, den der günstige Ausgang des Abenteuers sehr zugunsten des Malers eingenommen hatte. „Und je größer sie sind, desto besser."

Er brachte aus seiner Tasche zwei Goldstücke hervor, deren Besitz er uns listig verheimlicht hatte, denn er war uns allen vom Kartenspiel her Geld schuldig. Don Ramon strich das Gold ein und gab ihm den heiligen Hauptmann und Märtyrer Achatius in die rechte Hand und den florentinischen Subdiakon Zenobius in die linke.

Wir hatten indessen mit der Monjita verabredet, daß wir sie am Abend alle vier im Kloster St. Daniel erwarten wollten. Wir gingen Wein und das Abendessen einkaufen. In lustiger Stimmung waren wir alle, aber Brockendorf wußte vor Freude nicht, ob er auf dem Kopfe oder auf den Beinen stand. Er erschreckte ein altes Weib, indem er pfiff wie eine Gans, versteckte dem Nagelschmied in der Geronimogasse die Leiter von seinem Taubenschlag und bestand darauf, in den Laden der Töpfersfrau einzutreten, die er gar nicht kannte, um sie zu fragen, warum sie in der vorigen Woche ihren Mann mit dem hinkenden Schreiber des Magistratskollegiums betrogen hätt.

Das Lied von Talavera

Das Kloster St. Daniel, nach dem die Straße der Karmeliter ihren Namen führte, benutzten wir als Pulvermagazin und Werkstatt. Die Mönche, Angehörige des Ordens der unbeschuhten Karmeliter, hatten das Gebäude längst verlassen, um in den Banden des Gerberbottichs und des Empecinado gegen uns zu kämpfen. Im Refektorium und im Dormitorium, in den Zellen der Mönche, in den Kreuzgängen und im großen Kapitelsaal, überall arbeiteten tagsüber unsere Grenadiere und die des Regiments „Erbprinz" am Füllen und Herrichten der Brandbomben und Granaten. In der Krypta, in der Brockendorf die Nacht zu verbringen gedachte (– jeden von uns traf in der Woche einmal dieser Dienst –), lagen leere Pulversäcke, Nägel, Äxte, Hämmer, Lötkolben, Kistendeckel, Strohbündel, Kochkessel und die buntbemalten Tonpfeifen der Grenadiere auf der Erde verstreut umher. Kreidestriche auf den Steinfliesen des Fußbodens zeigten die Grenzen der Korporalschaften an. Die Wände ließen halberloschene Fresken erkennen, die die Blendung Simsons und die Tötung des Riesen Goliath darstellten, und den Hirtenknaben David hatte einer von den Grenadieren durch Hinzufügung eines Schnauz- und Spitzbartes in den gravitätischen Tambourmajor unseres Regiments verwandelt. Über der Türe hing in einem geschnitzten und vergoldeten Rahmen das Bildnis eines Mönches, eines schönen Mannes, der das Bischofskreuz auf der Brust trug.

Die beiden Kohlenbecken auf dem Tisch sandten dicke Rauchwolken in die Luft und ließen uns die Wahl zu ersticken oder zu erfrieren. Wir hatten das Abendessen beendet und Brockendorfs Diener, der als der beste Fourageur* in der ganzen Armee galt, räumte die Reste unserer Mahlzeit vom Tisch.

* Jemand, der Nahrungsmittel requiriert.

Dem Kloster gegenüber, nur durch die schmale Gasse der Karmeliter von ihm getrennt, lag das Stadthaus des Marques de Bolibar, und wir konnten durch die zerbrochenen Scheiben des Kirchenfensters in das hellerleuchtete Schlafzimmer des Obersten sehen. Er saß angekleidet auf seinem Bett und ließ sich bei dem Lichte zweier Armleuchter, die auf dem Tisch standen, von dem Feldscher des hessischen Bataillons rasieren. Auf einem Stuhle lagen sein Dreimaster und ein paar Pistolen.

Der Anblick unseres Obersten machte uns toll vor Freude und Übermut, weil er diesen Abend vergeblich auf die Monjita warten mußte, die zu uns kommen wollte und nicht zu ihm. Wir alle haßten den Obersten und fürchteten ihn zugleich. Und Brockendorf machte seinem zornigen Herzen Luft:

„Da sitzt er, der Essigkrug, mit seinem gichtigen Kopf und seinem verschrumpften Herzen. Wird sie bald kommen, Herr Oberst, ist sie schon auf dem Weg? Sie freuen sich zu früh, Herr Oberst. Vom Löffel zum Mund wird am leichtesten die Suppe verschüttet."

„Nicht so laut, Brockendorf, er könnt's hören."

„Nichts hört er, nichts sieht er, nichts weiß er", schrie Brockendorf triumphierend. „Wenn die Monjita da ist, löschen wir die Lichter aus. Im Dunkeln will ich ihm heut das türkische Wappen doppelt auf seinen gichtigen Kopf setzen, und er soll's nicht merken."

„Da er so stolz auf seinen stiftsmäßigen Adel ist", höhnte Donop, „so mag er sich den Vogel des heiligen Lukas in sein Wappen hineinmalen lassen, der hatte zwei Hörner."

„Stille, Donop! Er hat ein feines Ohr, ihr kennt ihn nicht", flüsterte Eglofstein besorgt und zog uns vom Fenster weg, obgleich der Oberst unmöglich durch die dicken Scheiben hindurch auch nur ein Wort von dem verstehen konnte, was wir über ihn sprachen. „Ein altes Weib hört er drei Meilen weit husten. Und wenn er in Zorn kommt, läßt er euch wieder drei Stunden lang mitten auf einem Ackerfeld manövrieren wie in der vorigen Woche."

„Ich hab mir die Schwindsucht an den Hals geärgert.

Will er nicht bald die schwere Not bekommen?" fluchte Brockendorf in gedämpftem Ton. „Und alle Augenblicke trommelt er uns aus unseren Quartieren."

„Was willst du reden!" rief Donop. „Du bist als Hauptmann ins Regiment getreten. Aber ich und Jochberg! Wir haben als Fahnenjunker unter dem Essigkrug gedient. Ein Leben wie die Hunde. Alle Tage Striegel und Kartätsche gehandhabt, den Pferdemist in Karren aus den Ställen gefahren, die achttägige Haferration auf unseren Rücken geschleppt –"

Die Turmuhr von Nuestra Señora del Pilar schlug neun. Donop zählte die Schläge.

„Neun Uhr. Jetzt muß sie bald hier sein."

„Da sitzen wir", sagte Eglofstein und stützte die Stirn in die Hand. „Da sitzen wir alle und warten auf die eine Monjita. Und sicherlich gibt es Mädchen genug in der Stadt, die so schön sind wie sie und schöner noch. Aber, weiß Gott, mein Auge ist geblendet, und ich sehe nur die *eine*."

„Ich nicht", meinte Brockendorf und nahm eine große Prise Tabak. „Ich sehe die anderen auch. Wenn ihr am Sonntag in der Nacht zu mir auf meine Stube gekommen wäret, so hättet ihr ein Mädchen bei mir treffen können, das schwarzhaarig, schön gewachsen und mit den drei Groschen, die ich ihm verehrte, sehr zufrieden war. Es hieß Rosina. Aber der Monjita bin ich drum auch nicht feind."

Er blies den Tabakstaub von seinem Ärmel und fuhr fort:

„Drei Groschen, das ist nicht viel. Die Weiber bei Frascati in Paris und im Salon des étrangers haben mich mehr Geld gekostet."

Eine von den Kerzen war heruntergebrannt, flackerte und zischte, und Eglofstein zündete eine neue an.

„Schweres Geld", sagte Brockendorf mit einem Seufzer.

„Horch!" rief Donop plötzlich und faßte mich an der Schulter.

„Was gibt's?"

„Hast du nichts gehört? Dort oben – Jetzt wieder! Dort oben bei der Orgel!"

136

„Eine Fledermaus!" schrie Brockendorf. „Fürchtet der Narr sich vor einer Fledermaus. Jetzt hängt sie drüben an der Wand. Donop, mir scheint, du zitterst! Hast geglaubt, der Herr Marques de Bolibar stünd an der Orgel und wollt sein Zeichen geben."

Er stieg die gewundene Holztreppe, die zur Orgel führte, hinauf.

„Sicherlich", sagte Donop, „weiß der Marques einen geheimen Gang, der aus seinem Haus hieher ins Kloster führt. Und eines Tages wird er oben stehen und sein zweites Signal geben, wie er sein erstes gegeben hat."

„Fürchtet sich vor Fledermäusen!" rief Brockendorf von oben hinunter. Er machte sich an dem Gehäuse und den Registern der Orgel zu schaffen, brachte aber keinen Ton hervor.

„Donop! Du hast Orgel spielen gelernt. Komm her! Findest du dich zurecht mit all den vielen Flöten und Pfeifen?"

„Brockendorf!" befahl der Hauptmann Eglofstein. „Laß die Orgel und komm herunter!"

„Es ist lustig, zu denken", hörte ich Brockendorfs Stimme von oben her, und sie hatte in dem hohen und weiten Raum einen düsteren und drohenden Klang. „Es ist lustig, zu denken, daß, wenn ich oben das Lied von der Martinsgans spiele oder: ‚Margrete, Margrete, dir guckt das Hemd heraus –‘, daß dann drüben im Vorwerk Günther und der Gerberbottich einen Tanz miteinander haben."

Dieser Einfall Brockendorfs schien auch dem Hauptmann Eglofstein großen Spaß zu machen. Er schlug sich auf die Schenkel und lachte, daß es von den Wänden widertönte:

„Dieser Günther! Der Großsprecher! Der Prahler! Ich wollt, ich könnt sein Gesicht sehen, wenn ihm die Kugeln plötzlich um die Nase pfeifen."

Indessen war Donop auch die Treppe hinaufgestiegen. Er besah die Orgel und gab sich Mühe, uns ihren kunstvollen und fremdartigen Bau zu erklären.

Da gab es einen Windkasten, ein Pfeifenwerk, ein Flötenwerk, ein Schnarrwerk. Da waren Registerzüge, die Donop spielen ließ. Er griff hinein in das Hauptmanuale und bezeichnete uns die verschiedenen Pfeifen, denn jede von ihnen hatte einen anderen Namen. Eine hieß das Prinzipal, eine andere Bordun. Es gab eine Spitzgambe, einen Intrabaß, eine Quintviole, einen Großsubbaß; und eine von den Flöten hieß das „Gemshorn".

„Sonderbare Namen", sagte Brockendorf nachdenklich. „Und mit all den vielen Flöten, Pfeifen und Oboen kannst du doch keine rechte Tanzmusik aufspielen, sondern nur ein armseliges ,benedicat vos'."

„Man kann auch Fugen, Toccaten, Praeludia und Interludia spielen", verteidigte Donop sein Instrument.

„Tritt mir die Bälge, ich will versuchen, ob ich ein Gloria zuweg bring", schlug Brockendorf vor.

Er begann mit seiner krächzenden Stimme zu singen:

„Unser Pfarrer in der Messen
hat heut sein Latein vergessen.
Kyrie Eleison!"

Donop kauerte sich hinter den Korpus hin und machte den Wind. Brockendorf fuhr mit beiden Händen wild in die Tasten. Und plötzlich gab die Orgel einen dünnen und kreischenden Ton, als hätte eine Ratte gepfiffen. Und so schwach er auch war – Donop und Brockendorf sprangen bestürzt und mit Gepolter die Treppe herunter, so rasch, als wäre der Teufel hinter ihnen her.

„Brockendorf!" donnerte Eglofstein. „Komm herunter, du wilde Haut! Du bist toll geworden!"

Brockendorf stand unten und schnappte nach Luft, noch immer voll Entsetzen darüber, daß die Orgel plötzlich lebendig geworden war und wie eine Ratte gepfiffen hatte.

„Ich hab dem Günther eine Tanzmusik aufspielen wollen", sagte er. „Magst du's nicht, à la bonne heure, so habe ich nur gespaßt."

„Keine solchen Scherze, Brockendorf", knurrte Eglofstein. „Wir werden früh genug mit den Guerillas zusammengeraten, und dann magst du dir dein Ehrenkreuz holen."

138

Wir schwiegen eine Weile, und die Kälte machte, daß wir uns alle um die Kohlenbecken drängten. Von der Gasse her hörten wir Schritte.

„Das ist sie. Jetzt ist sie da", rief Donop und lief ans Fenster.

Es war aber nicht die Monjita, sondern der Feldscher, der dem Obersten seinen roten Bart gestutzt hatte und jetzt mit seiner Laterne in der Hand nach Hause ging.

„Der Abendsegen muß zu Ende sein. Wo bleibt sie so lange?" fragte Eglofstein.

Unsere Beine und Finger waren steif vor Kälte. Um uns zu erwärmen, gingen wir alle vier Arm in Arm mit raschen und gleichmäßigen Schritten auf und ab, und die Wände der Krypta warfen den dumpfen Schall unserer Tritte zurück.

Wiederum versuchten wir die Zeit des Wartens mit Gesprächen zu kürzen, und Brockendorf und Donop gerieten in Streit darüber, was die Mönche dieses Klosters ehemals getrieben haben mochten, wenn sie in ihrem Kapitelsaal versammelt waren.

„Sie sind gesessen und haben lang und breit disputiert", behauptete Donop, „ob Christus einen Schutzengel gehabt hat oder nicht und wer heiliger war, Sankt Josef oder die Mutter Gottes."

„Gefehlt!" widersprach ihm Eglofstein. „Hältst du die spanischen Mönche für so gelehrt? Essen und trinken, das waren ihre freien Künste. Und wenn es unter ihnen Disputationen gegeben hat, so galten sie der Frage, wie die Briefe abgefaßt werden müßten, in denen sie im Namen ihres Schutzpatrons von den reichen Bürgern der Stadt Schmalz und Butter verlangten. Oben in der Zelle des Frater Circator könnet ihr solche Briefe zu Dutzenden finden."

„Diese Bettelmönche verstehen zu leben", sagte Brokkendorf mit einem Seufzer des Neides. „Sooft ich einem von ihnen begegnet bin, hatte er alle zwölf Taschen seiner heiligen Kutte angefüllt mit Brot, Wein, Eiern, Käse, frischem Fleisch und Würsten. Genug von all dem, um zwei Wochen daran zu zehren. Aber der Wein war schlecht. Die spanischen Pfaffen trinken einen Wein, der so schwarz wie Tinte ist und nur solchen Narren, wie sie sind, bekommen kann."

Er blieb stehen und wärmte sich über dem Kohlenbekken seine haarichten Hände. Die Kälte war unerträglich geworden. Kein Ofen, keine Decken, und der Wind pfiff eisig durch die zerbrochenen Scheiben. Donop blickte ungeduldig hinunter auf die Gasse, aber die Monjita kam noch immer nicht.

„In Bebenhausen, einem Ort, der im Schwäbischen liegt", erzählte Eglofstein, indem er von einem Fuß auf den anderen trat, „da war ich einmal mit meiner halben Kompagnie in einer Abtei einquartiert. Niemals ist es mir seitdem wieder so gut ergangen. Wir tranken Arrak und Rheinwein, und von beiden war so viel da, daß wir uns alle täglich die Hände hätten darin waschen können. Des Nachts schliefen wir auf Meßgewändern. Aber unter der Kälte hatten wir auch zu leiden. Es war ein harter Winter und solcher Frost, daß die Krähen tot aus der Luft fielen und die Kirchenglocken Sprünge bekamen. Eines Abends heizten wir den Kamin mit zwei wurmstichigen Chorstühlen."

„Habt dem Herrn Abt eine schöne Rechnung bezahlen müssen, als ihr abzogt."

„Bezahlen?" lachte Eglofstein. „Laß du den Ochsen seine Haut zurückverlangen, wenn die Stiefel zerrissen sind. Bezahlen! Wer regierte damals in Deutschland? Der gnädigste Kurfürst, Seine Durchlaucht der Landgraf, der hochweise Magistrat, Ihre bischöfliche Gnaden. Da wollt jeder befehlen, die Rechnungskammern und Regierungskollegia gaben alle Tage andere Erlässe und Monita heraus, denen keiner gehorchte. Heute freilich ist es anders, heut regiert nur einer, der Bonaparte. Und alle unsere Fürsten und Grafen und Pröpste und Prälaten müssen tanzen, wie er pfeift, und dazu noch Kapriolen schneiden wie die hungrigen Pudelhunde – das ist sie. Endlich. Das ist sie."

„Das muß sie sein. Ihren Schritt kenn ich", rief Donop.

Wir liefen alle vier ans Fenster und sahen die Monjita, die flüchtig wie ein Mondschatten über die Gasse huschte.

140

„Ein gutes Mädchen", murmelte Brockendorf und war gerührt, daß die Monjita ihr Wort hielt. „Straf mich Gott, ein gutes Mädchen."

„Weg vom Fenster!" befahl Eglofstein flüsternd und voll Erregung. „Die Lichter ausgelöscht, daß der Oberst nichts merkt."

Wir bliesen die Kerzen aus und standen wartend in der Finsternis. Nur das Mondlicht fiel durch die hohen Fenster und malte blasse Figuren, Schnecken, Kreise und Ringe auf die Steinfliesen, und aus den Kohlenbekken stoben die Funken knisternd in die Dunkelheit. Drüben in seinem Zimmer ging der Oberst langsamen Schrittes auf und nieder wie ein Pfarrer, der sich die Predigt für den nächsten Sonntag zurechtlegt.

Brockendorf stand an den Tisch gelehnt, barst beinahe vor Übermut und Schadenfreude und verhöhnte unseren verliebten Oberst.

„He, Essigkrug! Bist noch wach? Läßt dich deine Liebste heute nachts warten?"

„Leise! Leise!" beschwor ihn Eglofstein. „Wenn's der Teufel will, daß dich der Oberst hört –"

Aber Brockendorf hätte sich lieber die Zunge abgebissen, als daß er seine Späße bei sich behalten hätt.

„Mag er mich hören, mag er's", rief er. „Ich habe Mitleid mit dem alten Narren. Ich will ihm morgen statt der Monjita eine andere schicken, die speckfeiste Alte, die alle Tage in meiner Stube den Erdboden fegt. Mit der mag er sich trösten. Sie hat die Figur eines Walfischs und ein Gesicht wie eine Nußschale. Aber für ihn ist ein Zigeunerfetzen gut genug."

Der Oberst drüben in seinem Zimmer blieb mit einem Male stehen und blickte nach der Türe. Brockendorf begann von neuem unmäßig zu lachen, denn es erschien ihm sehr spaßhaft, daß wir mit ansehen konnten, wie der Oberst mit solcher Zuversicht auf seine Liebste wartete, die wir ihm abgelistet hatten. Er erbot sich, ihm statt der Monjita alle alten Weiber zu verschaffen, die er in La Bisbal gesehen hatte.

„Geh schlafen, Essigkrug, ich rat dir's, du wartest umsonst, die Monjita kommt heut nicht zu dir. Aber die zahnlose Vettel kann ich dir schicken, die auf der

Gasse vor meinen Fenstern Rüben und Bohnen feilhält, die wär für dich die Rechte. Oder die zaundürre Alte, die in der Wirtshausküche die Schüsseln abspült, oder –"

Er verstummte.

Drüben im Zimmer wurde die Türe langsam und mit Vorsicht geöffnet. Und im nächsten Augenblick hing die Monjita, jung, schön, schlank, nach Liebe durstig, an unseres Obersten Hals.

Keiner von uns sprach ein Wort. Wie ein Kolbenschlag traf es unsere Stirnen. Wie ein Dolchstoß war es uns allen durch das Herz gefahren.

Dann aber brach es aus uns los, jahrealter Groll, Schmerz, Enttäuschung und zertretener Stolz, daß wir die Betrogenen waren und nicht er.

„Feigling!" brüllte Brockendorf. „Schuft! Memme! Bei Talavera bist du hinter einem verreckten Maulesel versteckt gelegen, während wir im Kartätschenfeuer stürmten."

„Zwölftausend Franken von den Soldgeldern, achttausend Franken für Zwieback und gepökeltes Fleisch hast du in deine eigene Tasche gesteckt, und wir mußten hungern. Vor der Schlacht hatte das Regiment kein Lot Brot."

„Wär nicht dein Vetter Kriegsökonomierat beim hessischen Kurfürsten, Soult hätte dir damals die Epauletten von den Schultern gerissen."

„Wie viele Pferde hast du wieder in Rechnung gestellt, Dieb! Geldfraß! Judasbruder!"

Wir schrien uns die Kehlen heiser vor Wut, aber der Oberst hörte von alldem nichts. Er löste der Monjita das seidene Netz von den Haaren und nahm ihr Gesicht zwischen seine beiden Hände.

„Er hört nicht!" schrie Brockendorf und erstickte beinahe vor Wut. „Aber, verdamm mich Gott, er soll mich hören, und wenn alle Teufel der Hölle darüber wach werden müßten."

Er stieß mit beiden Fäusten gegen die Flügel des Fensters, daß die Glasscheiben klirrend auf die Gasse fielen. Dann beugte er sich weit hinaus, und indem er mit seinen Fäusten den Takt dazu schlug, begann er mit seiner tiefen Baßstimme das Spottlied auf den Obersten zu krächzen, das ein Dragoner und ein Grenadier nach dem Kampf bei Talavera erdacht hatten und das die Soldaten sangen, wenn sie meinten, daß keiner von den Offizieren sie hörte:

„Dem Herrn Oberst im Feuer
sein Leben wird teuer,
wenn Kanonen gewittern,
beginnt er zu zittern,
wenn die Mörser hell blitzen –"

Er hielt inne, keuchend und erschöpft. Der Oberst hörte ihn nicht. Er hielt die Monjita mit den Armen umfaßt und drückte sie an sich, und wir mußten zusehen, wie sie ihr Gesicht an seine Brust schmiegte, und ihr kupfernes Haar fiel weich über seine Schulter.

Dieser Anblick verhundertfachte unseren Haß und machte uns zu verstörten Narren unseres Zornes. Blind und taub für alles andere hatten wir nur den einen Gedanken, daß der Oberst uns hören sollt und daß wir ihm die Monjita aus den Armen reißen müßten.

„Singt alle mit. Dann wird er's hören", rief Brockendorf. Und nochmals begann er das Lied von Talavera, und wir fielen alle mit ein und schrien mit der ganzen Kraft unserer Lungen in die kalte Nachtluft hinaus:

„Wenn die Mörser hell blitzen,
Dann seht ihr ihn schwitzen
und plärren und beten,
wenn knattern die Musketen.
Aber wenn viel Dukaten
in die Händ ihm geraten
und die Taler in die Tasche,
dann hat er Courage.
Vor dem unrechten Gut
findet er wieder seinen Mut."

Plötzlich aber, während wir noch sangen, machte sich die Monjita aus des Obersten Armen los. Sie trat vor das

Muttergottesbild an der Wand und verhüllte, indem sie sich auf die Fußspitzen stellte, das Gesicht der Jungfrau mit ihrem seidenen Haarnetz, als sollte die Mutter Gottes nicht sehen, was nun im Zimmer geschehen müßte.

Und im gleichen Augenblick blies der Oberst die Lichter aus. Das letzte, was ich sah, war die kindlich schlanke Figur vor dem Bild der heiligen Jungfrau und des Obersten häßlich geblähte Wangen. Dann verschwand alles: der Tisch, das Bett, die beiden Armleuchter, das verhüllte Bild, der Dreimaster, der auf dem Stuhle lag – alles verschwand in der Finsternis. Aber mir schien es, als sähe ich dennoch die schattenhaften Figuren des Obersten und seiner Liebsten im Taumel der Lust aufeinander zueilen, um sich zu umschlingen. –

Dann gewann die Raserei Gewalt über uns. Wir vergaßen die bedrohte Stadt, den Gerberbottich, die Guerillas, die auf das Zeichen warteten, um über uns herzufallen. Neben mir hörte ich einen Fluch, so lasterhaft, daß mir das Blut in den Adern stockte, und einen Aufschrei, der wie das Heulen eines tollwütigen Hundes klang. Und dann sah ich Brockendorf und Donop, die über die hölzerne Treppe zur Orgel hinaufstürmten.

Einer trat die Bälge, einer griff in die Tasten. Brausend und dröhnend trug der Orgelklang das Lied von Talavera zur Decke empor, und es erfüllte den Raum. Wir sangen mit, alle vier, ich sah Eglofstein, der mit wilden Gebärden den Takt dazu schlug, und die Orgel überdröhnte uns alle:

„Und die Taler in der Tasche,
dann hat er Courage.
Vor dem unrechten Gut
findet er wieder seinen Mut.
O du Judas, o du Schelm
mit dem fuchsroten Helm!"

Mit einem Male kam ich zum Bewußtsein, kalter Schweiß rann mir über das Gesicht, die Knie zitterten mir, und ich fragte mich wieder und wieder, was wir begangen hatten, und die Orgel brauste noch immer: „O du Judas, o du Schelm!"

Und mir war es, als sähe ich oben den Tod als Orgelmeister, und der Teufel trat ihm die Bälge. Und unten in der Mitte des Raumes stand im glühenden Funkenregen der Kohlenbecken groß und furchtbar der Schatten des toten Marques de Bolibar und schlug mit wilden und triumphierenden Gebärden den Takt zu unserem Sterbelied.

Dann war plötzlich Totenstille. Die Orgel schwieg, nur der Wind wimmerte und stöhnte an den zerbrochenen Scheiben. Wir standen alle vier wieder unten, der Frost schüttelte uns, und ich hörte Brockendorfs rasselnden Atem neben mir.

„Was haben wir getan!" ächzte Eglofstein. „Was haben wir getan?"

„Welcher Wahnsinn ist über uns gekommen?" keuchte Donop.

„Brockendorf, du bist's gewesen, der geschrien hat: „Donop! Hinauf zur Orgel."

„Ich? Ich hab kein Wort geredet. Aber du, Donop, du hast gerufen und geschrien: Tritt mir die Bälge!"

„Ich habe nichts gesagt, ich schwör es dir bei meiner Seligkeit. Welcher Spuk hat uns genarrt?"

Über die Gasse klirrte ein Fenster. Tritte laufender Menschen, verwirrtes Geschrei. In der Ferne raste eine Trommel Alarm.

„Hinunter!" zischte Eglofstein. „Jetzt rasch hinunter! Keiner von uns darf hier getroffen werden."

Wir stürmten durch die Krypta über die hallenden Steinfliesen, stießen den Tisch um, stürzten durch Gänge und über Stiegen, stolperten über Pulverfässer, fielen nieder, rafften uns auf, liefen keuchend um unser Leben.

Als wir auf die Gasse kamen, donnerte von den Bergen her der erste Schuß.

Feuer

Eine Weile hindurch stand ich nach Atem ringend, zu Tode erschöpft, zitternd vor Kälte an die Mauer eines Hauses gelehnt. Langsam kam mir das Bewußtsein wieder, wo ich war und was rings um mich geschah.

Hatte nicht Brockendorf geschworen und geschrien: „Der Oberst soll uns hören, und wenn alle Teufel der Hölle darüber erwachen müßten?" Ja! Der Oberst hatte uns gehört, und wahrhaftigen Gottes, alle Teufel der Hölle waren darüber erwacht.

Die Geschütze der Guerillas schleuderten Schlag auf Schlag ohne Unterlaß ihre Brandbomben und Haubitzgranaten auf die Straßen und Häuser der Stadt. Ein Teil der Umgebung des Stadthauses stand in Flammen, die Kornmühle an der Brücke über dem Alkarfluß war vom Feuer ergriffen, aus den Dachfenstern des Klosters St. Daniel wälzten sich dicke, schwarze giftige Rauchwolken, und aus dem Giebel des Prälatenhauses schossen zwei Feuergarben senkrecht in die Höhe.

Von der Nuestra Señora del Pilar und vom Gironellaturm her heulten die Glocken Feuer und Sturm. Trupps von Grenadieren rannten ziellos durch die Gassen und schrien durcheinander, man müsse nun attackieren, feuern, chargieren, Karees bilden, einen Ausfall wagen. Hie und da sah man das schreckensbleiche Gesicht eines Ortsbewohners, der mit seinen Habseligkeiten beladen über die Gasse lief, um sich im Keller eines der vom Feuer verschonten Häuser zu verbergen.

Der Oberst kam halbangekleidet aus seinem Haus gestürzt, ununterbrochen nach Eglofstein und nach seinem Diener rufend. Niemand hörte auf ihn, niemand erkannte ihn. Mit Faustschlägen und Stößen bahnte er sich durch die schreienden Haufen seinen Weg.

Dann kam Eglofstein, und ich sah, wie der Oberst wütend auf ihn einschrie. Eglofstein wich wie vor einem Schlage zurück und zuckte die Achseln, andere drängten sich dazwischen, und ich verlor die beiden aus den Augen. Ein Heer von Schatten stürzte lautlos vorüber, Donop führte seine Kompagnie im Sturmschritt nach dem Vorwerk Sanroque, denn dort, schien es, war ein Kampf im Gang – der Wind trug Kleingewehrfeuer, fernen Trommelwirbel und verworrenes Geschrei bis zu mir.

Als Donops Kompagnie vorüber war, sah ich den Obersten wieder, er stand vor dem Tor des Klosters und gab zwei Grenadieren seine Befehle, die, bewehrt mit Spitzaxten und nassen Tüchern, im Begriffe waren, in das brennende Gebäude einzudringen. Und wie ich den Obersten mit verschränkten Armen stehen und warten sah, da durchfuhr es mich plötzlich, ein wilder Schreck bäumte sich in mir auf – mein Säbel, mein Doppelterzerol, meine ledernen Handschuhe – alles das lag oben in der Krypta, auf den Steinfliesen oder auf der hölzernen Bank mußte es liegen und Eglofsteins, Donops, Brockendorfs Waffen auch! Mein Herz wollt aufhören zu schlagen, und in mir schrie es: Jesus Maria! Das alles werden die beiden finden, wir sind verloren, nun muß es zutage kommen, daß wir das Zeichen gegeben haben und nicht der tote Marques de Bolibar.

Da kamen sie auch schon zurück, die beiden, halb bewußtlos, taumelnd, mit versengten Bärten und Kleidern, Gesicht und Hände von Asche geschwärzt. Der Arm des einen war mit blutigen Fetzen umwickelt, ein Granatsplitter war in sein Handgelenk gedrungen. Sie waren kaum hundert Schritte weit gekommen, dann hatten sie umkehren müssen, alle Gänge und Räume des Klosters waren von dichtem Qualm erfüllt – und ich dankte im Herzen Gott für seine Hilfe.

Indessen hatten sich der Oberst und Eglofstein auf ihre Pferde geworfen und jagten mit Wind und Flammen um die Wette durch die brennende Geronimostraße nach dem Hospital Santa Engracia, denn es war Nachricht gekommen, daß auch dieses Gebäude vom Feuer bedroht sei.

Auch die andern hatten sich verlaufen, die Gasse war menschenleer geworden. Brockendorf und ich, wir waren zurückgeblieben und mit uns mein Korporal, der Thiele, und acht oder neun von meinen Leuten, die die Gefahr, die ihnen drohte, nicht fürchteten oder nicht bedachten. Das Feuer hatte an den Vorräten von Werg und Haferstroh, die im Erdgeschoß des Gebäudes verwahrt lagen, Nahrung gefunden und konnte alle Augenblicke die Pulverfässer ergreifen, die im Refektorium, im Kapitelsaal und auf den Gängen standen. Es gab kein Mittel, das Verderben abzuwehren, und wir beschränkten uns darauf, zu verhindern, daß das Feuer auf die Häuser in der Umgebung des Klosters übergriff.

Brockendorf rief mir zu, ich sollt zurück und mit meinen Leuten das andere Ende der Gasse absperren, daß niemand durch den Kordon hindurch und in die Nähe des Klosters könnt, denn schon vernahmen wir zwei kurze Schläge aus dem Innern des Hauses rasch hintereinander, zwei Pulverfässer waren in die Luft gegangen.

Der Wind heulte und warf mir große Flocken nassen Schnees ins Gesicht. Die Gasse war taghell beleuchtet, und die Fenster des brennenden Klosters glühten wie im Schein der Abendsonne.

Noch immer donnerten die Geschütze gegen die Häuser der Stadt, aber des Brandes in der Gegend des Stadthauses schien man endlich Herr geworden zu sein.

Während ich auf meinem Posten stand, sah ich mit einem Male einen Schwarm Reiter, der im Galopp auf den Kordon zusprengte. Salignac ritt an seiner Spitze, und die Gasse widerhallte von dem Getrappel der Hufe.

Er hatte weder Helm noch Mantel, hielt den bloßen Säbel in der Faust, sein grauer Schnurrbart war gesträubt, und sein fahles Gesicht zuckte in Erregung. Ich sprang vor und trat ihm in den Weg.

„Herr Rittmeister, Verzeihung. Hier können Sie nicht durch."

„Aus dem Weg!" schrie er mich an und parierte dicht vor mir sein Pferd.

„Die Gasse ist gesperrt. Ich kann keine Haftung für die Sicherheit Ihres Lebens übernehmen."

„Was, zum Teufel, schert Sie mein Leben? Kümmern Sie sich um das Ihre! Fort von hier, sag ich."

Er gab seinem Pferd die Sporen und schwang seinen Säbel über meinem Kopf.

„Ich habe meine Order", rief ich, „und die lautet –"

„Zum Henker mit Ihrer Order! Platz da!"

Ich wich zur Seite, und er raste mit seinen Leuten an mir vorbei.

Vor dem Tor des Klosters sprang er vom Pferde. Sein Rock und seine Stiefel waren über und über mit Staub und Erde bedeckt, als hätte eine Kanonenkugel neben ihm eingeschlagen. Er blickte wild und zornig um sich.

Brockendorf kam von dem anderen Ende der Gasse her atemlos gelaufen.

„Salignac!" schrie er schon von weitem. „Was in aller Welt wollen Sie hier?"

„Ist er noch hier? Haben Sie ihn gesehen?"

„Wen suchen Sie? Den Obersten?"

„Den Marques de Bolibar such ich", schrie Salignac, und nie zuvor hatte ich so viel Wut und Haß und Verachtung in dem Klang einer menschlichen Stimme gehört.

„Den Marques de Bolibar?" stammelte Brockendorf ratlos und starrte Salignac mit offenem Munde an.

„Ist er fort? Ist er davon?"

„Ich weiß es nicht", stieß Brockendorf verwirrt hervor. „Hier zum Tor hinaus ist er nicht."

„So ist er noch oben", rief Salignac mit der Freude des Teufels über eine verlorene Seele. „Diesmal wird er mir nicht entkommen."

Er wandte sich an seine Dragoner:

„Wir haben ihn, den Verräter. Abgesessen und mir nach."

Ich sah eine Unruhe unter den Dragonern, sie schüttelten die Köpfe und blickten unentschlossen bald auf ihren Kommandanten, bald auf das brennende Kloster.

„Salignac!" rief Brockendorf voll Entsetzen über des Rittmeisters wahnwitziges Beginnen. „Sie gehen in den Tod. Das Pulver! Das Feuer muß –"

„Vorwärts!" schrie Salignac, ohne auf ihn zu hören. „Wer kein Feigling ist, kommt mit mir."

Vier von den Dragonern, unverzagte und todesmutige Männer, alte Soldaten, die seit Marengo in hundert Gefechten gestanden waren, sprangen von ihren Pferden, und einer von ihnen sagte:

„Kameraden, für brave Kerle gibt es nur einen Himmel, und dort werden wir uns wiedersehen."

„Sie sind toll geworden!" brüllte Brockendorf.

„Es lebe der Kaiser!" schrie Salignac, seinen Säbel schwingend. „Es lebe der Kaiser!" riefen die Dragoner. Und sie stürzten alle fünf in das offene Tor, und wir sahen sie in einem Wirbel glühender Asche verschwinden.

Wir standen alle starr und stumm.

„Er wird umkehren, wenn er sieht, wie's steht", meinte Brockendorf nach einer Weile.

„Der kehrt nicht um", sagte der Korporal Thiele hinter mir. „Der nicht, Herr Hauptmann."

„Keine Menschenseele kommt lebendig aus dieser Hölle", rief ein anderer.

„Keine Menschenseele", nickte Thiele.

„Da jagt er einem Phantom nach, in den Tod", flüsterte ich Brockendorf zu. „Und wir sind schuld."

„Ich hätte ihm die Wahrheit sagen sollen", stöhnte Brockendorf. „Verzeih mir Gott, ich hätt ihm's sagen sollen."

„Salignac!" schrie ich in den Brand hinein. „Salignac!" Zu spät. Keine Antwort.

„Es sah aus", sagte einer, „als hätte dieser Offizier den Tod gesucht."

„Erraten!" rief der Korporal Thiele. „Du hast's erraten, mein Junge. Ich kenne ihn, den Alten, ich weiß, daß er den Tod sucht. – Himmel und Hölle, was ist das?"

Einen Augenblick lang sah plötzlich keiner von uns den anderen. Eine Wolke entsetzlichen Qualms erfüllte die Gasse, aber der Sturmwind riß sie sogleich auseinander. Und dann ein kurzer, heftiger Schlag, der mich zu Boden warf. Die Pferde scheuten und rasten mit ihren Reitern die Gasse hinunter. Und nun Stille, eine lange Stille, Totenstille, bis ich Brockendorf wie einen Wahnsinnigen brüllen hörte:

„Fort von hier! Zurück! Es ist das Pulver."

Ich fand mich unter dem Torbogen des gegenüberliegenden Hauses wieder, weiß nicht, wie ich so rasch dorthin gekommen bin. Von oben her vernahm ich ein gewaltiges Sausen und Brausen, ein Zischen und Rascheln; Balken, Steine, Feuerklumpen, brennende Holzstücke wirbelten durch die Luft und prasselten wie Hagelkörner nieder. Die Mauer des Klosters war geborsten, und ich blickte schaudernd in ein Meer von Glut.

Über die Gasse kam mit beiden Armen winkend der Korporal Thiele auf mich zugelaufen. Keuchend warf er sich neben mich auf den Boden. Allenthalben sah ich die Leute an die Mauer des Hauses gepreßt stehen, sie deckten sich mit den Armen gegen Rauch und glühende Asche, die der Wind in ihre Augen trieb. In der Mitte der Gasse lag ein Toter hingestreckt unter einem brennenden Balken.

„Jochberg!" hörte ich Brockendorfs Stimme, aber ich sah ihn nicht, wußt auch nicht, wohin er sich geflüchtet hatte. „Jochberg! Wo sind Sie? Leben Sie?"

„Hier bin ich! Hier!" rief ich. „Und Sie? Und Salignac? Wo ist er? Sehen Sie ihn nicht?"

„Tot!" schrie Brockendorf zurück. „Die Hölle dort gibt keinen wieder."

„Salignac!" rief ich in das Getöse des Untergangs hinein, und eine Weile hindurch horchten wir alle, aber ohne Hoffnung und ohne Glauben.

„Salignac!" schrie ich noch einmal. „Salignac!"

„Wer ruft? Hier bin ich", klang es zurück, und mit einem Male trat der Rittmeister aus Qualm und Feuer hervor. Seine Kleider rauchten und glommen, die Binde um seine Stirne war vom Feuer zerfressen, die Klinge des Säbels, den er mit der Faust umklammert hielt, glühte bis an den Griff hinauf. Aber er stand da, meine Augen sahen ihn und wollten es nicht glauben, er stand da, ausgespien von Feuer und Tod und Hölle und Vernichtung.

Ich sah ihn an und brachte kein Wort hervor. Brockendorf stieß ein brüllendes Jauchzen aus.

„Salignac! Sie leben!" rief er, und Freude, Staunen, Zweifel und Grauen mengten sich in seiner Stimme. „Wir haben Sie für tot betrauert, Salignac!"

Der Rittmeister warf den Kopf zurück und lachte –

noch heute klingt mir sein Gelächter schauerlich im Ohr.

„Wo sind die andern?" schrie Brockendorf.

„Wenn er oben war, der Marques de Bolibar – der wird kein drittes Signal mehr geben."

Da – ein Balken löste sich vom Dach, überschlug sich in der Luft und stürzte krachend vor Salignac zu Boden.

„Hieher, Salignac!" hörte ich Brockendorf noch einmal rufen, und dann verschlang das Getöse seine Stimme.

Salignac stand aufrecht und rührte sich nicht. Aber die geborstene Mauer des Klosters bog sich und stürzte donnernd in sich zusammen. Flammen schlugen empor, glühender Schutt stürzte auf die Straße. Und ich sah Salignac durch Flammenwirbel und Feuerzungen, zwischen stürzenden Balken und schmetternden Steinen langsamen Schrittes die Straße hinuntergehen, als hätte er mitten in Tod und Vernichtung Zeit genug.

Ein Gebet

Leutnant Lohwasser vom hessischen Regiment, der um zwei Uhr nachts mit seiner Patrouille kam, um uns abzulösen, brachte als erster die Nachricht, daß die Insurgenten in der Verwirrung des Brandes unsere Truppen zurückgedrängt und die Vorwerke Sanroque, Estrella und Mon Coeur in ihren Besitz gebracht hatten. Das hessische Regiment, verstärkt durch Günthers und Donops Kompagnien, hielt die letzte Befestigungslinie, die, vom Alkarbach durchschnitten, einen Steinwurf weit von der Stadtmauer verlief.

Um diese Zeit hatte die Kanonade an Heftigkeit nachgelassen. Hie und da nur dröhnte ein Schuß und scheuchte die Bürger, die sich auf die Straße hervorgewagt hatten, in ihre Kellerlöcher zurück. In den späteren Morgenstunden verstummte auch dieses vereinzelte Geschützfeuer, sei es, weil die Insurgenten das Ziel ihres nächtlichen Angriffs erreicht hatten und nun auf neue Befehle des Marques de Bolibar warteten.

Gerade als die Ablösung kam, ging ein heftiges Unwetter über der Stadt nieder, das mit einem Schneetreiben begann und in Regenströmen endete. Nach wenigen Minuten waren die engen Gassen überschwemmt und der Boden aufgeweicht, ich watete bis an die Knöchel im Straßenschmutz und zitterte vor Frost und Nässe. In meinem Quartiere angelangt, warf ich mich angekleidet auf mein Bett und schlief drei Stunden lang. Aber gegen fünf Uhr morgens weckte mich eine Ordonnanz des Obersten mit dem Befehle, ich habe sogleich in Eglofsteins Kanzlei zu kommen.

Die Stadt lag in tiefer Dunkelheit, als ich das Haus verließ. Das Wetter war feucht und trüb, und der Himmel schien von schweren Wolken verhüllt. Unruhe und eine dumpfe Bangigkeit hatten sich meiner bemächtigt und ließen mich erschauern. Denn was konnte ich anderes vermuten, als daß nun alles verraten sei und daß der Oberst mich rufen ließ, weil ich dabei gewesen war, als Donop und Brockendorf in der Nacht das Orgelzeichen gegeben hatten.

Ich ging langsam und unschlüssig, zögerte, machte Umwege, wollte den Augenblick des Zusammentreffens mit dem Obersten hinausschieben, bis ich mit Brockendorf und Donop gesprochen hätte. Aber ich fand keinen von beiden in seinem Quartier, ihre Zimmertüren waren verschlossen, ihre Fenster dunkel. Und auch auf dem Weg begegnete ich ihnen nicht, nur Spanier tauchten aus dem Dunkel auf, Männer und Frauen, die mit Laternen in den Händen von allen Seiten der Kirche Nuestra Señora del Pilar zuströmten, um nach den Schrecknissen dieser Nacht Trost und Zuversicht aus den Worten der heiligen Messe zu empfangen.

Als ich pochenden Herzens in die Kanzlei trat, fand ich die Offiziere des nassauischen und des hessischen Regimentes versammelt, die nicht gerade im Dienste waren oder draußen in der Befestigungslinie standen. Mitten unter ihnen gewahrte ich Salignac in jener lässigen und verdrossenen Haltung, die die dienstergrauten Offiziere von des Kaisers alter Garde zeigten, wenn es ihnen verwehrt war, sich in Kampf und in Gefahren zu tummeln. Als ich eintrat, warf er mir aus dem grauen Dickicht seiner Brauen einen Blick zu, einen feindseligen und stechenden Blick, und es war mir, als wollt er sagen, er entsänne sich wohl, daß wir uns des Nachts getroffen hätten, aber ich täte besser, davon zu schweigen.

In der Kammer nebenan lag Günther auf einem Gurtbett, stöhnend, fiebernd, mit zerschossener Schulter. Da das Hospital mit Erkrankten und Verwundeten überfüllt war, hatte man ihn hieher geschafft, und der Feldscher des hessischen Regimentes stand neben seinem Bett und riß große Streifen Leinwands von einem alten, zerschlissenen Frauenhemd, um Günthers Verband zu erneuern.

Gleich nach mir kam der hessische Hauptmann Graf Schenk zu Castel-Borckenstein mit seinem Windspiel, fluchend, hinkend, auf seinen Stock gestützt, denn er hatte sich des Nachts bei dem überstürzten Rückzug aus der Lunette Mon Coeur das linke Bein verletzt. Er wandte sich sogleich an Eglofstein und fragte in ungeduldigem und gereiztem Ton, wozu er denn gerufen sei, er käme geradewegs von den Vorposten, und dort sei seine Anwesenheit unbestreitbar nützlicher als hier. Eglofstein zuckte die Achseln und deutete schweigend auf den Obersten, der auf dem Tische saß und die Lichter putzte. Indessen begann nun auch Brockendorf zu lärmen, seine Leute, rief er, hätten noch immer keine Quartiere und stünden bis an den Knien im Straßenschmutz. Nicht einmal trockene Mäntel hätten sie.

Der Oberst blickte auf, breitete einen Plan der Stadt und ihrer Umgebung auf seinen Knien aus und gebot Ruhe.

Als er zu sprechen begann, hörte ich ein Flüstern ringsumher, und es war mir einen Augenblick lang, als seien alle Blicke auf mich gerichtet, als säße ich auf der Armensünderbank und die anderen seien zusammengekommen, um über mich Gericht zu halten. Auch Donop starrte bedrückt zu Boden, und Eglofstein warf scheue Blicke auf das Bett des verwundeten Günther. Nur Brockendorf sah auch jetzt noch trotzig drein und tat sehr ungeduldig und verdrossen, als hätte er in dieser Sache schon zu viel Zeit verloren.

Aber schon nach den ersten Worten, die der Oberst sprach, erkannte ich, wie töricht meine Angst gewesen war. Denn es zeigte sich sogleich, daß er die Wahrheit nicht entdeckt hatte und daß er noch immer den toten Marques de Bolibar für den Verräter hielt.

Die schwere Bangigkeit wich von mir, die Spannung, die mich aufrecht erhalten hatte, löste sich langsam. Jetzt erst fühlte ich, wie müde ich war, und ich ließ mich auf einen Haufen Brennholz niederfallen, der aufgeschichtet hinter dem Ofen lag.

Ich hörte, wie der Oberst auf das nächtliche Gefecht zu sprechen kam und daß er die gute Haltung der hessischen Truppen und die Kaltblütigkeit, die ihre Offiziere bewiesen hätten, lobte. Von unserem Regiment sprach er kein Wort, die hessischen Offiziere blickten uns spöttisch lächelnd an, und Donop, den die Sache verdroß, sagte in halblautem Ton zum Hauptmann Eglofstein:

„Hätten sich nur alle so gehalten wie unser Günther, wir hätten das Vorwerk nicht verloren."

Leutnant von Dubitsch des Regiments „Erbprinz", ein dicker Mensch mit dem roten Gesicht einer Köchin, die alle Tage Krebse siedet, fing diese Worte auf und fuhr auf Donop los:

„Was soll das heißen? Wollen Sie damit sagen, daß einer von uns seine Pflicht nicht getan hat?"

„Wie der Herr Oberst eben gesagt hat", rief der Hauptmann Castel-Borckenstein. „Man hat's gehört. Meine Grenadiere sind als die letzten vom Platz gewichen."

Donop gab keine Antwort, aber er beugte sich zu Eglofsteins Ohr und flüsterte gerade so laut, daß es die anderen hören konnten:

„Ich kam zurecht, um sie Reißaus nehmen zu sehen. Sie hatten es eilig und machten Sprünge wie die Schneider am Ostersonntag."

Auf diese Bemerkung hin brach ein allgemeines Gezänke los, Stichelworte flogen hin und her. Leutnant von Dubitsch schrie mit rotem Gesicht auf Donop ein, Füße stampften, Sporen klirrten, Castel-Borckensteins Windspiel kläffte dazwischen, bis endlich der Oberst mit beiden Fäusten auf die Tischplatte schlug und die Streitenden zur Ruhe wies.

Die Erregung legte sich, die Lärmenden verstummten und maßen einander mit zornigen und verächtlichen Blicken. Nur Brockendorf wollte nicht Ruhe halten. Er hatte den allgemeinen Streit benutzt, um seinem Unmut Luft zu machen, denn das Quartier seiner Kompagnie war abgebrannt, und sie hatte bis zur Stunde noch kein neues erhalten.

„Wie lange", schrie er, „sollen meine Leute noch im Regen auf der Straße kampieren? Es ist eine Schande. Will man warten, bis sie im Schlamm versunken sind?"

„Ihren Leuten hab ich vor einer Stunde schon Quartiere angewiesen", wies ihn der Oberst zurecht.

„Quartiere? Nennen Sie das Quartiere? Einen Schafstall und eine Scheune, in der nur ein Viertel meiner Leute Platz hat und die Ratten springen ihnen über die Köpfe."

„Platz genug, sogar für zwei Kompagnien. Aber Sie müssen immer räsonieren, Brockendorf –"

„Herr Oberst, es ist meine Pflicht –"

„Es ist Ihre Pflicht, zu schweigen und meine Verfügungen zu respektieren. Haben Sie mich verstanden?"

„Sehr verbunden, Herr Oberst!" zischte Brockendorf und schwitzte vor Wut. „Die Kanaille mag im Schlamm ersaufen. Die Kanaille mag im Dreck ersticken. Wenn nur die Herren vom Stab ein jeder in seinem geheizten Zimmer – "

Er sprach nicht weiter, schluckte hinunter, was er auf der Zunge hatte. Denn der Oberst war vom Tisch gesprungen, stand vor ihm mit zornrotem Gesicht, die Fäuste geballt, die Adern auf der Stirne geschwollen und schrie:

„Es scheint, Herr Hauptmann, Ihr Säbel wird Ihnen beschwerlich. Der Weg zur Hauptwache ist nicht weit."

Brockendorf fuhr zurück, starrte den Obersten an, duckte sich und schwieg. Mut und Trotz verließen ihn, wenn er den Obersten in seinem Jähzorn sah. Ringsumher war es totenstill geworden. Der Oberst machte langsam kehrt und ging auf seinen Platz zurück.

Eine Minute hindurch herrschte Schweigen. Keiner rührte sich, und man hörte nichts, als das Knistern des Feuers und das Rascheln der Papiere, die der Oberst in seinen Händen hielt.

Dann fuhr der Oberst in seinem Berichte fort. Seine Stimme klang ruhig, und nichts von der Erregung der letzten Minuten war in ihr zu hören.

„Die Stadt und ihre Besatzung", sagte er, „sind in einer bedrängten Lage. Ein neuer Angriff der Insurgenten ist freilich für die nächste Zeit nicht zu befürchten, denn der Marques de Bolibar, der die letzten Operationen des Feindes aus dem Inneren der Stadt heraus durch Signale geleitet hat, dieser Marques de Bolibar –" hier machte der Oberst eine kurze Pause und suchte mit den Augen den Rittmeister Salignac – „hat zuverlässigen Berichten zufolge bei der Explosion des Pulvermagazins den Tod gefunden. Im Augenblick sind die Insurgenten ohne Führer und ohne Plan. Und alles hängt davon ab, ob die Brigade d'Hilliers eintrifft, ehe noch die Guerillas von dem Tode ihres heimlichen Generals und Plänemachers erfahren. Wenn sie den Angriff erneuern, sind wir verloren. Denn –", der Oberst holte tief Atem und zögerte das Wort auszusprechen, „es muß gesagt sein: Wir haben kein Pulver mehr."

„Zu trinken!" rief in diesem Augenblick Günther mit gellender Stimme aus seinem Zimmer. Der Feldscher, der gegen die Tür gelehnt, die Tabakpfeife in der Hand, den Bericht des Obersten mit angehört hatte, griff nach dem Wasserkrug und lief an das Bett des Verwundeten.

„Kein Pulver mehr", stammelte Leutnant von Dubitsch verwirrt. Eglofstein nickte ernst mit dem Kopf. Wir standen alle ratlos und in äußerster Bestürzung, denn keiner von uns hatte die Lage für so verzweifelt gehalten.

„Es ist daher von höchster Wichtigkeit", begann der Oberst von neuem, „einen Bericht über die bedrängte Lage der Besatzung in die Hände des Generals d'Hilliers gelangen zu lassen. Hier ist der Brief. Und ich habe Sie hieher berufen, weil einer von Ihnen es übernehmen muß, ihn durch die Linien der Guerillas hindurch zu bringen."

Beklommenes Schweigen herrschte im Zimmer. Nur Salignac horchte auf, machte einen Schritt vorwärts und blieb stehen wie in Erwartung.

Castel-Borckenstein sagte leise:

„Es ist nicht möglich."

„Es ist möglich!" rief der Oberst. „Für einen, der Mut und Schlauheit genug besitzt, spanisch spricht und sich als Landmann oder Maultiertreiber verkleidet."

Salignac drehte sich wortlos um und ging schweigend in seinen Winkel zurück.

„Und der gehängt wird, wenn er den Guerillas in die Hände fällt", sagte der hessische Premierleutnant von Froben, lachte kurz auf und fuhr sich über seine feuchte Stirne.

„Das ist wahr", rief Leutnant von Dubitsch, vor Eifer und Erregung schnaufend. „Heute morgens, als ich die Vorposten abging, rief mich einer von drüben an und schrie, ob ich es wisse, der Hanf sei im letzten Jahre

wohlgeraten, und ein Strick, uns alle zu hängen, koste
nicht viel."

„Richtig", sagte der Oberst ruhig. „Die Insurgenten
hängen ihre Gefangenen, das ist nichts Neues. Dennoch
muß der Versuch gewagt werden. Ich werde denjenigen
unter Ihnen, der sich zu diesem Wagestück meldet – "

Ein schrilles Gelächter ließ uns alle zusammenfahren.
Als wir uns umblickten, sahen wir Günther, den das Fieber aus seinem Bett getrieben hatte. Er stand in der offenen Tür und lachte.

Den Zipfel seiner roten, baumwollenen Decke hielt er
in der einen Hand, mit der anderen stützte er sich an
den Türpfosten. Er sah uns nicht. Seine flackernden
Augen schienen weit in die Ferne zu blicken. Sein er-
hitztes Blut gaukelte ihm vor, er sei daheim bei Vater
und Mutter, eben in der Postkutsche aus Spanien gekommen. Er ließ die Bettdecke fahren, focht mit der
Hand in der Luft umher und rief und lachte:

„Da bin ich! Holla! Hört mich keiner? Aufgemacht, ihr
da drinnen! Bin wieder daheim. Rasch! Vorwärts! Ein
Schwein geschlachtet, eine Gans geschlachtet, Wein her,
Spielleut her! Allegro! Allegro!"

Der Feldscher faßte ihn am Arm und gab sich Mühe,
ihn zu überreden, ins Bett zu gehen. Aber Günther erkannte ihn trotz des Fiebers und stieß ihn zurück:

„Geh, Feldscher, laß mich zufrieden. Du kannst nichts
als rasieren und zur Ader lassen und beides schlecht genug."

Der Wundarzt ließ vor Schreck seine Tabakspfeife fallen, blickte den Obersten verlegen an und sagte, um sich
und Günther zu entschuldigen:

„Er spricht im Fieber. Das sieht wohl ein jeder."

„Ich bin dessen nicht so gewiß", sagte der Oberst ärgerlich über die Störung. „Schaffen Sie ihn hinaus."

„Ich bin recht krank", seufzte Günther und blickte
über unsere Köpfe hinweg in die Ferne. „Heiße Dinge
essen und kalt darauf trinken, das mag die Leber nicht
leiden, hat schon des Küsters Frau gesagt."

„Der wird seiner Mutter Katze nicht mehr sehen",
sagte von Dubitsch leise zu Castel-Borckenstein.

Indessen war es dem Wundarzt gelungen, den Fiebernden hinaus und in sein Bett zu bringen. Er war ein recht geschickter Mann, der von keinem von uns nach Gebühr geschätzt wurde. Vor Jahren hatte er ein Büchlein über die essentielle Natur der Melancholie verfaßt.

Der Oberst setzte sich zurecht, warf einen Blick auf seine Uhr und wandte sich von neuem an seine Offiziere:

„Die Zeit drängt. Jede Verzögerung kann verderblich sein. Ich werde demjenigen unter Ihnen, der sich zu diesem Unternehmen meldet, der Aufmerksamkeit des Kaisers empfehlen, und die sofortige Beförderung ist ihm gewiß."

Stille ringsum. Ich hörte Günther in seinem Zimmer atmen. Brockendorf stand unentschlossen, Donop schüttelte den Kopf, Castel-Borckenstein deutete verlegen auf sein lahmes Bein, von Dubitsch suchte sich vor des Obersten Blick hinter Brockendorfs breitem Rücken zu verbergen.

Da entstand plötzlich Bewegung unter ihnen, zwischen Dubitsch und Brockendorf drängte sich einer hindurch, Eglofstein wurde beiseite gestoßen, und dann stand Salignac vor dem Obersten.

„Lassen Sie mich reiten, Herr Oberst!" stieß er hastig hervor und blickte sich um voll Angst, es könnt ihm ein anderer zuvorgekommen sein. Ein Wetterleuchten der Kampflust und der Erregung zuckte über sein fahlgelbes Gesicht, das Kreuz der Ehrenlegion an seiner Brust glänzte im Lichte der Kerzen. Und wie er dastand, vornüber gebeugt, unsichtbare Zügel in den Händen haltend, schien es mir, als säße er schon jetzt im Sattel und jagte im Galopp durch die Linien der Guerillas.

Der Oberst sah ihn lange an. Dann drückte er ihm die Hand.

„Salignac, Sie sind ein Tapferer. Ich danke Ihnen und werde dem Kaiser darüber berichten. Gehen Sie sogleich nach Hause und wählen Sie die Verkleidung, die Ihnen als die beste erscheint. Leutnant Jochberg wird Sie bis an die feindlichen Vorposten begleiten. Gehen Sie jetzt. Ich erwarte Sie in einer Viertelstunde hier in der Kanzlei, um Ihnen Ihre Instruktionen zu geben."

Er entließ die anderen. Das Zimmer begann sich zu leeren. Leutnant von Dubitsch verschwand als erster, froh darüber, daß ein anderer die gefährliche Aufgabe übernommen hatte. Eglofstein und Graf Schenk zu Castel-Borckenstein blieben einen Augenblick lang an der Türe stehen, jeder wollte dem anderen den Vortritt lassen.

„Baron!" sagte Castel-Borckenstein mit einer leichten Handbewegung.

„Herr Graf!" gab Eglofstein mit einer steifen Verbeugung zurück.

Irgendeiner blies die Kerzen aus. Ich blieb in der Dunkelheit an den Ofen gelehnt stehen. Die Wärme ließ mich nicht los, das Feuer trocknete meine vom Regen durchnäßten Kleider. Von draußen her vernahm ich noch einmal des Obersten Stimme, kurz und voll Unwillen:

„Sie sind es, Brockendorf? Was, zum Teufel, wollen Sie noch?"

„Herr Oberst, es ist wegen der Quartiere", hörte ich Brockendorfs Stimme in bittendem Ton.

„Brockendorf, Sie ennuyieren mich schon wieder! Es gibt keine anderen, hab ich gesagt."

„Herr Oberst, ich wüßte ein Quartier, in dem wär Platz genug für meine ganze Kompagnie."

„Ei, so nehmen Sie's. Was supplizieren Sie lang, wenn Sie eines wissen?"

„Aber die Spanier –", wendete Brockendorf ein.

„Die Spanier! Scheren Sie sich nicht um die Spanier! Jagen Sie sie hinaus, sie mögen bleiben, wo sie wollen."

„Ausgezeichnet! Ich eile, ich laufe", rief Brockendorf vergnügt, und ich hörte ihn die kurze Treppe hinunterstürmen und von der Straße aus in der Begeisterung seines Herzens schreien und lärmen:

„Ein braver Mann, der Oberst. Hat ein Herz für seine Leute, ich hab es immer gesagt. Ein Hundsfott, wer ihn schimpfen will."

Nun hörte ich auch die schweren Tritte des Obersten sich nach dem Inneren des Hauses hin entfernen. Eine Tür fiel zu. Dann war Stille, nur das Feuer im Ofen knisterte leise.

Als sich meine Augen an die Dunkelheit ringsumher gewöhnt hatten, sah ich, daß ich nicht allein war.

Salignac stand noch immer in der Mitte des Zimmers.

Jahre sind vergangen seit jener Stunde. Wenn ich zurückblicke, sehe ich viele Dinge, die einst scharf und klar vor meinen Augen standen, in das unsichere Zwielicht der Zeit getaucht. Und es will mir manchmal scheinen, als hätte ich das sonderbare Zwiegespräch nur geträumt, das Salignac mit einem führte, den ich nicht sah. Aber nein, ich bin wach gewesen, ich weiß es, und nur diesen einen Augenblick lang, als Eglofstein mit dem Obersten ins Zimmer trat und das freundliche Licht seiner Kerze den Raum erhellte – in dieser Sekunde nur hatte ich die trügerische Empfindung, als hätte sich eben ein schwerer und drückender Alptraum von meinen Schläfen gelöst. Aber es war eine Täuschung. Ich bin wach gewesen die ganze Zeit hindurch, und ich erinnere mich, daß ich erstaunt war, als ich in der Finsternis Salignac erkannte. Was will er hier? – fragte ich mich, denn ich wußte, daß er den Befehl empfangen hatte, nach Hause zu gehen und die Tracht eines spanischen Bauern oder Maultiertreibers anzulegen. Und nun stand er noch immer da, regungslos, starrte die Wand an und ließ die Zeit verstreichen.

Dann, als ich ihn flüstern hörte, kam ich natürlich auf den Einfall, es müsse noch ein anderer im Zimmer sein. Ich dachte an Donop, an einen der hessischen Offiziere. Vielleicht der Feldscher? Aber was konnte der im Dunkeln so heimlich mit Salignac zu sprechen haben? Meine Augen durchsuchten die Finsternis, ich erkannte die Umrisse des Tisches, die Konturen des Stuhles, an dessen Lehne Eglofsteins Mantel hing. Die beiden Eichentruhen, in denen die Regimentspapiere verschlossen waren, auch das Tischchen in der Zimmerecke, auf dem Eglofsteins silbernes Feldservice und das irdene Waschbecken standen, alles das sah ich und Salignacs schattenhafte Figur in der Mitte des Raumes, aber weder den Feldscher noch einen von den Offizieren konnte ich entdecken.

Trotz meiner Müdigkeit fühlte ich meine Neugierde erwachen. Wer mochte das sein, auf den Salignac so eindringlich einsprach? Und wo stand er, der Rätselhafte, daß ich ihn nicht sah? Ich schloß die Augen, um besser zu hören. Aber der Wind rüttelte an der Türe und pochte lärmend an die Fenster, übertönte Salignacs leises Gemurmel. Das Feuer im Ofen, das einen Teil des Zimmers mit mattem Glanz erhellte, ließ mich schläfrig werden. Ich tastete mich auf meinen Platz zurück, stützte den Kopf in die Hände, und es mag sein, daß ich wirklich einige Sekunden hindurch geschlafen habe. Bis dann Salignacs Gelächter mich plötzlich wieder munter machte.

Salignac lachte. Nein, es war kein fröhliches Lachen. Irgend etwas lag darin, Haß vielleicht, Trotz, Verachtung – nein, von all dem nichts – Verzweiflung, das war es, Angst – auch das nicht – wütender Spott, ingrimmiger Hohn – nein! Dieses Lachen kannte ich nicht, ich verstand es so wenig wie die Worte, die Salignac gleich darauf ins Leere schrie:

„Rufst du mich wieder?" hörte ich seine Stimme. „Nein, du Gütiger! Ich hoffe nichts von dir. Nein, du Weiser! Nein, du Barmherziger! Zu oft hast du mich schon betrogen."

An die Wand geschmiegt stand ich und horchte und hielt den Atem an. Und Salignac sprach fort:

„Wieder willst du mich mit trügerischer Hoffnung narren, wieder willst du mich getäuscht und elend und in Verzweiflung sehen. Ich kenne deinen grausamen Willen. Nein, du Gerechter, der du dir Zeit und Ewigkeit mit den Spielen deiner Rache versüßt – Ich glaube dir nicht, ich weiß es, daß du nie vergißt."

Er schwieg, und es schien, als ob er auf eine Stimme hörte, die aus dem Rauschen des Regens und aus dem Pochen des Windes zu ihm drang. Dann trat er langsam und zögernd einen Schritt nach vorne.

„Du befiehlst? Noch muß ich dir gehorchen. Du willst es? Ja. Ich gehe. Aber du magst es wissen, daß ich den Weg, den du mich sendest, für einen anderen gehe, für einen, der gewaltiger ist als du."

Wieder horchte er schweigend in das Dunkel, und ich weiß nicht, aus welcher Tiefe oder Ferne ihm die Antwort kam, von der ich keinen Laut vernahm.

Jetzt reckte er sich in der Finsternis empor.

„Deine Stimme ist Sturmwind, doch ich erschrecke nicht. Der, dem ich diene, hat den Mund des Löwen, und seine Stimme donnert aus tausend Schlünden über die blutigen Felder der Erde."

Das Feuer im Ofen zuckte plötzlich auf, zeigte mir eine Sekunde lang das fahlgelbe Antlitz in wilder Verzückung und ließ es wieder im Dunkel verschwinden.

„Ja! Er ist es", hörte ich ihn jubeln. „Lüge nicht! Er ist der Verheißene. Er ist der Rechte. Denn die hohen Zeichen sind alle erfüllt. Von der Insel des Meeres her ist er gekommen, und die zehn Kronen trägt er auf seinem Haupt, wie es verkündet steht. Wer ist ihm gleich? Wer kann mit ihm kriegen? Ihm ist Macht gegeben über die Geschlechter der Menschen. Der ganze Erdboden verwundert sich seiner, und alle, die auf Erden wohnen, beten ihn an."

Als ich dies hörte, erfaßte mich Grauen, denn ich erkannte in diesen Worten das Bild des Antichrists, des Feindes der Menschheit, der sich mit seinen Zeichen und Wundern, mit seinen Siegen und Triumphen über alles erhebt, was Gott heißt und Gottesdienst. Die Siegel des Lebens zerbrachen vor meinen Augen. Und ich sah klar mit einem Male in der Wirrnis der Zeit und erkannte ihren geheimen und furchtbaren Sinn. Entsetzen packte mich, ich wollte aufspringen, wollte hinaus, mich flüchten, allein sein – aber ich konnte kein Glied rühren, ich lag hilflos und wie gefangen, das Gewicht eines Berges drückte zermalmend auf meine Brust. Und die Stimme im Dunkel wuchs und wurde mächtig und klang voll Jubel und Trotz und Aufruhr und Triumph:

„Zittere, du! Armseliger! Das Ende deiner Macht ist nah. Wo sind sie, die für dich streiten? Wo sind die hundertvierundvierzigtausend, die deinen Namen auf der Stirne tragen? Ich sehe sie nicht. Aber er ist gekommen, der Furchtbare, der Überwinder, und wird zerschmettern dein Reich auf dieser Welt."

Ich wollte rufen, ich wollte schreien, aber es war umsonst, ich brachte keinen Laut hervor, nur ein leises Ächzen rang sich qualvoll los aus meiner Kehle. Und ich mußte die Stimme nochmals hören, und sie übertönte das Brausen des Sturmwindes und das Rauschen des Regens, der unaufhörlich an die Scheiben schlug.

„Hier stehe ich vor dir wie damals und sehe dich

kraftlos und verzagt wie damals. Und wer hindert mich, daß ich die Faust erhebe und nochmals in dieses Antlitz, das ich hasse –"

Er verstummte jäh. Ein Schlag gegen die Tür – sie wurde aufgerissen, das Licht einer Kerze fiel in den Raum.

Eglofstein und der Oberst standen im Zimmer.

Den Bruchteil einer Sekunde lang sah ich Salignac mit geballter Faust und verzerrtem Gesicht auf die graugetünchte Wand des Zimmers starren, an der das Bildnis des Erlösers hing. Dann lösten sich seine starren Züge. Er ließ den Arm sinken, kehrte sich um und ging gelassen auf den Obersten zu.

Der sah ihn an und runzelte die Stirne.

„Salignac! Sie sind noch hier? Ich habe Ihnen befohlen, nach Hause zu gehen und sich bereitzumachen. Die Zeit verläuft. Was taten Sie indessen?"

„Ich habe gebetet, Herr Oberst", sagte Salignac. „Und nun bin ich bereit."

Der Oberst hatte sich inzwischen im Zimmer umgesehen, und sein Blick war auf mich gefallen.

„Da ist Jochberg", meinte er und lächelte. „Ich wollte wetten: Der Junge hat hinter dem Ofen geschlafen. Jochberg! Sie sehen drein, als wären Sie eben erst erwacht."

Mir war selbst zumute, als hätte ich geschlafen und schwer geträumt. Dennoch schüttelte ich den Kopf. Aber der Oberst kümmerte sich nicht weiter um mich, sondern wandte sich von neuem an Salignac:

„Sie hatten Auftrag, die Uniform abzulegen und sich als Landmann oder Maultiertreiber zu verkleiden –"

„Herr Oberst, ich reite, wie ich bin."

In des Obersten Gesicht wechselte Erstaunen mit Bestürzung und Zorn. Er brauste auf.

„Sind Sie toll, Salignac? Der erste feindliche Posten, der Sie bemerkt –"

„Den stoße ich nieder."

„Die Holzbrücke über den Alkarfluß liegt im Bereich des feindlichen Feuers –"

„Ich passiere sie im Galopp."

Der Oberst stampfte heftig mit dem Fuß auf.

„Verdammter Eigensinn! Sie müssen durch Figuerras

hindurch, und das Dorf ist von starken Kräften der Guerillas besetzt. Sie kommen nicht durch."

Salignac richtete sich hochmütig auf.

„Wollen Sie mich lehren, Herr Oberst, wie ich meinen Säbel zu gebrauchen habe?"

„Salignac!" rief der Oberst ratlos und bestürzt. „Nehmen Sie Vernunft an! Das Schicksal des Regiments und, mehr noch, der Erfolg des ganzen Feldzuges hängen von dem Ausgang Ihres Unternehmens ab."

„Seien Sie deswegen unbekümmert, Herr Oberst", sagte Salignac in völligem Gleichmut.

Der Oberst fuhr wütend im Zimmer auf und ab. Aber nun mengte sich Eglofstein darein:

„Ich kenne den Rittmeister vom Feldzug in Ostpreußen her", berichtete er. „Wenn einer lebendig durch die Linien der Guerillas hindurch kommt – bei Gott, so ist er es."

Der Oberst stand eine Weile unschlüssig und überlegte. Dann zuckte er die Achseln.

„Es ist gut", sagte er mürrisch. „Am Ende geht es Sie an, wie Sie hindurchkommen, und keinen anderen."

Er nahm die Landkarte vom Tisch, entfaltete sie und zeigte mit den Fingern auf die Stelle, wo Salignac die Vortruppen des Generals d'Hillier treffen sollte.

„Ich gebe Ihnen mein bestes Pferd, den Falben, der das Brandzeichen des Yvenaker Gestüts trägt. Setzen Sie Ihre ganze Kraft ein, und reiten Sie, was Sie können."

Wir gingen hinaus und passierten Günthers Stube, der halbaufgerichtet im Bette lag – das Fieber schien für eine kurze Weile von ihm gewichen zu sein.

„Wie steht's, Günther?" fragte der Oberst im Vorübergehen.

„Sie haben mich mortaliter getroffen", murmelte Günther. „Bestialiter. Diaboliter. Donop!" schrie er, und sein Sinn verwirrte sich von neuem. „Verstehst du auch dieses Latein? Liebste! Wein nicht, hab ich dir gesagt. Wenn du weinst, siehst du der Magdalena gleich –"

Die Tür fiel zu, und wir standen draußen. Die ersten Lichtstrahlen eines trüben Morgens zeigten sich im Osten.

Der Oberst reichte Salignac die Hand.

„Es ist Zeit. Nehmen Sie sich in acht und machen Sie Ihre Sache gut! Gott schütze Sie!"

„Seien Sie unbesorgt, Herr Oberst", sagte Salignac mit unbewegter Miene. „Er wird mich schützen."

Der Kurier

Als wir gegen sieben Uhr morgens aus den Verschanzungen aufbrachen, war die Sonne noch nicht zu sehen, nur der Mond stand zwischen grauen Wolken am Himmel wie ein großer, silberner Speziestaler. Korporal Thiele und vier Dragoner begleiteten uns. Die Pferde hatten wir zu Hause gelassen, nur Salignac führte seinen Falben, der mit gesenktem Kopf ruhigen Schrittes seinen Weg ging.

Dort, wo die Kreuzdornbüsche begannen, stießen wir auf unsere Postenkette. Ein Sergeant und zwei Grenadiere lagen auf der Erde. Ihre Mäntel troffen vor Nässe, und ihre Mützen waren mit Reif bedeckt. Der Sergeant erhob sich, als wir herankamen und stieß mit dem Fuß ein Päckchen Karten beiseite, denn er und seine Kameraden warteten, bis es Licht genug wär, um ein Spiel zu dritt machen zu können.

Er fragte nicht nach der Losung, da er mich und den Korporal Thiele vom Sehen kannte.

„Kurier des Obersten. In besonderer Mission", sagte Salignac kurz. Der Sergeant hob salutierend die Hand zur Mütze. Dann ließ er sich wieder auf den Boden nieder, rieb sich fröstelnd die Hände und brummte, er wisse nicht, wie er heute die Gewehre zum Losgehen bringen werde, die ganze Nacht hindurch habe es geregnet.

„Auch heute wird es Regen geben", meinte er. „Warmen Regen. Die Kröten und die Schnecken kommen aus ihren Löchern."

Müde, übernächtig und hungrig, wie wir waren, zeigte keiner von uns Neigung, sich an einem Gespräch über das Wetter zu beteiligen. Wir marschierten weiter. Eine Weile noch ging es geradeaus durch das Gebüsch, dann bogen wir nach links ab. Der Falbe spitzte die Ohren und schnaubte leise, denn wir waren in die Nähe des Wassers gekommen.

Im Osten wurde es lichter. Der Wind trieb Nebelwolken über Hügel und Wiesenfelder vor sich her. Mitten auf unserem Wege lag, von Füchsen und Raubvögeln angefressen, ein verendetes Pferd mit einer Schußwunde im Rücken. Als wir näher kamen, flog ein Schwarm Krähen krächzend auf und verlor sich in der Richtung nach dem Alkarbach. Ein einziger von den Vögeln kehrte auf halbem Wege um, flatterte mit ängstlichen Flügelschlägen über unseren Köpfen und wollt sich nicht verscheuchen lassen.

Thiele blieb stehen und schüttelte den Kopf.

„Auf einem Aas sitzt selten ein guter Vogel", brummte er. „Seht euch ihn an: Des Satans Ambassadeur. Nun wissen wir es, daß einer von uns diesen Morgen eine Kugel bekommt."

„Das ist nicht schwer zu prophezeien", gab ihm einer von den Dragonern mit einem Blick auf Salignac zur Antwort. „Und ich weiß auch, wer. Dazu hätte mir der Teufel seinen Leibkurier nicht schicken müssen."

„Es ist ein Jammer", begann ein anderer. „Ein Jammer ist es zu sehen, wie dieser tapfere Offizier unnütz in den Tod geht."

Thiele wiegte den Kopf hin und her.

„Der nicht", meinte er. „Der geht nicht in den Tod. Den kennt ihr nicht. Der kann mehr als feiste Suppen machen."

Eine Zeitlang folgten wir dem Lauf des Alkarflusses. Der Wind sang im Uferschilf. Auf der anderen Seite des Flußbettes konnte man eine lange Reihe von Wachtfeuern sehen, an denen die Guerillas die Nacht verbracht hatten. Nun änderten wir die Richtung und stiegen eine mit Korkeichen bewachsene Anhöhe empor, auf deren Gipfel ich eine Hütte sah, von der Art, wie sie die Arbeiter in den Weinbergen zur Aufbewahrung ihrer Geräte benützen.

Aber in dem Augenblick, da ich dem Fluß den Rücken kehrte, kam mir plötzlich ein Gedanke, und ich eilte dem Rittmeister nach.

Ich holte ihn ein. Sein Pferd war auf dem schlüpfrigen

Boden ausgeglitten, schlug aus und biß um sich. Salignac reichte ihm, um es zu beruhigen, kleine Stücke Brots, die er aus seiner Tasche holte.

„Ich meine", sagte ich atemlos und ging neben ihm her, „wenn einer in einem Boot den Fluß hinaufrudert und sich im Schatten der Uferbäume hält, der müßte, mein ich, weit genug kommen, eh ihn die Guerillas bemerken."

„Jochberg", sagte der Rittmeister, ohne den Kopf zu wenden, und er tat, als hätte ich Angst um mich selbst und nicht um ihn. „Nehmen Sie Ihre Leute und kehren Sie um! Ich bedarf Ihrer Unterstützung nicht länger."

„Ich habe Befehl", gab ich zur Antwort, „Sie bis zu den feindlichen Vorposten zu begleiten, Sie mögen meiner bedürfen oder nicht. Im übrigen: Wie Sie sehen, dürften wir nicht mehr weit zu gehen haben."

Es war hell geworden. Gedeckt durch die mächtigen Stämme der Korkeichen hatten wir uns der Hütte bis auf hundert Schritte genähert. Jetzt sahen wir hinter den Latten der Umzäunung eine dünne, schwärzliche Rauchsäule aufsteigen. Ohne Zweifel hatten wir einen Posten der Guerillas vor uns, der ein Feuer unterhielt, um Suppe kochen oder Maiskolben rösten zu können.

Zwischen Stechapfel- und Kreuzdornbüschen blieben wir stehen und warteten, bis Thiele mit seinen Leuten herangekommen war. Dann berieten wir flüsternd, wie wir uns am leichtesten in den Besitz der Hütte setzen könnten. Wir waren alle einig, daß wir den Insurgenten nicht Zeit lassen durften, einen Schuß abzufeuern, denn ein solcher hätte uns die Feinde zu Hunderten auf den Hals gezogen.

Wir machten uns bereit. Einer von den Dragonern nahm einen Schluck Branntwein und bot auch mir seine Flasche an. Dann gab ich das Zeichen, und wir stürmten lautlos den Hügel hinauf.

Wir sahen, als wir schon beinahe oben waren, die bunten Zipfelmützen und die überraschten und bestürzten Gesichter der Guerillas hinter der Umzäunung in die Höhe fahren. Aber schon schwang ich mich mit dem Korporal Thiele zugleich über die Latten, und im Hinunterspringen schlug ich einem von unseren Gegnern, der auf Thiele anlegte, den Karabiner aus den Händen. Dann kamen meine Leute über den Zaun geklettert, und die Guerillas ergaben sich nach einigen Flüchen und geringem Widerstand, als sie uns in solcher Überzahl sahen. Es waren ihrer drei. Sie trugen Jacken von braunem Tuch und darüber Schärpen, deren Enden mit silbernen Fäden durchwirkt waren. Und ein Vierter kam in eben diesem Augenblick aus der Hütte mit einem blechernen Waschkessel in der Hand, denn er war im Begriff gewesen, zum Fluß hinunterzugehen, um Wasser zu holen.

Er war ein Mensch von riesigem Wuchs, ein Ordensbruder von den Karmelitern, und trug einen Säbel über sein Mönchshabit geschnallt. Als er uns erblickte, ließ er den Waschkessel fallen. Statt aber seinen Säbel zu ziehen, bückte er sich nach einer Wagendeichsel, die auf dem Erdboden lag, und ging, indem er diese gefährliche Waffe in der Luft wirbeln ließ, mit Stößen und Hieben auf uns los.

Wir durften nicht schießen, und so war es nicht leicht, ihn unschädlich zu machen. Thiele erhielt einen Schlag, der ihm den Arm für einige Minuten lähmte. Schließlich gelang es uns, dem Mönch die Wagendeichsel zu entreißen. Wir schafften die Guerillas, alle vier, in die Hütte und versperrten die Türe.

Unsere Aufgabe war beendet. Die Dragoner fanden einige Stücke rohen Maultierfleisches und steckten sie an die Spitzen ihrer Säbel, um sie über dem Feuer zu braten. Thieles Tabakspfeife ging im Kreise herum. Salignac indessen schritt mit großen Schritten ungeduldig auf und nieder, blieb stehen, machte sich an dem Steigbügel seines Pferdes zu schaffen und trat schließlich auf mich zu.

„Jochberg! Es ist Zeit. Geben Sie mir den Brief!"

Ich übergab ihm das Felleisen, das die Landkarte, den Kompaß und den Bericht an den General d'Hilliers enthielt. Salignac führte sein Pferd aus der Umzäunung heraus, und ich folgte ihm mit meinen Leuten.

Von dem Platze aus, auf dem wir nun standen, hatten wir einen freien Blick auf das Hügelland ringsumher. Allenthalben sahen wir Trupps von Guerillas, kleine und große, manche beritten, andere zu Fuß, Schildwachen gingen mit geschultertem Gewehre hinter den Schanzen auf und nieder, beladene Maulesel stauten sich an der Wegkreuzung, ein Proviantwagen, von Rindern gezogen, fuhr langsam über die Brücke, Pferde wurden zur Tränke getrieben, eine Trompete rief in der Ferne zum Sammeln, und aus der Türe eines Bauernhauses traten zwei Offiziere hervor, ich erkannte sie als solche an ihren dicken Zöpfen und ihren dreieckigen Hüten.

Salignac saß schon im Sattel. Die Dragoner sahen ihn mit scheuen und besorgten Blicken an, und wir alle erschauerten vor dem Wahnwitz und der Aussichtslosigkeit des Unternehmens. Er beugte sich im Sattel vor und reichte dem Falben zwei Stück Zucker, die er mit Portwein befeuchtet hatte. Dann winkte er mir flüchtig mit der Hand zu, gab dem Pferde die Sporen, das Zaumzeug klirrte, und im nächsten Augenblick sauste er den Abhang hinunter.

Ich gab mir Mühe, ruhig zu scheinen, aber meine Hände zitterten vor Erregung. Der Mann neben mir bewegte die Lippen, als ob er betete.

Ein Schuß fiel ganz in der Nähe, und wir alle fuhren zusammen, als hätten wir zum ersten Male schießen gehört. Aber Salignac ritt weiter, wendete kaum den Kopf, und der Schnee stob, eine weiße Wolke, hinter ihm her.

Jetzt verschwand er zwischen den Bäumen eines Kastanienwäldchens, aber nur Sekunden vergingen, und er kam wieder zum Vorschein.

Wieder fiel ein Schuß. Noch einer. Ein dritter. Salignac saß fest im Sattel. Ein Mann sprang plötzlich hinter einer Hecke hervor und wollte ihm in die Zügel fallen. Salignac holte aus und streckte ihn mit einem Säbelhieb zu Boden. Der Weg war frei. Salignac flog dahin, ritt wie auf der Rennbahn, blickte nicht nach rechts und nicht nach links und sah nichts von dem, was rings um ihn vorging.

Denn die ganze Landschaft war in Aufruhr geraten. Die Guerillas kletterten aus ihren Gräben. Reiter jagten von allen Seiten schreiend und in gestrecktem Galopp auf ihn zu. Ein scharfes Geknatter wurde hörbar, blaue Pulverwölkchen stiegen in die Luft. Salignac ritt mitten durch den Tumult, stand aufrecht in den Steigbügeln, schwang drohend seinen Säbel. Schon hatte er die Brücke beinahe erreicht. Da – alle Teufel! Jetzt erst sah ich's: Auf der Brücke standen Menschen. Sechs – acht – nein! Es waren ihrer mehr als zehn! Sah er sie denn nicht? Jetzt war er hart an ihnen, einer legte auf ihn an, das Pferd stieg, bäumte sich – er war verloren – nein, es setzte über sie alle hinweg, zwei lagen auf dem Boden – Salignac stürmte über die Brücke.

Es war ein Schauspiel, ein furchtbares und beklemmendes Schauspiel, das mich das Atemholen vergessen ließ. Jetzt erst, da diese eine Gefahr vorüber war, merkte ich, daß ich in der Erregung Thieles Hand gepackt hatte und im Krampf umklammert hielt. Ich ließ sie fahren. Salignac war am anderen Ufer, drüben winkte der Wald und Rettung. Aber schon im nächsten Augenblick – neben mir schrie einer auf – vom Wald her sprengte ein Schwarm Reiter auf Salignac ein, schnitt ihm den Weg ab – war er denn blind? „Einschwenken!" brüllte ich. „Einschwenken!" Und wußte doch, daß er mich nicht hören konnte. Jetzt hatten sie ihn erreicht. Sein Pferd stürzte, und ich sah ihn nicht mehr. Ein Gewirr von Köpfen, Pferdemähnen, geschwungenen Säbeln, Flintenläufen, erhobenen Armen, eine Wolke von Schnee und Pulverdampf darüber hingebreitet, ein Getümmel von kämpfenden, ringenden, sich bäumenden, stürzenden Menschenleibern wogte hin und her – er war verloren. Der Ritt war zu Ende.

Ich vernahm ein leises Sausen, das meinem Ohr von zwanzig Gefechten her vertraut war, und bückte mich. Thiele, der vor mir stand, sank lautlos in die Knie und fiel zurück. Eine verirrte Kugel hatte ihn getroffen.

„Thiele!" rief ich. „Kamerad! Verwundet?"

„Ich habe genug!" stöhnte der Korporal und fuhr mit der Hand an seine Brust.

Ich beugte mich über ihn und riß seinen Rock auf. Das Blut trat in dicken Tropfen aus seiner Wunde.

Ich hielt ihn an der Schulter, stützte ihn, tastete mit der freien Hand nach einem Tuche, ihn zu verbinden, und rief den anderen zu, sie sollten mir helfen.

Aber die hörten mich nicht. Einer faßte mich am Arm.

„Sehen Sie doch!" schrie er. „Herr Leutnant, sehen Sie doch!"

Dort unten der Schwarm stob mit einem Male auseinander. Pferde wälzten sich verwundet auf der Erde. Menschen liefen schreiend mit erhobenen Händen. Und vorne, losgelöst von ihnen allen, jagte einer aufrecht im Sattel, den Säbel schwingend – er war es, Salignac, er lebte, er war entkommen, er saß zu Pferd, und er setzte über Gräben hinweg, über Schneehügel, Menschen, Buschwerk, zerbrochene Lafetten, Erdwälle, Schanzkörbe, glimmende Wachtfeuer –

Neben mir hörte ich ein Röcheln.

Der Korporal Thiele lag auf beide Hände gestützt und starrte Salignac mit verglasten Augen nach.

„Kennen Sie ihn nicht?" ächzte er. „Ich kenne ihn. Den trifft keine Kugel. Die Elemente, alle vier, haben einen Bund. Das Feuer verbrennt ihn nicht, das Wasser ertränkt ihn nicht, die Luft erstickt ihn nicht, die Erde erdrückt ihn nicht –"

Das Jubelgeschrei der anderen übertönte sein Flüstern. Er holte röchelnd Atem, und das Blut färbte sein Hemd und seinen Rock.

„Er ist durch! Er ist gerettet!" jauchzten die Dragoner. Sie warfen ihre Mützen hoch in die Luft, schwenkten ihre Karabiner, jubelten, rasten, schrien Viktoria.

„Beten Sie für seine sündige Seele!" kam ein letztes Stammeln von Thieles Lippen. „Beten Sie, beten Sie für den Ewigen Juden! Er kann nicht sterben."

Der Aufruhr

Einen von den Dragonern hatte ich in die Stadt vorausgeschickt, um dem Obersten sogleich Nachricht von
dem Verlauf und Ausgang des Unternehmens zu geben.
Eine Stunde später kam ich selbst in die Kanzlei. Ich traf
dort nur den Hauptmann Castel-Borckenstein an, der
Weisungen über die nächsten Bestimmungen seiner
Kompagnie eingeholt hatte und eben im Begriffe war,
fortzugehen.

Er blieb einen Augenblick lang in der Türe stehen,
um mich zu fragen, wie die Affäre abgelaufen sei, und
ich erstattete ihm mit kurzen Worten Bericht. Während
ich noch sprach, kam Eglofstein aus der Kammer nebenan. Er zog die Türe geräuschlos hinter sich zu, trat
ans Fenster und winkte mich zu sich heran.

„Ich weiß nicht, was ich tun soll", flüsterte er und warf
besorgte Blicke auf die Kammertüre. „Er steht neben seinem Bett, klebt wie Pech und ist nicht wegzubringen."

„Wer ist nicht wegzubringen?" fragte ich verwundert.

„Der Oberst. Begreifen Sie nicht? Günther spricht im
Fieber von der Françoise-Marie."

Mir gab es einen Stich ins Herz. Aus Eglofsteins geflü-
sterten Worten klang es mir wie ein Alarmruf. Ich erkannte die Gefahr, daß Günther in seinem Fieber sich
und uns verraten konnte, und wußte dennoch nicht, wie
ihr begegnen. Ratlos blickten wir einander an und dach-
ten beide an des Obersten Eifersucht, an seinen blinden
Jähzorn, an seine Anfälle tückischer Wut.

„Wenn er die Wahrheit erfährt", sagte Eglofstein,
„dann stehe Gott uns bei und dem ganzen Regiment. Er
vergißt die Gefahr des Augenblicks, unsere verzweifelte Lage, die Guerillas, die eingeschlossene Stadt, alles
vergißt er und denkt nur daran, wie er sich blutig an uns
allen rächen könnte."

„Hat Günther ihren Namen genannt?"

„Noch nicht. Noch nicht. Jetzt schläft er, Gott sei's gedankt. Aber vorhin – er hörte nicht auf, von ihr zu sprechen. Er schalt sie, er streichelte sie, er gab ihr gute und böse Worte, und der Oberst stand daneben und wartete, daß er den Namen nennen sollte, der lebendige Satan wartet nicht gieriger auf eine arme Seele. – Wohin wollen Sie, Jochberg? Bleiben Sie! Sie wecken ihn aus dem Schlaf!"

Ich achtete nicht auf Eglofsteins Warnung, sondern trat leise in Günthers Krankenstube.

Leutnant Günther lag im Bette, aber er schlief nicht, sondern schwätzte und lachte leise vor sich hin. Sein Gesicht war gerötet, und die Augen standen ihm wie zwei hohle Nußschalen im Kopf. Der Feldscher, der auf seinem Rundgang durch das Hospital begriffen war, hatte einen seiner Gehilfen hergeschickt, einen bartlosen, jungen Menschen, der nichts verstand, als die nassen Tücher auf der Stirne des Verwundeten zu erneuern.

Der Oberst stand am Kopfende des Bettes und blickte, als ich eintrat, unwillig über die Störung auf. Ich trat vor ihn hin und berichtete ihm, was er schon wußte: Daß sein Kurier vor einer Stunde die Linien der Guerillas glücklich passiert hätte.

Er hörte mir zu, wandte aber kein Auge von Günthers Mund.

„In sechzehn Stunden ist der Brief in den Händen des Generals d'Hilliers", murmelte er. „Wenn alles gut geht, hören wir in drei Tagen das Musketenfeuer seiner Vortruppen. Meinen Sie nicht, Jochberg? Vierzig Leguas, die Chausseen sind aus gutem Steinmörtel gebaut."

„Herzlieb!" rief Günther dazwischen und haschte mit seinen mageren Händen nach dem Traumbild seines Deliriums. „Deine Haut ist wunderweiß wie Birkenrinde."

Über des Obersten hart geschlossene Lippen zuckte es, er beugte sich zu Günther hinab und starrte ihn an, als wollte er ihm das Geheimnis des Namens aus dem Munde reißen. Und er wußte doch, er wußte es wie ich, wessen Haut so weiß wie Birkenrinde gewesen war.

„Andere", lachte Günther vergnügt in sich hinein. „Andere, die schlucken Wachs, Kreide, Schneckenpulver und Froschbeine, schmieren sich das Gesicht mit hundert Salben, hilft ihnen alles nichts, o weh, ihre Haut ist immer voll Blasen und Flecken. Aber du –"

„Weiter! Weiter!" entfuhr es dem Obersten, und ich stand bestürzt und in Verzweiflung, weil jetzt der Name kommen mußte, und sah den Augenblick des Verderbens nahe. Aber Günthers Fieber spielte mit meiner Angst und des Obersten Eifersucht ein spöttisches Spiel von Katz und Maus.

„Geh!" rief er heftig und warf sich im Bett herum. „Geh, sie will dich nicht sehen. Was suchst du hier? Brockendorf, deine Hosen sind durchsichtig wie meiner Liebsten ihr Spitzentuch. Das kommt vom vielen im Wirtshaussitzen, sag ich dir. Was gibt's für Wein im ‚Pelikan' und im ‚Schwarzen Mohren'? Feldscher! Feldscher! Daß Gott erbarm, was hast du mit mir gemacht?"

Seine Stimme wurde rauh, und der Atem kam keuchend aus seiner Brust. Und bei alldem zitterten seine Hände im Schüttelfrost unaufhörlich wie ein Mühlbeutel.

„Feldscher!" rief er noch einmal und ächzte laut. „Eines Tages wirst du gehängt. Ach, leider! Ach, leider! Glaub mir's, ich verstehe mich auf Gesichter."

Er fiel zurück, schloß ermattet die Augen, lag regungslos und atmete keuchend.

„Foetida vomit*", sagte der Gehilfe des Wundarztes und tauchte ein Tuch in kaltes Wasser. „Er spricht viel Unflat."

„Geht es zu Ende?" fragte der Oberst, und ich hörte aus seinen Worten die wilde Angst, Günther könnte sterben, ohne den Namen seiner Geliebten genannt zu haben.

„Ultima linea rerum**", meinte der Gehilfe gleichmütig und legte das nasse Tuch auf Günthers Stirne. „Da ist Menschenhilfe nicht viel mehr nütze."

Der Oberst mochte meine Anwesenheit völlig vergessen haben. Es schien, als ob er mich jetzt erst wieder bemerkte.

* (lat.) Er erbricht Übles.
** (lat.) Das letzte Ziel von allem (ist der Tod).

„Es ist gut, Jochberg", nickte er mir zu. „Gehen Sie jetzt, lassen Sie mich allein."

Ich zögerte. Ich wollte nicht hinaus. Aber während ich noch überlegte, welchen Vorwand ich vorbringen sollte, um bleiben zu können, hörte ich Schritte und laute Stimmen im anderen Zimmer. Die Türe wurde geöffnet, und Eglofstein trat ein. Hinter ihm wurde ein langer, schmächtiger Mensch sichtbar, in dem ich einen Korporal des hessischen Regimentes erkannte.

„Leise! Leise!" winkte der Oberst und deutete auf den Verwundeten. „Was gibt es, Eglofstein?"

„Herr Oberst, hier dieser Mann ist von Leutnant Lohwassers Kompagnie, die den Ordnungsdienst in den Straßen der Stadt versieht –"

„Ich weiß es. Ich kenne ihn. Was will Er, Korporal?"

„Auflauf, Zusammenrottungen, Widersetzlichkeiten!" stieß der Mann ganz außer Atem hervor. „Die Spanier attackieren die Wachen und die Posten."

Ich warf Eglofstein einen Blick der Bewunderung zu. Denn ich zweifelte nicht im mindesten, daß er dies alles nur schlau erfunden und mit dem Manne verabredet hatte, um den Obersten auf gute Art aus Günthers Stube hinauszubringen.

Aber der Oberst schüttelte den Kopf und lächelte spöttisch.

„Diese frommen Christen sollen rebellieren? Korporal, wer schickt Ihn?"

„Herr Leutnant Lohwasser."

„Ich dachte mir's. Ich dachte mir's", sagte der Oberst, wendete sich zu uns und lachte. „Lohwasser ist ein Wirrkopf, sieht immer Gespenster. Morgen schickt er mir Meldung, er hätt drei feurige Männer gesehen oder den buckligen Kobold Sanktornus."

In diesem Augenblick aber hörten wir draußen ein Poltern, die Türe wurde aufgerissen, und Leutnant Donop stürzte ins Zimmer.

„Rebellion!" schrie er, erhitzt und atemlos vom raschen Laufen. „Auf dem Marktplatz haben sie die Posten attackiert!"

Der Oberst hörte auf zu lachen und wurde weiß wie Kalk. Und in der Stille, die entstand, hörte man das irre

Stammeln Günthers, der die Nacht nicht mehr vom Tag zu unterscheiden vermochte:

„Macht Licht, zum Henker! Wollt ihr mit mir im Finstern blinde Katz spielen?"

„Sind denn die Spanier toll geworden?" brach der Oberst los. „Attackieren die Posten! Viele Hundert hängen dafür an Galgen und Hochgerichten. Was, zum Teufel, ist in sie gefahren?"

„Brockendorf –", begann Donop und stockte.

„Was ist's mit Brockendorf? Wo ist er? Wo steckt er?"

„Noch immer in der Kirche."

„In der Kirche? Potztausend Halleluja! Ist's jetzt Zeit, die Predigt zu hören? Will er um ein gutes Weinjahr beten, wenn die Spanier in den Straßen rebellieren?"

„Brockendorf hat mit seiner Kompagnie in der Kirche Nuestra Señora Quartier genommen."

„In der Kirche – Quartier –", der Oberst schnappte nach Luft, wurde blaurot vor Zorn, sah aus, als müßte er im nächsten Augenblick ersticken oder vom Schlag gerührt zu Boden fallen. Günther stöhnte und warf sich in seinem Bette hin und her:

„Daß Gott erbarm, ich muß sterben. Ach, Liebste! Zu tausend gute Nacht."

„Er sagt – Brockendorf sagt, er hätte vom Herrn Obersten selbst die Order", wagte Donop einzuwerfen.

„Von mir die Order!" wütete der Oberst. „Ist es das? Jetzt versteh ich, warum die Spanier rebellieren."

Er zwang sich mit Gewalt zur Ruhe und wandte sich an den Korporal, der noch immer im Zimmer stand.

„Lauf Er, schick Er mir auf der Stelle den Hauptmann Brockendorf. Und Sie, Donop, Sie bringen mir den Pfarrer und den Alkalden hieher. Rasch! Was stehen Sie noch? – Eglofstein!"

„Herr Oberst?"

„Die Kanonen an den Straßenkreuzungen, sind sie geladen?"

„Mit Kartätschen, Herr Oberst. Soll ich –"

„Keinen Schuß ohne meinen Befehl. Zwei Kavalleriepatrouillen werden die Straßen säubern."

„Mit scharfen Schüssen –"

„Mit Kolbenstößen in die Rippen!" brüllte der Oberst.

„Keinen Schuß ohne meinen Befehl, hab ich gesagt. Wollen Sie mir die Guerillas an den Hals hetzen?"

„Ich habe verstanden, Herr Oberst."

„Lassen Sie alle Posten verdoppeln. Nehmen Sie zehn Mann, besetzen Sie die Präfektur und verhaften Sie die Junta, wenn sie versammelt ist. – Jochberg!"

„Herr Oberst?"

„Zum Hauptmann Castel-Borckenstein! Er hat mit seiner Kompagnie im Hofe hinter der Hauptwache Aufstellung zu nehmen. Keinen Schuß, solange ich nicht Order gebe. Haben Sie mich verstanden?"

„Jawohl, Herr Oberst."

„Dann Gott befohlen."

Eine halbe Minute später waren wir alle auf dem Weg zu unserer Bestimmung.

Ich ging mit Eglofstein und seinen Leuten die Straße der Karmeliter eilig hinunter. In der Ferne, hinter den geschwärzten Mauerresten des Klosters, sahen wir zwei Spanier verschwinden, die mit Lanzen oder Mistgabeln bewaffnet waren. An der Straßenecke schieden sich unsere Wege. Eglofstein wollte fort, aber mir kam plötzlich ein Gedanke, und ich hielt den Hauptmann an den Händen fest.

„Herr Hauptmann!" sagte ich hastig. „Es ist alles so gekommen, wie es der Marques de Bolibar gewollt hat."

„Es sieht aus, als hätten Sie recht, Jochberg!" meinte er und wollte davon.

„Hören Sie: Das erste Zeichen hat Günther gegeben. Ich weiß es. Das zweite Signal haben wir gegeben: Sie und ich und Brockendorf und Donop. Den Aufruhr hat Brockendorf angestiftet. Um Gottes Barmherzigkeit willen, wo ist das Messer?"

„Von welchem Messer sprechen Sie, Jochberg?"

„Als Sie am Weihnachtsabend den Marques de Bolibar erschießen ließen, steckten Sie sein Dolchmesser zu sich. Ein Messer mit einem Griff aus Elfenbein, die Mutter Gottes mit dem Leichnam Christi – entsinnen Sie sich? Es ist von den drei Signalen das letzte. Wo haben Sie das Messer, Herr Hauptmann? Ich habe keine Ruhe, solange ich es in Ihren Händen weiß."

„Das Messer", wiederholte Eglofstein und dachte nach. „Das Dolchmesser. – Der Oberst sah es bei mir und bat sich's aus, der schönen Arbeit wegen. Ich hab's nicht mehr."

Mir fiel eine Last vom Herzen, als ich das hörte.

„Dann ist alles gut", sagte ich. „Dann bin ich zufrieden. Der Oberst wird das dritte Signal nicht geben, dessen bin ich sicher."

„Nein, wahrhaftig. Der nicht", sagte Eglofstein mit einem hohlen Lachen, hinter dem Schuldbewußtsein und Reue verborgen lag.

Dann trennten wir uns und gingen jeder unseres Weges.

Die blaue Ranunkel

In Castel-Borckensteins Quartier gelangte ich mühelos,
denn um diese Zeit befand sich der Aufstand erst in seinen Anfängen. Desto schwieriger aber und gefahrvoller
war der Rückweg, und ich bedauerte es bald, nicht
einige von Castel-Borckensteins Leuten als Bedeckung
mit mir genommen zu haben. Denn nunmehr flutete
eine erregte Menge durch die Straßen, hundert wütende
Stimmen tobten sich in Verwünschungen gegen uns aus,
schrien, daß wir Unchristen seien und nur darauf bedacht, den heiligen Glauben zu schänden und die Kir-
chen zu entweihen, ja, daß wir sogar die Kinder nach Al-
gier entführen und dort als Sklaven verkaufen wollten.
Den Teufel malt man am besten mit Kienruß, das ist alt.
Und so setzten denn die Pfaffen die schwärzesten Lügen
über uns in Umlauf, und die haßerfüllte Menge glaubte
alles, wenn es auch noch so unsinnig und dreist erfunden war.

Der Gedanke an den Obersten, der allein mit Günther
zurückgeblieben war, trieb mich zur Eile an, und ich
wählte trotz dem Lärme und dem Getümmel in den Straßen den kürzesten Weg. In der Straße „de los Arcades"
trat mir ein alter Mann entgegen, der mich warnte, wei-
terzugehen, denn das Straßenende sei von dreißig be-
waffneten Spaniern besetzt. Das machte mir wenig
Sorge, ich hatte für den Notfall meine Pistolen, um sie
zur Räson zu bringen, und sie nichts als Knüttel, Sensen
und schlechte Brotmesser, denn die Gewehre hatten wir
ihnen am Tage nach unserer Ankunft abgenommen. Als
ich aber meinen Weg fortsetzte, schwirrte ein Stein an
meinem Kopfe vorbei, und eine Weiberstimme kreischte
aus einem Fenster, wir seien Feinde der heiligen Dreifaltigkeit und Verächter der Mutter Gottes, und Deutschland sei ein Land voll von feuerspeienden Ketzern, die

man vertilgen müsse. Ich zog es schließlich vor, die breiten Hauptstraßen zu vermeiden und meinen Weg durch Winkelgassen und Gemüsegärten zu nehmen. Mit einiger Verspätung, aber wohlbehalten gelangte ich endlich in die Gasse der Karmeliter.

Vor dem Hause stand eine halbe Schwadron Dragoner und wartete auf den Befehl, in den Kampf gegen die Aufständischen einzugreifen. Eben kamen der Pfarrer und der Alkalde von einer Eskorte begleitet die Treppe herunter, und ich erfuhr, sie hätten Auftrag erhalten, dafür zu sorgen, daß die Aufständischen innerhalb einer halben Stunde die Waffen niederlegten und in ihre Häuser zurückkehrten. Und wer sich nach Ablauf dieser Frist in bürgerlicher Kleidung und mit der Waffe in der Hand in den Straßen antreffen ließe, den sollten die Dragoner ohne Pardon niederschießen.

Beide, der Pfarrer und der Alkalde, sahen bestürzt und niedergeschlagen aus und ließen wenig Hoffnung merken, ihre Mission erfüllen zu können. Hinter ihnen erschien der unglückselige Brockendorf, der an allem Schuld trug. Und da die drei mit der Eskorte die ganze Breite der Treppe in Anspruch nahmen, so mußte ich das Gezänke, das zwischen ihnen entstand, mit anhören.

„Die Kirche", rief der Pfarrer, „ist völlig ausgeplündert, alle Bilder sind gestohlen –"

„Eine Lüge! Eine zentnerschwere Lüge, eine Lüge in Folio!" erboste sich Brockendorf. „Die Bilder hab ich selbst in der Sakristei getragen."

„Die Pferde sind an die Arme der Heiligen gebunden", jammerte der Alkalde. „Der Pferdemist liegt kniehoch auf dem Boden. Die Weihwasserbecken sind in Futtertröge umgewandelt, aus dem Hause Gottes haben Sie einen Stall gemacht."

Über diesen Vorwurf glitt Brockendorf sacht hinweg.

„Wenn du nur erst hängst", sagte er zu dem Alkalden, „fällt die ganze Revolte zusammen wie ein kalter Eierschmelz. Die Stadt ist voll Halunken, und die Galgen stehen alle leer."

Der Alkalde warf ihm einen giftigen Blick zu. Ich wollte vorbei, aber Brockendorf hielt mich zurück und wies mit einer Geste auf den Alkalden, die besagen sollte, es täte ihm leid, aber er könne die Sache nun einmal nicht ändern.

„Der muß hängen", meinte er. „Es ist schade um ihn, denn er ist ein Narr von der unterhaltenden Sorte. Er weiß eine Menge höchst schlüpfriger Geschichten, und ich habe mich mehr als einmal über ihn halbtot gelacht. – Leben Sie wohl, Jochberg, ich muß jetzt auf mein Zimmer. Der Oberst hat mir Arrest diktiert."

„Dafür sei Gott gelobt, der Allerhöchste und Christus und seine Heiligen", seufzte der Pfarrer aus tiefster Seele.

„Lassen Sie Christus und seine Heiligen zufrieden!" rief Brockendorf erbittert darüber, daß der Pfarrer Gott für die Strafe lobpries. „Solche Worte nehmen sich schlecht aus im Munde eines Rebellen."

Ich machte ihm heftige Vorwürfe, daß er es gewesen sei, der den Aufstand hervorgerufen hätte. Aber er ließ sie nicht gelten.

„Der ganze Lärm kommt daher", erklärte er, „daß die Spanier ihre Quadrubeln und Goldunzen und, wie sie sonst in diesem verwünschten Land die Dukaten nennen, in der Kirche unter den Steinfliesen versteckt haben. Und jetzt fürchten sie, ich könnt ihnen darüber geraten. Oh, sie sind Füchse, diese Spanier."

Er gab endlich meinen Arm frei, und ich lief die Treppe hinauf. Als ich in die Kanzlei kam, galt mein erster Blick dem Obersten.

Er stand, wie ich ihn verlassen hatte, neben Günthers Bett. Noch immer lag der Ausdruck einer lauernden Spannung auf seinem Gesicht. Nichts war bis jetzt verraten. In den Straßen tobte der Aufruhr, aber der Oberst stand hier, horchte auf die Beichte des Fiebers und las in den Visionen eines verworrenen Traumbildes.

Günthers Zustand schien sich verschlimmert zu haben, und es mochte dem Ende zugehen. Noch immer sprach er. Unaufhörlich sprach er in kurzen, abgerissenen Sätzen, und dazwischen ging sein Atem bald keuchend, bald rasselnd. Wangen und Stirne glühten, seine Lippen waren trocken und rissig. Manchmal murmelte er, manchmal schrie er, und als ich eintrat, waren es

Worte aus einem vergangenen Liebesabenteuer, das ich nicht kannte:

„Pfeifst du einmal aus dem Fenster, so kommt der Pferdeknecht. Du mußt zweimal pfeifen, dann kommt die schöne, junge Magd."

„Was spricht er da?" fragte ich Eglofstein leise.

Er faßte mich statt aller Antwort am Arm und zog mich vom Bett weg.

„Sie blieben lange fort", flüsterte er hastig. „Tun Sie jetzt, was ich Ihnen sage. Fragen Sie nicht und gehorchen Sie!"

Und dann sagte er laut:

„Leutnant Jochberg! Ich vermisse unter den Regimentspapieren einen Befehl des Stabschefs unserer Division, der die Auszahlung der rückständigen Soldgelder betrifft. Gehen Sie die Korrespondenzen der letzten Monate durch, und lesen Sie mir die Briefe und Berichte der Reihe nach vor."

Ich begriff seine Absicht gleich. Ich sollte laut lesen, so laut, daß der Oberst nichts von den verräterischen Reden des Fiebernden vernehmen konnte. Ich nahm das Bündel Papiere, das Eglofstein mir über den Tisch hinweg reichte, und begann zu lesen.

Es war eine seltsame Situation, in der ich mich befand. Indem ich las, rollte sich das Bild des ganzen Feldzuges vor meinen Augen auf. Mühen, Sorgen, Kämpfe, Strapazen, Abenteuer und Gefahren, und alles am Ende nur dazu da, die letzten Worte eines Sterbenden mit Lärm zu übertönen.

„Befehl vom 11. September. Herr Oberst! Da es der Wille Seiner Majestät des Kaisers ist, daß die Truppen in den Kantonnements nicht weniger gut behandelt werden als die Truppen im Lager, so ordnet er an, daß jeder Mann täglich 16 Unzen Fleisch, 24 Unzen Kommißbrot, 6 Unzen Brot für Suppe –'"

„Diese Misthämmel vom hessischen Regiment!" schrie Günther und bäumte sich wild in seinem Bette auf. „Sie leben untereinander, den Henker möcht es erbarmen."

„Den nächsten Brief!" befahl Eglofstein rasch. „Dieser hier war nicht der richtige."

„Brief vom 14. Dezember, überbracht durch den Unterleutnant Durette vom Divisionsstab.

Marschall Soult wünscht, daß Sie, Herr Oberst, ein Memoire verfassen über die Festung La Bisbal, sobald Sie sich in ihren Besitz gesetzt haben. ‚Wieviel Kanonen wären zu ihrer vollen Armierung –'"

„Willkommen, Herzlieb! Willkommen!" begann Günther mit seiner heiseren Stimme vom neuem, ich erschrak und stockte, und neben mir flüsterte Eglofstein: „Lauter, zum Teufel! Um des Himmels willen, lauter!"

„‚– zu ihrer vollen Armierung nötig?'" schrie ich nun beinahe auf, und die Worte auf dem Papiere stoben vor meinen Augen in wilder Hetzjagd auf. „‚Findet man dort Wasser, breite Anlagen, größere Gebäude? Kann man Depots anlegen, Backöfen, Magazine –'"

„Deutlicher, Jochberg! Ich verstehe kein Wort!" rief Eglofstein.

„‚– Backöfen, Magazine für Lebensmittel'", schrie ich verzweifelt. „‚Ein Arsenal für Munition, endlich Lagerplätze für das Gepäck eines Armeekorps? Lassen Sie untersuchen, Herr Oberst, ob die Stadt in bezug auf die angegebenen Punkte' – Die Schrift der nächsten Zeilen ist verwischt, Herr Hauptmann."

„Lassen Sie diesen Brief, und nehmen Sie die folgenden!"

Ich entfaltete das Schreiben, aber es fiel zu Boden. Und während ich mich nach ihm bückte, hörte ich Günthers Stimme von neuem, und sie klang voll Vorwurf:

„Ich hab dich doch gebeten, Liebste, beizeiten zu mir zu kommen. Ließ er dich nicht aus dem Haus? Ach, du folgst ihm auch in jedem Stück."

Das war sie! Das war Françoise-Marie! Über des Ober-

sten Gesicht glitt ein Zucken, und Eglofstein wurde
bleich wie Wachs. Ich nahm den Brief vom Boden auf
und las so wild, so gehetzt, so verzweifelt, daß Donop,
der ins Zimmer trat, mit offenem Munde stehenblieb
und nicht wußte, was dies zu bedeuten hätte.

„,Herr Oberst! Das 25. Chasseurregiment, welches zu
meiner Division gehört, hat in seinem Kavalleriedepot
hundertfünfzig Mann ohne Pferde. Es wird Ihnen leicht
sein, in Ihrer Gegend Pferde zu mäßigen Preisen ankau-
fen zu lassen, um diese Leute zu montieren. Beschäfti-
gen Sie sich damit, dem Regiment, welches im ganzen
nur fünfhundert Dienstpferde besitzt, noch hundert an-
zuschaffen, damit es endlich –‘“

„Ist schon längst geschehen!“ rief Donop von der Türe
her. „Ich selbst habe –“
„Schweigen Sie!“ rief Eglofstein wütend. „Jochberg!
fahren Sie fort! Den nächsten!“

                              „Brief vom 18. Dezember.
Von Marschall Soult selbst unterfertigt.
,Herr Oberst! Die Rapporte, die ich von Biskaya erhalte,
sind derart, daß es mir unmöglich ist, auch nur einen
Mann von dort zu detachieren. Der Feind hat so sehr die
Absicht – ‘“

Ich hielt inne, um Atem zu holen. Und in eben diesem Augenblick hörte ich Günther meinen Namen nennen.
„Du!“ zischte er. „War es Jochberg, der dich diese
neue Süßigkeit gelehrt hat? War es Donop? Gib Antwort!“

„,so sehr die Absicht‘“, schrie ich, „,die Stadt zu bela-
gern, daß er seit zwei Monaten in der Umgebung große
Magazine angelegt und sie fortwährend vermehrt hat.‘–

                    Brief des Stabschefs vom 22. Dezember
,Herr Oberst! Ich fühle so gut wie jeder andere, wie
wichtig es für den Ruhm und das Interesse des Kaisers

wäre, lieber gegen Lord Wellington als gegen die Bandenführer zu kämpfen. Dennoch kann ich dem Herrn Marschall die Erfüllung Ihrer Bitte nicht empfehlen. Denn ich weiß nicht –'"

„Was schreibt Oberst Desnuettes?" unterbrach mich der Oberst mit plötzlich erwachter Aufmerksamkeit. „Schreibt er: – ,nicht empfehlen'?"

„,Die Erfüllung Ihrer Bitte nicht empfehlen'", wiederholte ich. „So steht es hier. – ,Denn ich weiß nicht' – heißt es weiter – ,was aus Asturien diesen Winter gegen uns im Anzuge ist. Auch habe ich zu wenig gute Infanterie, um es billigen zu können, daß Sie –'"

„Halt!" brauste der Oberst zornig auf. „Was sagten Sie da? ,Um es billigen zu können'? Dieser Desnuettes, was hat er zu billigen, was hat er zu empfehlen? Er steht im Range nicht höher als ich! – Eglofstein! Ist dieses anmaßende Schreiben schon beantwortet?"

„Noch nicht, Herr Oberst."

„Nehmen Sie die Feder! Schreiben Sie, was ich Ihnen diktiere und befördern Sie den Brief bei erster Gelegenheit! Dieser Desnuettes!"

Er ging wütend und mit langen Schritten im Zimmer auf und nieder. „Schreiben Sie!" sagte er dann.

„,Herr Oberst! Beschränken Sie in Zukunft Ihre Güte darauf, dem Herrn Marschall meine Vorschläge ohne jede Empfehlung zu unterbreiten und mich wissen zu lassen' – Nein! Das alles ist nicht scharf genug."

Er war stehengeblieben, bewegte die Lippen lautlos und überlegte. Und ich mußte warten, durfte nicht weiterlesen, stand unschlüssig, wußte nicht, was tun, und in diesem Augenblick des Schweigens sagte Günther aus seinen Fieberträumen ganz laut und langsam und vollkommen deutlich:

„Du! Laß mich die blaue Ranunkel küssen."

Ich weiß nicht, was in dieser Minute in mir vorgegangen ist. Bin ich betäubt gewesen? Oder schossen mir hundert Visionen der Angst zugleich durch das Gehirn, die ich alle sofort vergaß? Ich weiß nur, daß ich, als ich zu Bewußtsein kam, den Schrecken der letzten Sekunden noch in mir fühlte als ein Zittern der Hände und ein eiskaltes Rieseln über den Rücken hinunter. Und dann besann ich mich und sagte mir: Jetzt ist der Augenblick gekommen, vor dem wir ein Jahr hindurch gezittert haben, jetzt ist er da – Mut! Fest geblieben! – Und ich blickte den Obersten an.

Er stand aufgerichtet, rührte sich nicht, seine Lippen waren leicht verzerrt wie von einem Schmerz im Kopf. Eine Weile stand er so, dann wendete er sich mit einem Ruck nach Eglofstein hin – jetzt mußte der Ausbruch kommen –

Ganz ruhig, ohne Erregung, beinahe gelassen sagte er: „Wo blieb ich stehen? Schreiben Sie, Eglofstein:

‚Sie täten gut, Herr Oberst, sich in Hinkunft darauf zu beschränken –'"

Ich träumte! War es möglich? Wir hatten ihm seine Frau gestohlen, er wußte es nun und diktierte dennoch ruhig seinen Brief zu Ende, als wäre nichts geschehen. Wir starrten ihn alle an, Eglofstein saß mit der Feder in der Hand und schrieb nicht. Aber Günther drüben in seinem Bett sagte zum zweitenmal:

„Die blaue Ranunkel! Hörst du! Hat Donop sie auch geküßt und Eglofstein und Jochberg?"

Im Gesichte des Obersten zuckte kein Muskel. Er stand in der gespannten Haltung eines Horchenden. Auf seinen festgeschlossenen Lippen lag eine dünne Falte von Schmerz oder Hohn. Dann machte er eine plötzliche Bewegung nach dem Fenster hin. Von der Straße her vernahm ich jetzt ein fernes Geräusch, ein leises Summen, und auf dieses Geräusch allein schien er zu horchen.

Jetzt erhob sich Eglofstein mit einem plötzlichen Entschluß. Er warf die Feder hin, trat vor den Obersten und stand kerzengerade.

„Herr Oberst! Ich bekenne mich schuldig. Daß ich mich zu Ihrer Verfügung halte, ist selbstverständlich. Ich erwarte Ihre Befehle, Herr Oberst."

Der Oberst hob den Kopf und sah ihn an.

„Meine Befehle? Ich denke, der Augenblick ist zu ernst, als daß ich einer Bagatelle wegen das Regiment auch nur eines seiner Offiziere berauben dürfte."

„Einer Bagatelle wegen?" stammelte Eglofstein und sah dem Obersten starr ins Auge.

Ein Zucken der Achseln. Eine nachlässige Bewegung der Hand.

„Es lag mir daran, die Wahrheit zu erfahren, und nun kenne ich sie. Sie überrascht mich nicht. – Die Sache ist abgetan."

Ich konnte nicht begreifen, ich war starr vor Staunen. Ich hatte einen Ausbruch der Raserei erwartet, wütendes Verlangen, uns alle zu vernichten, und nun hörte ich Worte, die kühl klangen, gleichgültig und beinahe weise.

Wir alle schwiegen, und der Oberst fuhr fort:

„Niemals habe ich mich darüber getäuscht, daß jene Ähnlichkeit, der meine Sinne erlagen, nur sehr äußerlicher Natur ist. Gesicht und Haltung und Farbe des Haares – nun ja, alles dies fand ich vereinigt. Aber Treue habe ich von dem armseligen Trugbild eines sinnlosen Zufalls niemals erwartet."

Der Lärm draußen hatte sich verstärkt, war näher gekommen, und schon konnte ich einzelne Stimmen unterscheiden. Günther murmelte noch immer vor sich hin, aber keiner von uns achtete auf seine Worte.

„Sie sehen mich alle so verwundert an", sagte der Oberst. „Haben Sie etwa im Ernst erwartet, daß ich eines Geschöpfes wegen, das, wie ich merke, so ziemlich allen von Ihnen gefällig gewesen ist, die Rolle des eifersüchtigen Pantalone spielen werde? Eine große Szene wegen solch einer Lappalie? Sie sind in diesem Augenblick sehr lächerlich, Eglofstein. – Gehen Sie jetzt, und sehen Sie nach, was draußen vorgeht."

Eglofstein trat ans Fenster, stieß die beiden Flügel auf und beugte sich hinaus. Ich hörte Stimmen durcheinanderrufen. Dann trat Ruhe ein. Ein Windstoß fuhr durch das Zimmer, und die Papiere auf dem Tisch flatterten auseinander.

Dann kam Eglofstein zurück.

„Die Menge hat den Kordon auf dem Marktplatz durchbrochen", meldete er. „Leutnant Lohwasser wurde zu Boden gerissen und mißhandelt."

„Und wir stehen hier und disputieren über Weiber und Liebschaften", rief der Oberst. – „Kommen Sie, Eglofstein!"

Sie griffen nach Säbel und Mantel und eilten hinaus. Aber einige Sekunden später kam Eglofstein allein zurück.

„Ich habe nicht viel Zeit", stieß er hervor. „Sie muß fort, hören Sie? Er darf sie nicht mehr antreffen, wenn er zurückkommt."

„Wen darf er nicht mehr antreffen?" fragte Donop.

„Die Monjita."

„Die Monjita? Sprach er denn wirklich von der Monjita?"

„Zum Teufel, von wem denn sonst? Glauben Sie, einer von uns wäre lebendig aus diesem Zimmer gekommen, wenn er die Wahrheit erraten hätte? Nicht einen Augenblick lang hat er daran gedacht, daß ihn seine Frau betrogen haben könnte."

„Aber die blaue Ranunkel!" rief Donop.

„Begreifst du denn noch immer nicht?" schrie Eglofstein ungeduldig. „Ich sah wohl, daß ihr dastandet, beide wie die Karrenesel. Ich begriff es in der ersten Sekunde. Er hat der Monjita die blaue Ranunkel auf den Leib geätzt, damit die Illusion eine vollkommene werde, das ist doch klar!"

„Aufgesessen!" hörte ich die Stimme des Obersten von unten. Und dann ein Klirren von Säbeln, Sporen und Zaumzeug.

„Sie muß fort, verstehst du es jetzt? Er darf sie nicht mehr sehen, oder er erfährt die Wahrheit."

„Aber wohin?"

„Das ist eure Sache. Aus dem Haus hinaus. Aus der Stadt hinaus. Ich habe keine Zeit mehr."

Er war draußen. Eine Minute hindurch war Stille. Dann hörte ich das hundertfache Klappern der Pferdehufe sich nach der Richtung des Marktplatzes hin entfernen.

Das letzte Signal

Wir fanden die Monjita auf der Treppe, dort stand sie an das Geländer gelehnt, regungslos, und starrte vor sich hin. Als wir uns näherten, fuhr sie zusammen. Ihre Augen schwammen in Tränen.

Ihr verstörtes Gesicht ließ uns sogleich erraten, daß sie dem Obersten begegnet war in dem Augenblick, wo er das Haus verließ. Vielleicht hatte sie ein höhnisches Wort aus seinem Mund in solche Bestürzung versetzt oder ein feindseliger Blick oder eine verachtungsvolle Geste, mit der er sie aus dem Weg gewiesen haben mochte – vielleicht auch nur der Ausdruck seines Gesichtes: Sie stand ratlos und in Verzweiflung und wußte sich das veränderte Wesen ihres Liebhabers nicht zu erklären.

Donop trat auf sie zu und erklärte ihr, daß sie das Haus verlassen müsse, er sei beauftragt, sie an einen Ort zu bringen, wo für ihre Sicherheit besser gesorgt sei. Denn man befürchte eine neuerliche Beschießung der Stadt für die folgende Nacht.

Die Monjita hörte nicht ein Wort von all dem, was er zu ihr sagte.

„Was ist geschehen?" rief sie. „Er war zornig, nie zuvor hab ich ihn so gesehen. Wohin ist er geritten, und wann kommt er zurück?"

Donop sprach ihr zu, sie möge ihm vertrauen und mit uns gehen, denn das Verbleiben in diesem Hause sei sinnlos und gefährlich.

Die Monjita sah ihn an, ohne ihn zu verstehen.

Ihre Bestürzung verwandelte sich plötzlich in Zorn.

„Sie haben dem Herrn Oberst hinterbracht, daß Sie den Sohn des Schneiders bei meinem Vater angetroffen haben. Sie waren es oder einer Ihrer Freunde. Sie taten unrecht, Herr, denn nun denkt der Herr Oberst das allerschlechteste von mir."

Wir sahen sie verwundert an, denn wir wußten nichts von diesem Schneiderssohn. Aber sie fuhr fort:

„Es ist wahr, und der Herr Oberst wußte es, ich hatte einen Liebhaber, aber seit länger als einem halben Jahr schon ging ich ihm aus dem Wege. Es ist nicht meine Schuld, daß ich ihn gestern in der Werkstatt meines Vaters traf. Er hatte sich erboten, die Figur des Josef von Arimathäa darzustellen für einen und einen halben Realen, aber in Wirklichkeit tat er es nur, um mich zu sehen. Heute morgens, als ich ans Fenster trat, stand er vor dem Hause auf der Gasse und machte mir Zeichen, auf die ich nicht achtete. Das ist alles, und es ist nichts Schlimmes. Führen Sie mich zu dem Herrn Obersten, ich werde ihn überzeugen, daß ich nichts Unrechtes getan habe."

„Der Herr Oberst ist bei den Vorposten", sagte Donop verlegen. „Und er bleibt die ganze Nacht und vielleicht auch den morgigen Tag über draußen."

„Führen Sie mich zu ihm!" bat die Monjita. „Sagen Sie mir, wie ich zu ihm gelangen kann, und Gott wird Ihnen beiden tausend Jahre Gutes dafür geben."

Donops Blick streifte mich, und wir beide schämten uns, einer vor dem anderen, des ungerechten Auftrages wegen, den wir übernommen hatten und der uns zwang, zu lügen und die Monjita in ihrem Irrtum zu bestärken. Aber wir mußten so handeln, wir konnten nicht anders, wir hatten keine Wahl. Der Oberst durfte die Monjita nicht wiedersehen.

„Es ist gut", sagte Donop. „Es soll nach Ihrem Wunsche geschehen. Aber der Weg ist weit, und er führt uns in die Nähe des Feindes."

„Wohin Sie wollen!" rief die Monjita voll Freude. „Auf den Grund des Flusses, wenn es sein muß."

Doch jetzt schien plötzlich Mißtrauen in ihr zu erwachen, und sie mochte sich in diesem Augenblick erinnern, wie wir sie tags zuvor mit unseren Wünschen bedrängt hätten, daß sie die Nacht mit uns verbringen sollte. Sie sah uns lange und prüfend an, erst mich, dann Donop, und vielleicht befürchtete sie, daß wir unsere Absichten noch immer nicht aufgegeben hätten.

„Erwarten Sie mich hier", sagte sie sodann. „Ich will hinaufgehen, um mir von meinen Sachen zu holen, was ich für die Nacht benötige. Ich werde gleich hier sein."

Sie kam nach einer Weile mit einem kleinen Bündel in den Händen zurück. Ich nahm es ihr ab, um es zu tragen. Sie überließ es mir erst nach einigem Zögern.

Es war leicht, ich fühlte kaum sein Gewicht. Ich hielt es in der Hand und wußte nicht, daß ich das Verderben trug, das unentrinnbare Verhängnis, den Untergang des Regiments, das letzte Zeichen.

Ich hatte mit Donop verabredet, daß ich die Monjita durch unsere Linien hindurch und zu den feindlichen Vorposten bringen sollte. In allen Banden der Guerillas gab es englische Offiziere vom Stabe Wellingtons und Rowland Hills, die den Führern als Berater in allen Fragen der Kriegskunst dienten. Unter der Flagge eines Parlamentärs wollte ich mit einem von ihnen zu sprechen verlangen und die Monjita seiner Obhut übergeben als eine Person von Stand, für die der Kommandant der belagerten Stadt den Schutz des Gegners erbäte.

Ich hatte mich dafür entschieden, in einem Boot den Fluß hinaufzurudern, denn nach allem, was ich auf meinem Patrouillengang am frühen Morgen gesehen hatte, erschien mir dieser Weg als der sicherste. Auch blieb mir für den Fall, daß die Guerillas sich weigern sollten, die Flagge des Parlamentärs zu respektieren, einige Hoffnung, durch Ausnützung der Strömung und im Schutze des Ufergebüsches rasch aus dem Bereich des feindlichen Feuers zu gelangen.

In der Nähe der Stadtmauer, an jener Stelle des Flußufers, an der sonst die vielen Wäscherinnen standen, bestiegen wir den Kahn. Ich griff zu den Rudern, und die Monjita kauerte sich mit ihrem Bündel hinter meinem Rücken auf den Boden des Fahrzeuges.

Aus der Gegend des Marktplatzes hörte ich Schüsse fallen. Das war ein schlimmes Zeichen. Der Kampf gegen die Aufständischen war im Gange, und es mußte sich als schwierig erwiesen haben, ihrer Herr zu werden, denn sonst hätte der Oberst den Befehl, zu schießen, nicht gegeben. Die Dunkelheit brach herein, und Donop nahm mit einem Händedruck von mir Abschied. In seinem Gesicht waren Zweifel und Besorgnis zu lesen und die Befürchtung, daß wir uns nicht wiedersehen würden. Denn mein Unternehmen war voll Gefahr und in seinem Ausgang höchst ungewiß.

Ein feuchter Wind schlug mir entgegen, während ich langsam und geräuschlos die Ruder senkte, und rings um mich stieg der Geruch des Wassers in die Höhe. Der Fluß trieb große Eisschollen gegen die Wand des Kahnes und entwurzeltes Gestrüpp und Schilfrohr in Büscheln. Manchmal mußte ich den Kopf senken, um den Schlägen der Uferweiden zu entgehen, denn sie streckten ihre kahlen Äste weit über den Spiegel des Wassers hinaus. In der Ferne verschmolz der Lauf des Flusses mit den dunklen Umrissen des Buschwerkes zu einem einzigen, großen, nächtlichen Schatten.

Dort, wo der Fluß die erste Biegung macht, rief unser Posten mich an. Ich legte an. Der Premierleutnant von Froben erschien, erkannte mich und fragte verwundert nach Zweck und Ziel meiner Fahrt. Ich sagte ihm so viel, als ich für nützlich hielt.

Ich erfuhr, daß unsere Linien nur schwach besetzt seien, der größte Teil der Truppen war auf dem Weg in die Stadt, denn die Revolte hatte gefährliche Formen angenommen, und der Oberst wurde von der Menge der Aufständischen im Zentrum der Stadt bedrängt.

„Wenn nur die Guerillas uns diese Nacht in Frieden lassen", fügte von Froben in besorgtem Ton hinzu und blickte in der Dunkelheit hinüber nach dem Tal, in dem die Banden des Gerberbottichs lagen.

Die Monjita hatte von diesem Gespräch nichts verstanden, nur bei der Erwähnung des Obersten blickte sie auf und sah mich fragend an.

Ich ruderte weiter.

„Sind wir bald am Ziel?" fragte sie.

„Bald", gab ich zur Antwort.

Sie wurde unruhig.

„Drüben sehe ich die Feuer der Serranos brennen", sagte sie. (– Denn die Spanier der Städte nenen die Guerillas: Serranos oder Bergbewohner. –) „Wohin führen Sie mich?"

Ich hielt die Zeit für gekommen, ihr die Wahrheit zu sagen.

„Ich habe Sie hieher gebracht, Monjita, um Sie der Obhut eines feindlichen Offiziers zu übergeben."

Sie stieß einen leisen Schrei der Überraschung und des Schreckens aus:

„Und der Herr Oberst?"

„Sie werden ihn nicht wiedersehen."

Sie stand auf, und der Kahn begann heftig zu schwanken.

„Sie haben mich betrogen!" rief sie erschrocken, und ich fühlte den Hauch ihres Atems in meinem Gesicht.

„Ich mußte es tun. Sie werden sich fügen, ich habe von Ihrer Klugheit die beste Meinung."

„Führen Sie mich zurück, oder ich rufe um Hilfe!"

„Sie können um Hilfe rufen, aber es wird vergeblich sein. Die Posten lassen Sie nicht mehr in die Stadt zurück."

Sie gebärdete sich wie verzweifelt, begann zu bitten, zu drohen und zu klagen, aber ich blieb fest. Ein Gedanke hatte sich in meinem Kopf festgesetzt, daß ich mit der Monjita in meinem Kahn das Unglück des Regimentes aus der Stadt hinwegführte. Um ihretwillen hatten wir das erste und das zweite der Signale des Marques de Bolibar gegeben. Sie war schuld, daß wir mit Günther in Streit geraten waren, daß er jetzt tot oder sterbend in Eglofsteins Kammer lag. Und wenn sie der Oberst wiedersah, so mußte sich ihm unser wahres Geheimnis enthüllen, ihm und uns allen zum Verderben.

Sie bat und klagte nicht länger, da sie sah, daß es vergeblich war. Ich hörte sie leise beten. In leidenschaftlichen Worten flehte sie zu Gott, und Schluchzen mischte sich in ihr Gebet.

Dann verstummte sie, und ich hörte kein Wort mehr, nur einmal noch einen leisen Seufzer und ein langes, endloses Stöhnen.

Indessen hatte ich die zweite Biegung des Flusses erreicht. Auf beiden Ufern brannten hochaufgetürmte Reisighaufen, die die ganze Breite der Wasserfläche in feurigen Farben erglänzen ließen. Schatten glitten an den Ufern hin und her. Dann rief mich eine Stimme an, ein

Schuß fiel, und eine Kugel schlug dicht neben meinem Kahn ins Wasser.

Ich ließ die Ruder fahren, zündete eilig die Laterne an, die zu meinen Füßen auf dem Boden des Fahrzeuges stand, und schwenkte sie mit der linken und mein weißes Tuch mit der rechten Hand. Der Kahn trieb gegen das Ufer. Von allen Seiten kamen die Guerillas herbeigelaufen mit Windlichtern, Laternen, Fackeln und Pechkränzen. Jetzt waren es ihrer mehr als hundert, die mich am Ufer erwarteten, und mitten unter ihnen erkannte ich zu meiner Freude den scharlachroten Mantel und den weißen Helmbusch eines englischen Offiziers von den Northumberlandfüsilieren.

Ich sprang mit dem weißen Tuch in der Hand aus dem Kahn, trat, ohne mich um die anderen zu bekümmern, auf diesen Offizier zu und erklärte ihm, während ein Dutzend Flintenläufe auf meinen Kopf gerichtet waren, den Zweck meines Hierseins.

Er hörte mich schweigend an und ging dann auf die Monjita zu, wohl, um ihr beim Verlassen des Kahns behilflich zu sein. Ich wollte ihm nach, aber im gleichen Augenblick fühlte ich mich an der Schulter gepackt. Ich drehte mich um und sah dem Gerberbottich ins Gesicht.

Ich erkannte ihn sogleich. Er stand auf seinen Stock gestützt, seine mächtigen Beine waren mit Fetzen umwickelt. In seiner roten Schärpe staken Messer, Patronen, Pistolen, Knoblauch und ein Stück Brot. Um den Hals trug er an eine Schnur gereiht kleine Zwiebackstücke wie einen Rosenkranz.

„Vor allem sind Sie mein Gefangener", schnarrte er mich an. „Alles Weitere wird sich finden."

„Ich bin als Parlamentär hergekommen", protestierte ich.

Der Gerberbottich lachte vergnügt in sich hinein.

„Faule Fische", meinte er. „Die wirft ein Teufel dem anderen ins Maul. Sie haben Ihren Säbel abzulegen."

Ich zögerte und erwog die Entfernung, die zwischen mir und meinem Kahn lag. Aber ehe ich zu einem Entschlusse kam, wendete sich der englische Offizier mir zu und sagte langsam:

„Ihr Kommandant schickt mir sonderbare Geschenke.
– Dieses Mädchen ist tot."

„Tot?" schrie ich und sprang auf den Kahn zu, aber
der Gerberbottich kam mir zuvor, beugte sich über die
Monjita und leuchtete ihr ins Gesicht.

„Wahrhaftig. Tot", krähte er. „Was sollen wir mit ihr?
Haben Sie sie hiehergebracht, daß wir ein Miserere für
sie beten, ein Offizium der Abgestorbenen, ein de pro-
fundis, ein requiescat, einen heiligen Rosenkranz?"

Ich schwieg, er aber stieß plötzlich einen wilden Aus-
ruf des Erstaunens aus, der wie das zornige Fauchen
einer Katze klang.

Nun erhob er sich und sah mich lange und fragend an.
Dann sagte er mit gänzlich veränderter Stimme:

„Das ist es also? Eine neue Scheide für meine alte
Klinge? – Nun gut. Geben Sie acht!"

Er zog eine Pistole unter seiner Schärpe hervor. Ich
dachte, es gälte mir und griff nach dem Säbel. Aber er
schoß sie zweimal hintereinander in die Luft ab, und dazwischen stieß er einen schrillen Pfiff aus.

Ich kannte dieses Signal der Guerillas. Es hieß: Alarm.

Noch immer verdeckte mir die plumpe Figur des Gerberbottichs den Kahn und die Monjita. Aber mit einem
Male sah ich in seiner rechten Hand – in seiner rechten
Hand sah ich das Messer, den Dolch des Marques de Bolibar, die Mutter Gottes aus Elfenbein mit dem Leichnam Christi auf den Knien – das dritte Zeichen.

Der Boden schaukelte unter meinen Füßen. Die Menschen, die Fackeln, die Bäume rings um mich drehten
sich langsam und schwankend im Kreise. Und meine
Augen erfaßten nichts als das Messer und einen Tropfen
Blutes, der an der Klinge hing, einen Tropfen vom Herz-
blut der Monjita, meine Augen verfolgten seinen Weg,
wie er hinunterglitt, langsam, unbeirrbar, unaufhaltsam
wie ein entsetzliches Gebot, das sich erfüllen muß. Und
ich sah die Monjita plötzlich vor mir, so wie ich sie zum
erstenmal gesehen hatte – „Komm her, du mit deinen
brennenden Augen!" – fuhr es mir durch den Kopf – da
stand sie, neben dem Lehnstuhl im Schein des Kaminfeuers – und unendlicher Jammer und Elend und Verzweiflung drückten mich nieder, weil sie tot war. Aber

nun schrie eine Stimme in mir auf, eine fremde Stimme, nicht meine eigene, laut und zornig und voll Heftigkeit:

„Das dritte Zeichen! Und du hast es gegeben!"

„Melden Sie Ihrem Auftraggeber –", hörte ich wie aus weiter Ferne, und nun erwachte ich aus meinem Dämmern und sah, daß ich mit dem Gerberbottich und dem englischen Kapitän allein am Ufer stand.

„Melden Sie Ihrem Auftraggeber", sagte der Gerberbottich, „daß wir in einer Viertelstunde – Bei allen Engeln und Heiligen! Sind Sie's oder sind Sie's nicht? Diesmal bin ich meiner Sache wahrhaftig nicht sicher."

Er trat einen Schritt zurück, hielt mir seine Laterne dicht vors Gesicht und begann zu lachen.

„Mir ist, als hätt ich den Herrn erst jüngst gesehen, da hat der Herr aber Saffianschuhe getragen und seidene Strümpfe. – Was ist Ihre Meinung darüber, Kapitän?"

Der englische Offizier lächelte.

„Ich bin erfreut, Sie diesmal trotz Ihrer Verkleidung zu erkennen, Herr Marques. Wie ich schon einmal die Ehre hatte, Ihnen zu versichern: Ihr Gesicht ist keines von denen, die man leicht vergißt."

„Der Herr Marques hat seine Sache gut gemacht", brummte der Gerberbottich zufrieden. „Wenn in der Stadt Aufruhr ist, ist sie so gut wie unser. In einer Viertelstunde wird gestürmt."

Und mir, dem Leutnant Jochberg von den nassauischen Grenadieren, geschah bei diesen Worten das Seltsame, daß mir zumute war, als sei ich wirklich jener spanische Marques de Bolibar, und ich fühlte einen Augenblick lang seinen Stolz und seinen Triumph, weil ich das dritte Zeichen gegeben hatte und weil das Werk vollendet war.

Dann verflog der Wahnsinn dieser einen Sekunde, ich kam zu mir, war wieder ich, war elend und verzweifelt, und Schrecken durchfuhr mich, ich mußte zurück, sogleich, ich mußte warnen, alarmieren –

Mit einem Sprunge war ich im Kahn.

„Wohin?" rief der englische Kapitän mir nach. „Bleiben Sie! Ihre Aufgabe ist beendet –"

„Noch nicht!" schrie ich, und mein Kahn schoß mit der Strömung den Fluß hinunter.

Der Untergang

Von den Stunden des Unterganges, von dem letzten furchtbaren und vergeblichen Kampf der beiden Regimenter Nassau und Erbprinz hat mein Gedächtnis nur wenig bewahrt, und ich weiß dem Himmel Dank dafür. Die Ereignisse des letzten Abends sind in meiner Erinnerung zu einem schattenhaften und verworrenen Bild von Feuer, Blut, Tumult, Schneewirbel und Pulverdampf zusammengedrängt. Den Hauptmann von Eglofstein hab ich nicht wiedergesehen, Brockendorf nur einmal noch im Traum. Viele Jahre später war es, daheim in Deutschland, da fuhr ich in einer Regennacht jäh aus dem Schlaf: Ich hatte Brockendorf gesehen, deutlich hatte ich ihn im Traume gesehen, wie er von vier Spaniern verfolgt aus einem brennenden Hause hervorbrach. Er hatte weder Rock noch Hemd, und ich sah die schwarzen Zotteln an seiner mächtigen Brust. In der einen Hand hielt er zusammengeballt seinen Mantel und wehrte Hiebe ab, mit der anderen führte er seinen Säbel. Drei oder viermal schlug er um sich, dann ließ er den Säbel fallen und stürzte zu Boden. Ein kleiner, fetter, bärtiger Mensch, der ein Windlicht trug, beugte sich über ihn und nahm ihm den Mantel ab.

Und während der Bärtige seine Beute in der Hand hielt, prüfend wog und besah, fiel ein Schuß, ein völlig lautloser Schuß, und der kleine, bärtige Mensch stürzte nieder und lag ausgestreckt unter Brockendorfs Mantel. Der Vollmond trat langsam hinter den Wolken hervor, und der Wind fegte eine Last von Schnee auf die beiden Toten.

War dies alles nur die trügerische Vision eines späten Angsttraumes, die mich aus unruhigem Schlaf riß? Oder hab ich in Wirklichkeit Brockendorfs Tod mit angesehen – und der Tumult der Stunde hat dieses Bild, eines von so vielen, so völlig aus meiner Erinnerung gelöscht, daß ich nichts mehr davon wußte, bis es viele Jahre nachher ein quälender Traum aus den Tiefen des Vergessens holte? – Ich kann es nicht sagen.

Aber den Obersten hab ich mit meinen Augen fallen gesehen und Donop auch und viele andere, denn das dritte Signal und der Angriff des Gerberbottichs brachten allen den Untergang, und ich kam zu spät, als daß ich hätte warnen können.

Ich sprang aus dem Kahn ans Ufer und brach durch die Weidenbüsche, da stieß ich auch schon auf die flüchtenden Grenadiere, die die Befestigungslinien verlassen hatten. Die Guerillas drängten ihnen nach und ließen sie nicht zu Atem kommen. Ich wurde von der Verwirrung mitgerissen, jeder lief, so gut er konnte, manche fielen und blieben liegen, und so erreichten wir die ersten Häuser der Stadt.

Ich überholte den Premierleutnant von Froben, der schwer verwundet war und der Wand eines Hauses entlang wie ein Betrunkener taumelte. Es gelang mir endlich, einige von den Flüchtenden zum Stehen zu bringen, und wir hielten eine Weile hindurch den Guerillas stand. Dann aber hieß es plötzlich, wir hätten die Feinde schon im Rücken, drüben werde geschossen – da war kein Halten mehr, meine Leute sprangen vom Boden auf und liefen die Straße hinunter und ich mit ihnen.

Überall war Kopflosigkeit und Verwirrung, alles stieß und schrie und drängte vorwärts. Aus den Fenstern flogen Ziegelsteine, Tonkrüge, Holzscheiter, eiserne Werkzeuge, Dachschindeln, Bratspieße, Zinnkannen, Siedkessel und leere Flaschen nach unseren Köpfen. In einem Hausflur, auf den Stufen einer Treppe, die hinab in den Keller führte, stand ein junges, schwangeres Weib und feuerte, immer wieder von neuem ladend, aus einem Doppelterzerol auf die Straße. Neben mir blieb einer stehen und legte auf sie an. Dann sah ich nichts mehr, der Vollmond war hinter den Wolken verschwunden, wir liefen im Finstern, und von allen Seiten hörte man anfeuernde und verzweifelte Rufe:

„Mein Pferd ist weg! Wo ist mein Pferd hin?"

„Keine Angst! Laß sie nur herankommen.“

„Wohin? Wohin? Ich sehe nichts als Schnee.“

„Dragoner! Söhne Frankreichs! Noch einmal halt und drauf mit euren Kolben!“

„Mein Tornister!“

„Auf! Auf! Nimm dich zusammen, wir müssen weiter!“

„Fertigmachen! Achtung – Feuer!“

„Hier bin ich. Hier!“

„Ich bin verwundet, ich kann nicht mehr fort.“

„Sie kommen!“

„Geradeaus! Geradeaus!“

Ich erhielt im Dunkeln einen Stoß in den Rücken und wurde umgerissen. Einen Augenblick lang fühlte ich nichts als den nassen Schnee im Gesicht und einen stechenden Schmerz im Hinterkopf. Ich weiß nicht, was nun mit mir geschah. Obgleich ich nicht eine Sekunde lang das Bewußtsein verlor, ist dennoch in meiner Erinnerung eine lange, dunkle Lücke.

Ich finde mich wieder in den Händen zweier Grenadiere, die mich stützten und vorwärts zogen. Ich verspürte Durst und im linken Arm heftige Schmerzen, auch am Kopf und an beiden Schultern. Ich entsinne mich, daß ich zweimal meine Pistole abfeuerte, aber ich weiß nicht mehr, auf wen.

Wir waren unser sieben. Nur zwei von uns hatten ihre Waffen, und fast alle waren wir verwundet.

Vor uns lag, hell erleuchtet und von Menschen erfüllt, der Marktplatz.

Wir schrien vor Freude auf, umarmten uns, glaubten uns gerettet und geborgen, als wir hier drei Kompanien Grenadiere sahen, zu Karrees formiert, in Verteidigungsstellung und mitten unter ihnen den Obersten zu Pferd.

Es scheint, daß das Regiment gleich zu Beginn des Kampfes in drei Teile auseinandergerissen worden war. Ein Teil hielt sich noch eine Zeitlang in der Gegend des Prälatenhauses. Ein anderer verteidigte sich hinter den Hecken und Bäumen des Hospitalgartens, der im Verlauf der Nacht von den Guerillas und aufständischen Bürgern erstürmt wurde. Die drei Kompanien auf dem

Marktplatz befanden sich noch in guter Verfassung, und es hieß, es solle versucht werden, sich an das Flußufer durchzuschlagen.

Ich habe nur wenige Momente des Kampfes, der nun folgte, in Erinnerung behalten. Donop stand neben mir, sprach auf mich ein und gab mir aus seiner Flasche zu trinken. Später sehe ich mich hinter einem Gepäckwagen knien und aus einem Karabiner in die dichte Masse der Angreifenden feuern. Neben mir trank ein Grenadier kalte Suppe aus einem irdenen Napf.

Von meinem Platze aus konnte ich die Fenster meines Quartiers sehen. Sie waren erleuchtet, ich sah Schatten fremder Menschen im Zimmer hin und her gleiten, und mir fiel, während ich schoß, ein, daß ich Bücher auf meinem Tisch liegen gelassen hatte, französische Liebesromane und ein Bändchen deutscher Pasquillen.

Zischen, Dröhnen, Pfeifen, Flintengeknatter, ein schriller Aufschrei, Kommandorufe, dazwischen das unaufhörliche „Caraxo! Caraxo!" der Spanier. Castel-Borckenstein wurde besinnungslos an mir vorbeigetragen, seine Stiefel waren voll Blut, hinter ihm ging sein Diener und schüttelte mit wütender Gebärde sein abgeschossenes Gewehr gegen die Spanier. Drüben, vor dem Eingang zur Schenke „Zum Blute Christi", stand in hellem Fackellicht der heilige Antonius, hielt seine steinernen Hände empor und bezeugte mitten im Lärm und Kampfgetümmel, daß die Empfängnis Mariens eine unbefleckte gewesen sei.

Gleich nach Castel-Borckensteins Verwundung kam der Befehl zum Rückzug. Eine halbe Kompagnie ging in geschlossenen Gliedern gegen die Ambrosiusgasse vor. Hinter ihnen ritt der Oberst.

Plötzlich sah ich ihn im Sattel schwanken. Zwei Leute sprangen auf ihn zu, um ihn zu halten. Er konnte, wie es schien, nicht sprechen und bewegte beide Hände heftig gegen die Guerillas. Rings um ihn her entstand ein Gedränge, und bald nachher sah ich ihn nicht mehr. Donop schrie zwei oder dreimal laut nach einer Bahre.

Und nun löste sich alle Ordnung. Vom Strome mitgerissen, geriet ich in die Geronimogasse. Sie war voll laufender und schreiender Menschen, jeder wollte allen anderen voraus, um zuerst an das Flußufer und zur Brücke zu kommen. Später machten die meisten von ihnen kehrt und liefen zurück aus einem Grunde, den ich nicht kenne. Donop blieb immer dicht an meiner Seite. Er preßte im Laufen ein Stück Leinwand, das er aus seinem Rockfutter gerissen hatte, auf eine Säbelwunde an seiner Wange – so hab ich sein Bild noch heute in Erinnerung.

Dunkel entsinne ich mich noch eines kurzen Handgemenges in der Nähe der vom Brand zerstörten Nagelschmiede. Auch daß ein Guß siedenden Wassers dicht vor meinen Füßen niederspritzte, blieb mir im Gedächtnis. Ein paar Tropfen trafen meine Hand.

Als wir zum Fluß kamen, fanden wir die Brücke von den Guerillas besetzt. Einige von uns versuchten watend und schwimmend das andere Ufer zu erreichen. Bis an die Schultern im Wasser stehend, arbeiteten sie gegen die Strömung, aber die Kälte ließ sie erstarren, und einer nach dem anderen verschwanden sie in den Fluten. Von der Steinbrücke her feuerten die Guerillas unaufhörlich mit Kartätschen in unsere Reihen.

Wir liefen die Häuser entlang den Weg zurück, den wir gekommen waren. Nunmehr dachte keiner von uns an Rettung oder Entkommen. In unseren Herzen war weder Hoffnung noch Verzweiflung, nichts als die stumme Entschlossenheit, uns bis zum letzten zur Wehr zu setzen. Wir suchten keinen Ausweg aus dem Verderben; nur einen Platz, wo wir im Handgemenge, Mann gegen Mann, Faust gegen Faust, kämpfen und sterben konnten.

So gerieten wir in eine enge, hügelige Gasse, die ich nie zuvor betreten hatte. Hier war es, wo Donop fiel. Ich dachte, er wäre auf dem gefrorenen Boden ausgeglitten, und hielt ihm die Hand hin, um ihm zu helfen, aber er hatte eine Kugel im Halse. Er tastete nach meiner Hand und reichte mir alles, was er besaß: Eine silberne Taschenuhr, zwei Päckchen Briefe, zwei Bankbilletts, einige Napoleons in Gold, eine Übersetzung des Sueton, die er selbst begonnen hatte, ein kleines silbernes Bild mit erhaben gearbeiteten mythologischen Figuren und eine halbgeleerte Flasche Wein. Ein Grenadier, der unter der Last seines Tornisters, an den er seine Stiefel, einen kupfernen Kessel und eine silberne Punschterrine geschnallt hatte, gebückt vorüberlief, blieb stehen und warf einen begehrlichen Blick auf die Goldstücke in meiner Hand. Ich steckte alles zu mir, aber das meiste davon habe ich zwei Minuten später auf der Flucht verloren. Nur das kleine silberne Bild mit der Venus und den Horen besitze ich noch heute.

Im Weiterlaufen vernahmen wir plötzlich einen durchdringenden Pfiff, der aus zwei Richtungen beantwortet wurde. Zugleich erhielten wir Feuer von vorne. Wir blieben stehen und blickten uns um.

Das Tor des Hauses, vor dem wir uns befanden, wurde mit Kolbenschlägen zertrümmert. Es ging eine gewundene Holztreppe hinauf, die schwach beleuchtet war, eine Öllampe brannte in einer Nische unter einem Heiligenbild. Das Zimmer, in das wir eintraten, mochte einem Bäcker oder Konditor als Vorratskammer dienen. Wir sahen Mehlsäcke, Körbe mit Kastanien oder Nüssen, ein Faß voll in Haferstroh verpackter Eier und eine Kiste Schokolade, auf deren Deckel in schwarzen Lettern geschrieben stand: Pantin, rue Saint-Anne à Marseille.

Wir ließen die Türe offen und luden unsere Gewehre. Wir mußten nicht lange warten: Schon hörten wir die Spanier auf der Treppe.

Ein Kopf wurde sichtbar, ein knochiges Gesicht mit kurzem, borstigem Haar. Ich erkannte es sogleich, es gehörte dem Gewürzkrämer von der Ecke der Karmelitergasse. Ich hob die Pistole, aber einer hinter mir kam mir zuvor und schoß. Andere Gestalten tauchten auf und stürzten sich auf uns, Schüsse krachten, eine Axt fuhr über den Tisch hinweg nach meinen Fingern, Pulverdampf erfüllte das Zimmer.

Als wir wieder sehen konnten, waren wir allein, aber nur vier von uns standen aufrecht. Von der Treppe her hörten wir ein Poltern und Stürzen. Wir luden unsere Gewehre. Die Waffen der beiden Gefallenen luden wir gleichfalls und legten sie fertig zum Gebrauch vor uns auf den Tisch.

Einer von den Grenadieren sprach mich an und erinnerte mich, daß wir vor Jahren Schulkameraden gewesen seien. Er bat um eine Pfrieme Tabak. Ein anderer zog seine Stiefel aus, denn er hatte sich die Füße wund gelaufen. Ich war zum Umfallen müde.

Dann kamen die Guerillas zum zweitenmal.

Eine Kugel pfiff an meinem Ohr vorbei, hinter mir fiel etwas krachend und klirrend zu Boden. Ich hörte fluchen und schreien, meine Beine wurden umklammert, der Tisch stürzte um, eine Hand war an meiner Kehle, und ich wurde zu Boden gerissen.

„Platz da!" hörte ich im Fallen eine Stimme von der Türe her. Über meinem Gesicht hing ein Säbel in einer erhobenen Faust, hing endlos lange, hing und wollte nicht niedersausen.

„Platz da, sag ich", hörte ich die gleiche Stimme nochmals. Ein greller Lichtschein fuhr in mein Gesicht, der Säbel verschwand, und statt seiner sah ich einen weißen Federbusch über mich gebeugt und einen Mantel von Scharlach.

Zwei Fäuste lösten sich langsam von meiner Kehle. Mein Kopf fiel schwer zurück und schlug heftig an den Rand einer Kiste.

„Welch eine Tollheit, in dieser Verkleidung zu bleiben", klang es an mein Ohr. „Nehmt ihn auf! Tragt ihn hinunter!"

Ich fühlte mich in die Höhe gehoben.

„Sagte ich es Ihnen nicht im vorhinein", hörte ich, „daß Sie Gefahr laufen, von meinen Leuten nicht erkannt zu werden?"

Ich wollte die Augen öffnen, aber es ging nicht. Der Wind schlug kalt und feucht in mein Gesicht. Jemand warf mir einen Mantel über. Ich fühlte ein Schaukeln, es war mir, als wäre ich auf dem Fluß, säße im Kahn mit der Monjita, die Fluten warfen große Eisschollen gegen die Wand des Kahnes, und vom Ufer her rauschten die Weidenbüsche.

Dann lag ich plötzlich still, fühlte kein Schaukeln mehr, lag weich auf Teppichen oder auf Decken.

„Wen, zum Teufel, bringen Sie da, Kapitän?" hörte ich eine ächzende, verdrießliche Stimme.

„Den Herrn Marques de Bolibar", klang es zurück.

Wieder fiel ein Lichtstrahl in mein Gesicht. Ich hörte flüstern und leise Schritte, die sich entfernten. Eine Tür fiel zu.

Ich schlief ein.

Der Marques de Bolibar

Als ich erwachte, war es spät am Tage.

In der Schlaftrunkenheit, ehe ich die Augen öffnen konnte, hatte ich das unbestimmte Gefühl, als sei das Zimmer voll von Menschen, die dicht gedrängt stünden und mich schweigend betrachteten. Es war mir, als hörte ich ihre Atemzüge und das Rascheln ihrer Mäntel. Als ich dann völlig wach geworden war, sah ich drei Leute, die sich aus dem Zimmer stahlen, und jeder von ihnen machte den beiden anderen mit den Händen Zeichen, sie sollten leise auftreten und ohne Geräusch verschwinden.

Im Zimmer verblieben nur zwei Personen: der englische Kapitän von den Northumberlandfüsilieren, der in seinem scharlachroten Mantel, die Arme über die Brust gekreuzt, vor meinem Bette stand. Und hinter dem Herde saß der Gerberbottich.

Als ich ihn erblickte, kamen mir sogleich die Ereignisse des vergangenen Tages in Erinnerung, die mich der Schlaf hatte vergessen lassen: Der Überfall der Guerillas, der Tod des Obersten und Donops und Castel-Borckensteins, der Untergang der beiden Regimenter. Eine grenzenlose Verwunderung, daß ich noch am Leben war, überkam mich und gleich darauf ein lähmender Schrecken, weil ich mich meinem Todfeind, dem Gerberbottich, gegenübersah. Aber nur einen Augenblick lang währte diese Angst und im nächsten kam ein Gedanke, der mich mit tiefer Ruhe erfüllte: Ich hatte kein Recht weiterzuleben als der letzte des Regimentes. Und was konnte ich Besseres wünschen, als meinen Kameraden in den Tod zu folgen.

„Er ist erwacht", hörte ich den englischen Offizier sagen.

Der Gerberbottich stieß mit heiserer Stimme einen

Laut aus, der wie Stöhnen klang. Seine Beine lagen, vom Herdfeuer grell beleuchtet, ausgestreckt auf einem Stuhl und waren mit Fetzen dick umwickelt, denn er litt seit jeher an Podagra. Sein linker Arm war vom Ellenbogen bis zur Schulter hinauf in Leinwand verpackt.

„Meine Aufwartung, Herr Marques!" ächzte er und rieb sich mit einem Stück Schiefer seinen gichtigen Knöchel. „Wie steht Euer Gnaden Befinden?"

Ich sah ihn an und meinte, er triebe seinen Spott mit mir.

„Es war keine leichte Sache, Sie aufzufinden", berichtete der Kapitän. „Ein Zufall, Herr Marques, der mir die Ehre verschafft hat, Sie in Sicherheit zu bringen."

Ich sprang vom Bette auf. Mit Staunen erkannte ich jetzt, welch einen sonderbaren Weg zurück ins Leben mir das Schicksal wies. Ein Schauer überlief mich bei dem Gedanken, daß ich die Rolle des Marques de Bolibar spielen sollte, ich, der ich ihn ermordet hatte. Und ich war entschlossen, diesem grauenvollen Spuk sogleich ein Ende zu bereiten.

„Ich bin nicht der, den Sie in mir vermuten", sagte ich zu dem Kapitän und zwang mich, ihm ins Auge zu sehen. „Der Marques de Bolibar ist lange tot. Ich bin ein deutscher Offizier von den Rheinbundtruppen."

Es war mir leicht zumut nach diesem Bekenntnis, und ich wartete mit Ruhe auf mein Schicksal.

Der Engländer blickte den Gerberbottich an und dann mich. Er lächelte.

„Ein deutscher Offizier, jawohl", sagte er. „Ich weiß es. Eben jener deutsche Offizier, der vor einigen Tagen im Landhause des Herrn Marques erschien, just eine halbe Stunde nach des Herrn Marques Verschwinden. Ein merkwürdiger Zufall, von dem mich Ihr Haushofmeister in Kenntnis gesetzt hat, Herr Marques – er war heute morgens hier, während Sie schliefen."

„Verdammt. Ich habe eine Nadelmacherwerkstatt in den Beinen", warf der Gerberbottich ein. „Das weiß keiner, wie das zwickt und sticht."

„Sie sind im Irrtum, Herr Kapitän!" rief ich. „Ich bin der Leutnant Jochberg vom Regimente Nassau."

„Vom ehemaligen Regimente Nassau. Jawohl. Von

den Soldaten des Kaisers in diesem Augenblicke wohl
der sonderbarste, Herr Marques."

„Soldaten des Kaisers?" schrie der Gerberbottich wütend. Er machte einen Versuch, aufzuspringen, sank
aber sogleich mit einem schmerzlichen Stöhnen in seinen Stuhl zurück. „Soldaten nennen Sie sie? Wüstlinge
waren es, Prahler, Spieler, Trunkenbolde, Lügner, Prasser, Kirchenräuber – Gott ist gerecht und sein Gericht
ist echt."

Ein dumpfer Schmerz überkam mich und ein sieden-
der Zorn, als ich hörte, wie der Gerberbottich mit solchen Worten meine toten Kameraden schmähte. Ich
wollte auf ihn zu und ihn mit meinen Händen erwür-
gen, aber der englische Offizier stand zwischen mir und
ihm.

„Sie halten mich für den Marques de Bolibar", sagte
ich, als ich meinen Zorn bemeistert hatte. „Er war ein alter Mann, und ich bin jung, achtzehn Jahre alt."

Der Gerberbottich ließ ein meckerndes Lachen hören.

„Achtzehn Jahre. Wahrhaftig, ein schönes Alter. Der
Kerzenzieher gegenüber der Kirche – Sie kannten ihn,
Herr Marques, er war so dürr, als hätte sich seine Mutter
an einem Ladstecken versehen –, fünfzig Jahre war er
alt, als er seine dritte Frau nahm, und für die Hochzeit
hat er sich seine Haare so schön braun gefärbt, wie Sie
gestern die Ihren. Er sah aus wie achtzehn. Schade um
das Ziegenfett, die Pomade und das viele Wachs, das Sie
verdorben haben, Herr Marques. Es hat nicht länger vor-
gehalten als eine Nacht."

Er lachte wiederum und wies mit der Hand auf den
zerbrochenen Wandspiegel. Und ich sah mein Bild und
erschrak, meine Augen wollten es nicht glauben: Meine
Haare waren weiß geworden in den Schrecken der vergangenen Nacht, schneeweiß wie die Haare eines alten
Mannes.

„Sie tun unrecht, Herr Marques", klang die Stimme
des Kapitäns an mein Ohr. „Sie tun unrecht, wenn Sie
versuchen, hinter Ihrer Maske verborgen aus der Welt
zu flüchten. Sie waren in einer großen und erhabenen
Sache am Werk. Der Himmel war mit Ihnen, und sie ist
gelungen. Sie sollten nicht den Ruhm Ihrer Tat verach-

ten, Sie sollten nicht den Dank verschmähen, den wir alle und Ihr Vaterland und die Sache der Freiheit Ihnen schulden."

Ich weiß nicht, wie das Seltsame geschah. Ich stand und sah mich im Spiegel und sah nicht mehr mich selbst, sondern das Bildnis eines fremden, alten Mannes mit weißem Haar. Und dann durchfuhr es mich, und in mir erwachten auf sonderbare und unerklärliche Art die Gedanken eines anderen, seine Tat lebte in mir, sein Wille, sein Entschluß, und es ergriff Besitz von mir und durchbebte mich mit einem wilden Schauer des Triumphes. Es war, als hätte sich die Seele des Ermordeten in mir erhoben, und sie kämpfte mit meiner eigenen, mit der ihres Mörders und zwang sie nieder. In mir war groß und furchtbar der Marques de Bolibar. Noch wehrte ich mich gegen seine Gewalt, ich wollte zurück zu mir, beschwor das Bild meiner toten Kameraden, zwang mich, an sie zu denken, an Donop, Eglofstein, an Brockendorf – sie kamen nicht, ihre Gestalten blieben im dunkeln, ich hatte den Klang ihrer Stimmen verloren, und als ich sie in meinem Innern mit ihren Namen rufen wollte, stiegen fremde Worte in mir auf, grausame Worte, die Worte des Gerberbottichs, als wären sie eine eigenen:

„Prahler, Prasser, Trunkenbolde, Kirchenräuber –", schrie es in mir. „– Gott ist gerecht und sein Gericht ist echt."

Und es war mir, als wäre die Vernichtung des Regimentes von Anfang an mein Wille gewesen, als hätte ich sie bei mir beschlossen gehabt, um einer großen und erhabenem Sache willen. In mir war Sturmwind, mein Herz pochte, in meinen Schläfen brauste und dröhnte es, und ich stand taumelnd vor der Größe dieser Stunde.

Der Gerberbottich sah mich an, als wartete er auf ein Wort aus meinem Munde. Aber ich schwieg.

„Lassen Sie mich ein Wort zu Ihnen reden, Herr Marques", begann er nun. „Ich weiß es: Sie verachten den Krieg und denken gering von allem Ruhm, den sich ein tapferer Soldat in Schlachten und Gefechten erwirbt.

‚Ein armer Bauernknecht' – sagten Sie nicht so? –, ‚der in Einfalt seinen Acker pflügt, hat mehr Ruhm als alle Feldherrn und Generäle.' Ich habe diese Nacht über allerlei nachgedacht, denn ich konnte vor Schmerzen nicht schlafen. Eine Stückkugel hat mir den Arm zerrissen, und wenn der Brand hinzutritt – Wir Soldaten sind Märtyrer nicht anders als die Heiligen St. Jakob, Cyriak oder Marcellinus. Märtyrer, vielleicht Gottes, vielleicht des Teufels, wer weiß es? Wofür kämpfen wir? Wofür bluten wir? Für die Sache Gottes? Wir sind alle blinde Maulwürfe auf Erden, wissen nicht, was Gottes wahrer Wille ist. Für den eigenen Beutel? Herr Marques, wir Soldaten sind wie Noahs Zimmerleute, die allem Vieh die Arche bauten und selbst hernach ersoffen. Für das Wohl des Vaterlandes? – Diese Erde, Herr Marques, hat seit tausend Jahren viel Blut getrunken. Aber eine Schlacht, seit der hundert Jahre vergangen sind –, wem erscheint sie heute nicht als völlig zwecklos? Wozu also die Kämpfe, die Märsche, die Mühen, die Plagen, der Hunger, die Gefahren, die Wunden immer von neuem? Was bleibt von alledem? Ich will es Ihnen sagen, Herr Marques: Es bleibt der Ruhm. Ich gehe durch die Gassen einer fremden Stadt, und die Männer flüstern einer dem anderen meinen Namen zu, Mütter heben ihre Kinder hoch, Bürger laufen aus den Häusern und sehen mir nach, und an den Fenstern drängen sich die Gesichter. Und wenn ich dereinst alt und müde auf allen vieren ins Kloster krieche, der Glanz meines Namens, Herr Marques – Verdammt, da ist sie wieder! Gott bewahre mich! Ich bin des Teufels!"

Er verstummte. Ein altes, häßliches Weib war ins Zimmer getreten mit einer Schüssel warmen Wassers und einem Fetzen Leinwand in den Händen. Der Northumberlandoffizier nahm, als er sie erblickte, seinen Federhut vom Tisch und verschwand sogleich.

„Du Narr, du Tölpel, du Tagedieb!" keifte sie und machte sich mit Wasser und Leinwand über des Gerberbottichs verwundeten Arm her. „Jetzt sitzt du da und ächzt. Andere erjagen Geld und du immer nur zwei Lot Blei!"

„Gib Frieden!" stöhnte der Gerberbottich unter ihren

Händen. „Laß mich ungerupft! Ich habe eine große Schlacht gewonnen."

„Eine große Schlacht?" kreischte die Alte und schwang zornig ihren Leinwandfetzen. „Und wozu? Nur damit der gleiche König und nicht ein anderer im nächsten Jahre neue Steuern auf Brot und Schmalz und Käse und Eier ausschreibt."

„Schweig!" rief der Gerberbottich. „Bleib bei deinem Kehrbesen und misch dich nicht in meine Sachen! Erkennst du seine Excellencia nicht, den Herrn Marques?"

„Exzellenz und Eminenz und Reverenz und Pestilenz! Du mußt überall dabei sein, wo es Schläge gibt. Wenn der Türke den Tartaren vertreibt – du mußt dabei sein."

„O wehe", ächzte der Gerberbottich. „Ich habe dieses Weib im Schweiße lebend seit siebzehn Jahren. Sie wird täglich schlechter. Ihre Bosheit muß man mit Kornsäkken messen."

„Die ganze Stadt weiß es, daß mein Mann ein Schweinspelz ist", schrie die Frau. „Er will nicht arbeiten, zieht im Land herum, meint, es könnten ihm Pfriemen und Ahle verderben, wenn er sich einmal an die Arbeit macht."

„Herr!" seufzte der Gerberbottich tief und schmerzlich. „Erlöse mich von allen Übeln!"

Als ich das Zimmer verlassen hatte und die Treppe hinunterging, hörte ich noch immer die klagende Stimme des Guerillaobersten und das Schelten seiner Frau. Vor dem Hause saßen etliche Offiziere der Insurgenten unter einem Feigenbaum und verzehrten einen Hammelbraten. Sie erhoben sich schweigend, als ich vorüberging.

In den Gassen herrschte reges und geräuschvolles Leben, jedermann ging voll Eifer seinen Geschäften nach, und es war nichts mehr davon zu sehen, daß die Stadt tags zuvor der Schauplatz des erbitterten Todeskampfes zweier Regimenter gewesen war. Die Kastanienröster saßen auf ihren Stühlen von Korkholz, die Trödler legten ihre Waren aus, kleine Karren mit Holzkohle durchzogen die Straßen, die Maultiertreiber jagten vor den

Augen der Käufer ihre Tiere im Trab hin und her, Barbiere boten ihre Dienste an, ein Karmeliter verteilte Heiligenbilder und Skapuliere, und von allen Seiten ertönten die Rufe der Bauernweiber, die verschiedene Arten von Lebensmitteln feilboten:

„Milch! Ziegenmilch! Warme Milch! Wer will sie?"

„Zwiebeln aus Murcia! Nüsse aus Biskaya! Knoblauch! Bohnen! Sevillanische Oliven!"

„Wein! Roter Wein! Wein aus Val de peñas!"

„Alle Arten Würste! Salchichones! Longanizos! Chorizos! Echte Würste aus Estramadura!"

Und überall, wohin ich kam, verstummte der geschäftige Lärm. Die Eilenden blieben stehen und traten zur Seite, gaben mir Raum und sahen mir nach mit Blicken voll Staunen und Ehrfurcht und schweigender Verehrung.

Nicht ich, der tote Marques de Bolibar ging durch die Gassen seiner Stadt. Ich sah in der Ferne die Weinberge und die Felder – mein Land, meine Erde! – klang es jubelnd in mir – mir wachsen die Reben, mir grünen die Wiesen, mein ist alles, was dieser Himmel umspannt, und ich ging, Trunkenheit im Herzen, zutiefst verwandelt, träumend, für eine Stunde Erbe dieses Landes – so ging ich langsam zur Stadt hinaus.

Vor der Stadtmauer stand ein Trupp Guerillas. Und einer von ihnen riß die Torflügel auf und grüßte mich, sein Gesicht tief zu Boden geneigt:

„Ave Maria purissima!"

Und aus meinem Munde sprach eine fremde Stimme fremde Worte:

„Amen! Sie hat ohne Sünde empfangen."

Inhalt

Aus unserem
bb-Taschenbuchprogramm 1987

Die Altweibermühle. Ein Anthologie
Berlin. 100 Gedichte aus 100 Jahren
Heinz Knobloch: Berliner Feuilleton
Rosemarie Schuder: Agrippa oder Das Schiff
    der Zufriedenen
E. T. A. Hoffmann: Der Magnetiseur
Joseph Roth: Das falsche Gewicht
Leo Perutz: Der Marques de Bolibar
Franz Werfel: Die Geschwister von Neapel
Arnold Zweig: Verklungene Tage
Gerhart Hauptmann: Der Schuß im Park
Jakob Wassermann: Caspar Hauser oder Die Trägheit
    des Herzens.
Frauengeschichten aus der BRD. Anthologie
Franz Josef Degenhardt: Die Abholzung
Boris Wassiljew: Morgen war Krieg
I. Grekowa: Anonyme Briefe
Válja Styblová: Skalpell, bitte!
Ference Herczeg: Das Tor des Lebens · Sinkender
    Halbmond
Emile Zola: Das Tier im Menschen
Patrick Modiano: Eine Jugend
Margery Allingham: Die Spur des Tigers

Aufbau-Verlag Berlin und Weimar